COLLECTION POÉSIE

Passeurs de mémoire

De Théocrite à Alfred Jarry, la poésie de toujours lue par 43 poètes d'aujourd'hui

Préface de Jean-Baptiste Para

nrf

GALLIMARD

HIER N'EST PAS ENCORE VENU

Si le passé est un voyage
Qui traverse le présent...

MOHAMMAD-ALI SÉPÂNLOU

Ce livre est placé sous le signe des affinités électives.

Des poètes d'aujourd'hui ont été conviés à choisir et présenter un poète des temps passés. De l'Antiquité à l'aube du XX*e siècle, toute latitude leur a été laissée pour nous faire part d'une lecture à leurs yeux fondatrice, ou simplement d'une voix qui leur est chère et avec laquelle ils entretiennent un dialogue où s'estompent les frontières du temps.*

Le temps passe, mais les œuvres demeurent. Dès l'instant de leur naissance, disait en substance Merleau-Ponty, elles regardent jusqu'au fond de l'avenir. Ce livre, à sa manière, en témoigne. Qu'il s'agisse de Virgile, de Villon, de Wang Wei, d'Étienne Jodelle, de John Donne, de Bashô, de Parny, de Leopardi ou de Laforgue, c'est-à-dire de poètes dont les noms sont demeurés en pleine lumière ou dans une plus secrète pénombre, pour les poètes d'aujourd'hui qui les lisent, ces poètes d'autrefois sont nos contemporains. L'éloignement ou la proximité relèvent moins d'une distance objective que de la qualité du regard.

On le remarque chaque jour, il y a des morts plus vivants que les vivants. Les poètes ne seront jamais les sentinelles d'un temps étriqué. Ils récusent la tyrannie d'un présent qui ne serait pas coexistence des temps. Les lumières lointaines qui les atteignent ont la même force que celles qu'ils veulent projeter sur l'avenir, remarquait Paul Eluard.

Ce livre est un objet chargé d'énergie. Traversé par la grâce des rencontres heureuses. Le lecteur y découvre des conjonctions dont il n'est pas le spectateur distant, puisqu'il s'y trouve à son tour impliqué par toutes les ressources du plaisir, de l'intelligence et de la sensibilité. Dans bien des cas, il sera témoin d'une étonnante réciprocité de la rencontre, car si les poètes du passé sont ici rendus à la fraîcheur inaltérable de la présence, en retour ils éclairent d'un nouveau jour certains gestes profonds qui animent les œuvres des poètes d'aujourd'hui.

★

« Passeurs de mémoire » est l'emblème de l'édition 2005 du Printemps des poètes[1]*. C'est pour nous une formule que l'esprit de ce livre nous incite à mettre en résonance avec d'autres notions : la tradition, la modernité, le contemporain… Il importe d'écouter ce que les poètes ont à nous dire à ce propos. Et sans doute y a-t-il quelque urgence à le faire, en un siècle où le* présentisme, *qui est tout le contraire de la* présence, *tend à devenir coercitif et absolu*[2].

« Comment le poète pourrait-il être, en tant que poète, notre strict contemporain ? » s'interrogeait déjà Leopardi dans une réflexion du Zibaldone *datée du 11 juillet 1823. La question ne cessera de resurgir après lui, avec des inflexions ou des modulations diverses. Par exemple chez Boris Pasternak, lorsqu'il nous donne à sentir la riche complexité de la relation entre les commandements du temps intérieur et le mandat du moment historique :*

1. *Reddite ergo quae sunt Caesaris Caesari* : « Passeurs de mémoire » est aussi et d'abord le nom que le metteur en scène Dominique Lurcel a donné à sa compagnie fondée en 1997.
2. Voir à ce propos le livre de François Hartog, *Régimes d'historicité. Présentisme et expériences du temps*, Seuil, « Bibliothèque du XXIe siècle », 2003.

Fermant mon col de mes doigts gourds
J'entrebâille un peu la fenêtre
Criant aux gamins dans la cour :
« Les amis ! dehors, c'est quel siècle ? »

Les avant-gardes russes mériteraient ici toute notre attention, dans la mesure où s'y dessine avec netteté la conjonction d'un double élan : leur souci premier fut celui d'une radicalité de la novation, mais elles n'en puisèrent pas moins une part importante de leur énergie dans les couches profondes du temps. Si l'on se tourne un instant vers les arts plastiques, il apparaît que leur renouveau fut pour une large part le fruit d'un retour aux sources de l'icône byzantine et de l'art populaire, cette orientation étant fécondée par une active prise en compte des meilleurs peintres français depuis Cézanne. De Kandinsky à Malevitch en passant par Filonov, il existe de multiples témoignages de cette plongée dans la fraîcheur de l'archaïque. Dans Regards sur le passé, *Kandinsky évoque le voyage ethnographique qu'il avait entrepris dans la province de Vologda en 1889 : « Je n'oublierai jamais les grandes maisons de bois couvertes de sculptures. [...] Dans ces isbas extraordinaires, j'ai vécu pour la première fois un miracle qui est devenu par la suite un élément de mes travaux. Elles m'apprirent à me mouvoir* au sein même du tableau, *à vivre dans le tableau. » Les murs des isbas étaient couverts de peintures populaires, illustrant ici une ancienne chanson et là une bataille. Les meubles étaient parés d'ornements, les lampes scintillaient devant les icônes. Tous ces éléments, poursuit Kandinsky, « étaient peints avec une telle force que* l'objet se fondait *en eux. [...] C'est à travers ces impressions que prit corps en moi ce que je souhaitais, le but que je fixai plus tard pour mon art personnel. Pendant des années, j'ai cherché la possibilité d'amener le spectateur à se mouvoir* dans le tableau, *de le forcer à se fondre dans le tableau en s'oubliant lui-même. » Malevitch aussi a dit ce qu'il devait à de* semblables expériences : « À travers l'art de l'icône, je compris le caractère émotionnel de l'art paysan, que j'aimais auparavant, mais dont je n'avais pas élucidé la portée. » Dans ses premières œuvres suprématistes, il magnifie le carré, le cercle et la croix, figures qui ornent souvent les vêtements des saints dans les icônes. À contempler les œuvres d'un autre peintre génial, Pavel Filonov — méconnu en Occident, mais l'un des plus grands que la Russie ait jamais donnés au monde —, on s'aperçoit que, s'il emprunte parfois aux icônes des sujets bibliques, il en retient surtout des principes de composition, comme celui qui consiste à distribuer sur une même surface de multiples épisodes autour d'un thème central.

Ce qui vaut en peinture vaut aussi en poésie. Les ruptures n'abolissent pas les liens, elles en tissent d'autres ou les nouent autrement. Que serait un art sans mémoire ? Une âme ou une société sans mémoire ? « Il n'y a pas d'avenir possible là où la mémoire fait défaut », disait Edmond Jabès.

Pour une part, la jeunesse ou la sénilité des œuvres du passé dépend de la lecture qu'on en fait. Une œuvre ne trouve pas ses contemporains dans la seule époque de sa création. Lorsque Mandelstam lit François Villon, Dante ou André Chénier, il raccourcit la distance qui nous en sépare. Pour autant, cette fulgurante proximité n'oblitère en rien leur altérité. Elle pose en termes nouveaux l'équation de la modernité et de la tradition. Proposer des lectures non académiques, défossilisantes, c'est ce que fait, à sa manière, tout artiste d'envergure. Une œuvre n'a pas pour critère de force le degré d'adhérence à son époque. Elle s'y inscrit et l'outrepasse. « Être moderne, disait Marina Tsvetaïeva, c'est créer son époque et non la refléter. Et si, pourtant, la refléter, mais pas comme un miroir — comme un bouclier. Être moderne, c'est créer son époque, c'est-à-dire lutter contre les neuf dixièmes de ce qu'elle représente, comme on lutte contre les neuf dixièmes de son premier brouillon. » L'un des aspects de cet effort consiste à libérer la notion même de tradition de *toute emprise nostalgique ou régressive*[1]. *Tel est le sens profond de la formule paradoxale de Mandelstam affirmant : « Hier n'est pas encore venu. »*

★

Au diapason exact de l'esprit qui anime ce livre, il vaut la peine de donner encore une fois la parole à un poète. En l'occurrence, Dominique Fourcade. Tout en nous confiant une réflexion ardente sur sa propre expérience, il met à vif ce qui, dans l'acte et le rythme du poème, s'oppose à la dislocation de l'unité constitutive de la vie. Écoutons-le : « Seul l'art du présent donne son sens à l'art du passé. Le passé contient le moderne et c'est à nous de l'y découvrir. La quête du moderne dans le passé est l'une des tâches auxquelles nous devons nous atteler. Rien de ce qui est moderne ne peut avoir de poids ni de nouveauté si l'écrivain ou le peintre ne ramène pas à lui dans un geste brusque l'ensemble du passé. J'ai toujours eu l'impression que la poésie et la peinture, dans leurs expressions majeures, ramenaient à elles tout le passé en un seul pan. Je ne peux regarder Cézanne sans voir affluer chez lui la substance de l'art occidental. Il y a comme une verticalisation constante du passé, et lorsque j'écris, j'éprouve le sentiment que quelque chose qui va de Dante à Baudelaire et aux grands poètes du XX*e siècle se relève, que tout est là comme une paroi vibrante à laquelle je suis adossé. Mais cette paroi est aussi le mur que je dois franchir en tant qu'écrivain. Ce mur est fait du passé, ou plutôt, c'est un point où le passé et le futur se confondent. En fait, je ne connais que le futur immédiat et un immense passé, très présent : ils ne font finalement qu'un, et dans ce* un *j'ai à exister en me posant et m'exposant avec le plus grand naturel et sans la moindre protection face à tout ce qui afflue. C'est*

1. Voir à ce propos les réflexions de Christian Doumet dans son entretien avec Jasmine Getz, in *La Poésie au marteau* précédé de *Par océan*, Obsidiane, 2004.

*une expérience très singulière, mais dans ces moments-là je suis, au sens d'*être *et non de* suivre, *les gens du passé — jusqu'à Homère*[1]. »

★

On l'aura compris, ce livre n'est pas une anthologie, encore moins un palmarès. Qu'on l'aborde sous le registre de ses multiples duos ou de sa possible polyphonie, on verra s'y entretisser les liens de mémoire et cet aspect essentiel de l'activité poétique : la libération des énergies latentes dans les œuvres du passé. Hier comme aujourd'hui, ce que sait le poète, c'est que le poème ne sait pas la vérité avant de la dire.

JEAN-BAPTISTE PARA

1. Dominique Fourcade, « Une partie que l'on ne gagne jamais », *Europe* n° 744, avril 1991.

THÉOCRITE

(v. 315-250 av. J.-C.)

par Claude Michel Cluny

Trois siècles avant notre ère, le monde méditerranéen n'en finit pas de se décomposer et recomposer. Théocrite, peut-être né vers 310 à Syracuse, vit dans le temps des métamorphoses. Les cités libres font place à des États, dans un brassage de langues, de dialectes, de cultes, d'échanges dus au commerce libéral. L'empire d'Alexandre, fondé sur les principes démocratiques des cités maritimes, marie l'Égypte et la Perse à la nébuleuse grecque. Lui se réclamait par politique des dieux de ses conquêtes. Aristote, son mentor, élabore un système de pensée et de savoir que l'Occident n'est pas près d'épuiser. Si nous ne savons pas grand-chose de la vie de Théocrite, ses Syracusaines *clament leur fidélité au dialecte dorien, venu du nord* via *Corinthe. Protégé par Hiéron, puis à Alexandrie la cosmopolite par Ptolémée Philadelphe, deux tyrans parmi d'autres épris d'art, le poète aurait aussi vécu à Cos, d'où peut-être ses* Pêcheurs... *Le monde est ouvert. La langue si belle et unanimement louée du poète de Sicile s'enrichit sans crainte de mots locaux, de tournures populaires : parce que, dans cet univers instable qui va encore se déchirer, il sait que, en dépit de l'errance et de l'attrait de l'ailleurs, sa véritable patrie, c'est sa langue.*

Le temps des grands tragiques n'est plus. Le besoin de naturel, de dédramatiser le destin — ô sans illusion naïve quant à la pérennité de tout ! —, et soudain la soif de bonheur inclinent la lyrique vers plus de simplicité. L'interrogation des lointains poèmes orphiques ne fait plus recette, et Lycophron l'Obscur, que Théocrite a pu connaître dans les cercles intellectuels alexandrins, paraît archaïque. Un élan neuf, profond, se fait jour dans la nouvelle poésie ; il émane de ce que nous appelons « sentiment de la nature », ce qui n'est qu'une approximation due à la chape religieuse. Alors que toute l'œuvre de Théocrite qui nous est parvenue exalte une réelle communion panique avec ce qui l'entoure.

Inventeur de l'églogue, il invite la poésie au bord de la mer et sous les arbres. L'heure heureuse est venue de cueillir les fruits des travaux et des jours, de tutoyer les dieux, de leur disputer la beauté et l'amour des garçons et des filles. À cet égard, L'Automne des Thalysies *a ce fruité qu'aucun Latin ne nous rendra, sinon Horace, et cependant la pastorale semble à peine esquissée. J'ai donné cette pièce plutôt que la célébration d'Adonis, ou que la célèbre imploration passionnelle de* La Magicienne *qu'admirait par-dessus tout Racine, car toutes les anthologies les reprennent. L'amour enfin, chez Théocrite, même si des ombres vénéneuses peuvent en troubler la limpidité, jalousie ou fuite du temps, est toujours une célébration de l'adolescence. Mais non sans inquiétude ou mise en question : « J'ai appelé par-devant moi mon âme... » D'où aussi le* Chant de Lykidas *un peu tremblé sous l'effusion. Virgile a pu lire dans ces vers réellement bucoliques ce dont la poésie universelle, deux millénaires plus tard, demeure encore si pauvre : une religion du bonheur.*

Sources :
« L'Automne des Thalysies », trad. Robert Brasillach, in Anthologie de la poésie grecque, *Stock, 1950.*
« L'Ami », trad. Marguerite Yourcenar, in La Couronne et la Lyre, *Gallimard, 1979.*
Final des « Pêcheurs », ibidem.
« Chant de Lykidas », trad. Maurice Chappaz et Éric Genevay, in Toute l'Idylle, *Orphée / La Différence, 1991.*
« Le Garçon de Syracuse », ibidem.

L'AUTOMNE DES THALYSIES

Tous trois avec le beau petit, nous allons chez le
compagnon ;
Sur des lits profonds de joncs frais, joyeusement nous
nous couchons ;
On venait aussi d'y couper de fraîches feuilles de
sarments.
Penchés au-dessus de nos fronts, les arbres étaient
frissonnants,
Les peupliers et les ormeaux, et tout auprès de nous
l'eau sainte
S'écoulait tout en murmurant de la grotte où vivent les
Nymphes.
Toutes brûlées par le soleil, mais auprès des branches
ombreuses,
Peinaient et crissaient les cigales, et sous les ronces
épineuses,
Une grenouille verte au loin murmurait une plainte
grêle.
Alouette et chardonneret chantaient. Pleurait la
tourterelle.
Les abeilles d'or voletaient tout à l'entour de la
fontaine.

Tout embaumait le temps des fruits, et l'odeur de la saison pleine.
Les poires roulaient à nos pieds, les pommes roulaient à nos flancs,
Des flots de fruits nous entouraient. Jusqu'au sol les rameaux penchant,
Tout autour étaient alourdis par les prunes qui leur pesaient.
On ouvrit le vin cacheté d'une cire de quatre années.
Ah! puissé-je planter la pelle en haut de la meule à nouveau!
Que me sourie la Bonne Mère[1], les blés aux mains et les pavots!

L'AMI

Ton absence a duré trois nuits et trois aurores,
Ami tant désiré, te voilà de retour,
Mais celui qui t'attend vieillit en un seul jour.

Ainsi que le printemps est plus doux que l'hiver,
La pomme que la prune ou le brugnon suret,
Ainsi que la brebis, ô laineuses pléthores!
Est plus douce au toucher que le frêle agnelet,
Ou plus douce la vierge en sa neuve innocence
Que la veuve trois fois en pouvoir de mari,
Ainsi m'est ton retour après la dure absence!

Et comme un voyageur s'élance avec un cri
De joie, apercevant un jeune chêne vert,
Après la longue marche en de brûlants chemins,
Je m'élance vers toi...

1. La déesse Déméter.

De ton souffle embaumé,
Éros, souffle sur nous ! Et qu'on dise à jamais :
Gloire à ces deux amis qui d'un seul cœur s'aimaient !
L'un, qu'on nommait l'Amant au pays d'Amyclées,
L'autre, qu'en Thessalie on surnommait l'Aimé !
Et que toujours, de lendemains en lendemains,
Nous demeurions vivants sur tes lèvres, Jeunesse !

Fasse, gens de Mégare aux fortes mains ailées
D'avirons, qu'un dieu bon quelque jour reconnaisse
De quels rites, quels soins, quels dons inépuisés,
Vous honorez encor ce Dioclès, votre hôte,
Qui jadis, sous vos murs, prit sa part du combat
Pour sauver un ami, et près de lui tomba.
Au pied du tertre où gît cet homme à l'âme haute,
Se donne chaque année un concours de baisers.
Et l'enfant qui le mieux sur une lèvre chère
Pose la sienne, heureux, retourne vers sa mère.
Ah ! Quel l'arbitre de ces jeux invoque l'aide
Du bel adolescent céleste, Ganymède,
Pour choisir sans erreur, et qu'en ce jour sa bouche
Possède les vertus de la pierre de touche
Dont le changeur se sert, séparant à coup sûr
Les métaux plus grossiers d'avec l'or le plus pur.

LES PÊCHEURS

(final)

Pauvre rêveur, tais-toi !
Il reste encore une heure ou deux de sommeil. Sache
Que jusqu'au bout notre vieillesse est condamnée
À besogner sur mer, journée après journée.
Reprends demain, sans amertume, notre tâche.

Réveille-toi dispos, prêt à peiner sans trêve,
Car tu mourrais de faim avec l'or de ton rêve.

CHANT DE LYKIDAS

Claire pour toi sera la traversée,
Agéanax, jusqu'à Mitylène
même lorsque l'haleine du Notos
viendra troubler les flots,
au temps où les Chevreaux se montrent au couchant,
au temps où Orion arrête son pied sur l'Océan,
si seulement tu tires de la peine
Lykidas brûlé par Aphrodite,
par l'amour que j'ai de toi desséché.

Les alcyons épouseront la houle de la mer,
adouciront le Notos et l'Euros
qui remuent jusqu'aux dernières algues ;
entre tous les oiseaux,
les alcyons aimés des glauques Néréides,
entre tous les oiseaux chasseurs sur l'eau salée.
Ô que la saison soit bonne à toi Agéanax,
à ta voile vers Mitylène ;
jette, paisible, l'ancre là-bas.
Et moi ce jour-là, la rose ou la giroflée blanche,
moi avec des fleurs autour de la tête,
je prendrai au cratère le vin de Ptéléa ;
couché auprès du feu,
et quelqu'un fera rôtir la fève dans le feu.
Mon lit sera d'herbes,
d'ache frisée, d'asphodèles, de vergerettes.
Et dans le souvenir délicieux d'Agéanax,
j'épuiserai les coupes
appuyées à mes lèvres, jusqu'à la lie.

La flûte jouera pour moi,
un berger d'Acharnes, un berger de Lycopé ;
Tityre me chantera
l'amour de Daphnis, le conducteur de bœufs, et de
Xénéa :
amour pareil à un soupir de la montagne,
à un tremblement dans les chênes
le long des coteaux du fleuve Himéras.
Et leur destin fondit comme la neige
dans les vallées lointaines
au pied de l'Athos ou du Caucase.
Il me chantera aussi ce chevrier
scellé dans une arche
par ruse méchante de son maître
et les abeilles qui vinrent de la prairie ;
dans le cèdre odorant les abeilles camuses
le nourrissaient de tendres fleurs,
car il avait, ce chevrier,
sur les lèvres
une rosée de nectar, le baiser de la Muse.

Ô bienheureux Comatas,
toi qui as joué de bonheur,
souriant au cœur de l'ombre
pendant l'année mûre,
toi qui as souffert
nourri du miel des abeilles,
sois avec moi dans le chiffre des vivants !
Qu'elles paissent par les montagnes,
tes belles chèvres,
je les garderais écoutant ta voix
toute douceur,
sous le pin ou l'yeuse,
ô divin Comatas !

LE GARÇON DE SYRACUSE

Aïe, misère, quelle pernicieuse maladie! On dirait des accès de fièvre, déjà deux mois que l'amour d'un garçon me tient. Lui? d'une beauté ordinaire, mais depuis la plante des pieds un jet de grâce jusqu'au sourire qui adoucit ses joues.

Pour l'instant, certains jours je souffre, d'autres jours je respire. Bientôt je n'arriverai plus à dormir. Nulle part où fuir. Hier en le croisant, il a suffi d'un mince coup d'œil sous les paupières! il se gênait de me regarder en face et son visage s'est empourpré. Alors l'amour m'a étreint le cœur encore plus et je rentrai où je gîte, une nouvelle blessure au foie.

J'ai appelé par-devant moi mon âme et j'ai longuement dialogué avec moi-même : « Que fais-tu là, encore? Quand est-ce que va cesser cette folie? As-tu oublié les mèches blanches qui poussent à tes tempes? Le moment est venu d'être raisonnable. Non, quand on n'a plus rien de l'apparence d'un jeune homme, on ne se comporte plus en tout comme ceux qui commencent juste à goûter ce qui est de leur âge. En plus, ceci t'échappe : mieux vaudrait, certainement pour un aîné, rester étranger à ces amours difficiles qu'inspire un garçon. La vie de celui-ci court, rapide comme les genoux d'une biche; demain voguant dans une direction inattendue, il libérera ses agrès; la fleur de la jeunesse, il la perd avec ses compagnons. Mais l'autre qui pourrit dans ses souvenirs, le désir lui mange la moelle en dedans, mille images traversent ses songes la nuit et une année entière est trop courte pour que cesse sa douloureuse épreuve. »

Voilà les reproches que j'adressai à mon âme et j'en rajoutai, or voici sa réponse : « Celui qui s'imagine pouvoir vaincre le très astucieux Éros, ce gars-là s'imagine tranquillement découvrir combien de fois neuf sont les étoiles qui nous surplombent. Pour l'heure, de bon gré il me faut traîner ce joug, ou de mauvais gré. C'est cela, mon bon, ce qu'a décidé le dieu qui a fait chavirer l'esprit puissant de Zeus et d'Aphrodite elle-même. Moi, une feuille qui ne vit qu'un jour, il n'est besoin que de faibles brises, à peine soulevée, un souffle m'emporte. »

VIRGILE

(70-19 av. J.-C.)

par Claude Esteban

Jam redit et Virgo, redeunt Saturna regna... *Les accents mystérieux de la* Quatrième Bucolique *n'ont pas manqué, au cours des siècles, de surprendre et d'interroger tous ceux qui cherchent, à travers les mots du poème, quelque espoir de survie, sinon l'assurance, même voilée, d'un salut. Très vite, et sans que la glose ne la gauchisse tout à fait, cette prophétie d'une humanité neuve et d'un âge d'or à venir a échappé aux circonstances de sa composition, aux aléas de l'histoire romaine, et jusqu'à l'univers pastoral que Virgile inventait, pour fomenter une sorte de fable spirituelle, ranimée, revisitée par les croyances pythagoriciennes ou, plus tard, la foi des chrétiens. On a pu s'inquiéter, à bon droit sans doute, de telles interprétations abusives qui faisaient de Virgile une manière de précurseur, un Jean-Baptiste annonçant à son insu la bienheureuse Nouvelle parmi les païens... Qu'importe, ces temps-là sont clos, mais la parole virgilienne brille toujours d'un éclat que ne parviennent guère à offusquer les exégèses, fussent-elles les plus rigoureuses, les plus convaincantes. Que dit Virgile, quelle lueur fait-il surgir de l'ombre, quel « chant plus haut » ? Non pas le souvenir de l'Arcadie qui s'éloigne dans la mémoire des hommes, mais, par-delà l'usure du monde et la fatigue des gestes, quelque chose comme un sursaut de l'esprit, un accord possible entre les consciences, une justesse du rapport humain — peut-être ce que Nerval nommera « la guérison des cœurs ». Nul besoin de rachat, de faute enfin pardonnée par un dieu magnanime. Rien que la terre à nouveau promise, vierge, si nous savons le vouloir encore, tel cet enfant qui vient de naître, qui sourit aux parents, au soleil.*

Lire, relire les vers de Virgile ne me suffisait pas. Je voulais m'en approcher davantage, en épouser le rythme, le souffle, le parcours. Ainsi ai-je tenté, non sans beaucoup de scrupules, d'en proposer une version nouvelle. Certes, les traductions françaises ne faisaient pas défaut, de Clément Marot à Paul Valéry, qui, chacune à sa façon, pouvaient me requérir. Mais il ne s'agissait nullement pour moi de me livrer, après tant d'autres, à un simple exercice transidiomatique. M'avançant pas à pas, ligne à ligne, dans l'espace nombreux des hexamètres, je découvrais à la fois l'ampleur et la substance du poème, je mesurais mieux les différents registres d'une voix et ses inflexions futures, ici, comme à l'état naissant. Car cet enfant qui venait au monde, voilà qu'il traversait, sans le savoir, de longs siècles voués au travail opiniâtre de la terre, et l'horizon des Géorgiques, *tout un instant, s'y laissait pressentir. Mais c'était aussi, un peu plus loin, convoquer les héros de jadis, leurs combats, l'Histoire et ses vicissitudes, pour n'en retenir qu'une trace, alors que* L'Énéide *n'existait pas encore. Étrange prémonition d'une destinée à laquelle les cadences de l'églogue donnaient une première forme avant qu'elle ne s'épanouisse un jour — et que ces mêmes vers transcendaient en un cantique de réconciliation et de tendresse. Tout cela, j'avais à le transcrire dans une langue moins ductile, mais attentive à ne point trop froisser les tessitures, brusquer les accords subtils. La tâche, en vérité, m'était presque impossible ; elle seule, toutefois, témoignerait de ma reconnaissance envers celui qui méritait assurément — disons-le avec les mots de Dante — et cette « longue étude » et ce « grand amour ».*

O de li altri poeti onore e lume,
vagliami 'l lungo studio e 'l grande amore
che m'ha fatto cercare lo tuo volume.

QUATRIÈME BUCOLIQUE

Muses de Sicile, portons un peu plus haut ce chant!
Tous n'aiment pas les simples tamaris ni les jardins.
Si nous chantons les arbres, que les arbres soient dignes
d'un consul.

Il s'achève, le dernier âge de la prophétie de Cumes.
L'ordonnance des siècles reprend son cours.
La Vierge revient déjà, et la sagesse de Saturne,
une race nouvelle descend du ciel. Voici
que va naître un enfant, protège-le, chaste Lucine,
avec lui le temps du fer va s'éteindre et resurgir
par l'univers entier le temps de l'or. Ton cher Apollon
est roi.
Pollion, tu seras consul au seuil de cette gloire
et les saisons magnifiques commenceront à s'incliner
devant toi.
Si quelques signes de notre folie s'attardent encore,
la peur quittera les hommes pour toujours.
Lui, l'enfant, connaîtra la vie divine, lui verra
les héros, les dieux entremêlés, et lui-même avec eux,
et il héritera de son père un monde en paix.

Pour toi, comme premiers cadeaux, petit enfant, le sol
sans qu'on le travaille, prodiguera le lierre et le baccar,
la belle acanthe qui se marie aux colocases.
Les chèvres retourneront à leur abri, lourdes de lait,
les troupeaux ne craindront plus les lions immenses,
des fleurs se pencheront toutes seules sur ton berceau.
Il mourra, le serpent, et la sournoise plante vénéneuse
mourra aussi, partout s'épanouira la cardamome
d'Assyrie.

Quand tu déchiffreras l'histoire de ton père et les
prouesses
des héros, quand tu sauras ce que veut dire la vaillance,
le tendre épi de blé fera la plaine toute blonde,
aux épines pendront les grappes rouges du raisin
et sur la rude écorce des chênes perlera le miel.
Des vestiges de notre vieille erreur persisteront sans
doute,
braver Thétis sur des vaisseaux, ceindre de murs les
villes
hautes, inscrire dans la terre les sillons.
Un autre Tiphys naîtra, une autre Argo
emportera les meilleurs, d'autres guerres seront aussi
et vers Troie derechef s'embarquera un autre grand
Achille.

Avec le temps tu deviendras un homme, alors le
voyageur
ne prendra plus la mer, ni le pin ne commercera
dans sa coque les marchandises. La terre donnera tout.
Pas une bêche à fouiller le sol, pas de serpe à la vigne,
le laboureur délivrera du joug ses taureaux.
La laine n'apprendra plus le mensonge des couleurs
multiples,
le bélier se revêtira de pourpre dans les prairies
ou verra sa toison porter le jaune du safran.
L'écarlate couvrira l'agneau à sa pâture.

«Courez, filez des siècles tels» ont dit à leurs fuseaux,
fidèles au vouloir du sort, les Parques.

Accède, le temps s'approche, aux honneurs les plus grands,
fils bien-aimé des dieux, progéniture de Jupiter!
Vois la masse de l'univers qui tremble sous sa voûte,
et la terre et le mouvoir des mers, le ciel profond.
Vois comme tout s'enchante au siècle qui vient.

Oh que je garde encore une dernière part de vie
et de mon souffle assez pour que j'exalte ta mémoire!
Nul ne saura me vaincre par ses chants, Orphée de Thrace
ou Linus, même si Calliope accompagne son fils Orphée
et si Linus a pour soutien le superbe Apollon, son père.
Pan lui-même, qu'il se mesure à moi devant l'Arcadie,
Pan lui-même, devant l'Arcadie, s'avouera vaincu.

Commence donc, petit enfant, à reconnaître ta mère dans un sourire.
Ta mère, dix mois durant, a supporté de longs ennuis.
Commence donc, celui qui n'a pas vu sourire ses parents,
ni les dieux ne l'inviteront à leur table, ni les déesses dans leur lit.

Traduit du latin par Claude Esteban.

OVIDE

(43 av. J.-C. - 17 ap. J.-C.)

par Marie-Claire Bancquart

L'insaisissable beauté, l'insaisissable risque de notre destin et de celui du monde, c'est eux que disent les deux cent trente et une transformations qui sont contées dans Les Métamorphoses *d'Ovide, allant des origines du monde à l'époque où vivait l'auteur. En lisant ce poème en quinze livres, on est emporté de fable en fable, dans des cycles que je comparerais aux grands poèmes de l'Inde, car il ne s'agit pas d'histoire, comme dans nos épopées (et dans les épopées latines), mais d'une épaisseur de vie allant, avec des échanges incessants, des dieux aux pierres, en passant par les plantes, les animaux et les hommes.*

Aucun anthropocentrisme dans ces vers. Tout est ou fut animé, et le sera ; tout bouge et fuit, comme Protée le multiple, qui revêt toutes les formes. Peut-être un grand amour est-il seul capable de faire durer toujours une métamorphose : c'est l'histoire des vieux Philémon et Baucis, unis depuis leur jeunesse, qui reçoivent dans leur pauvre maison des dieux déguisés en hommes. Leur transformation, opérée dans un duo fusionnel, est paisible, ce qui est rare dans le poème. En général, le passage d'un règne à l'autre ne va pas sans violence : jeunes filles fuyant un viol, comme Daphné devenue laurier, ou mortels ayant offensé les dieux, comme Actéon devenu cerf et déchiré par ses propres chiens, ou comme Tirésias, dont le cas est étrange ; changé en femme, puis redevenu homme après avoir à deux reprises frappé des serpents, il est puni de cécité par Junon ; mais Jupiter lui donne une nouvelle existence de voyant, peut-être due à sa rencontre avec les serpents, qui représentent l'origine de l'être.

Et puis il y a ces monstres, en qui la métamorphose a été comme arrêtée avant le passage définitif : ainsi le géant borgne Polyphème, qui essaie de séduire Galatée. Je sens quelque pitié d'Ovide dans le discours qu'il prête à ce défiguré. Ailleurs, il écrit avec un grand charme, ou dans le ton du fantastique, ou du drame. C'est un bonheur de lire Ovide en latin, dans ce vers très souple et rythmé qu'est l'hexamètre, placé parfois, comme si décidément tout devait varier, dans la bouche d'autres que le poète (tel Achéloüs pour Protée). Bonheur aussi, d'en avoir de bonnes traductions. Que de tableaux, que de musiques, que de poèmes sont évoqués au passage quand nous abordons ces fables : Adonis, Orphée, Cérès, le Minotaure... Ovide est mort exilé par Auguste pour avoir vu, comme Actéon, dit-il avec mystère dans Les Tristes, *« ce qu'il ne devait pas voir ». Mais il n'a cessé d'être lu et d'inspirer des œuvres, du Moyen Âge à André Frénaud.*

Ses fables forment une construction baroque, sans cesse renaissante, mais aussi solidement charpentée. Dans l'histoire d'Apollon et de Daphné, au premier livre, la métamorphose n'est pas celle de la seule Daphné : car Apollon passe du désir charnel au désir artistique ; il est le poète qui prend pour emblèmes les feuilles de ce laurier où il sent encore le cœur de Daphné « palpiter sous l'écorce nouvelle ». Avec quelle émotion est suggérée ici l'écriture du poète sur les choses et sur l'amour ! Ovide conclut son œuvre en disant qu'elle est faite pour durer, même malgré la colère de Jupiter. De fait, son polythéisme se résout, pour finir, dans une frappante et « moderne » vision de l'éternel renouvellement de la matière, enseignée par Pythagore au quinzième et dernier livre. Tout se meut, tout meurt, mais tout renaît sous d'autres formes. Cette vision donne tout leur sens aux « métamorphoses » : des dieux aux pierres et des pierres aux dieux, ce n'est pas seulement une série de fables, mais une cosmogonie écrite au seuil du rêve.

PROTÉE

Récit d'Achéloüs : Erysichthon et le chêne sacré

Il se tut; le récit et son auteur les avaient tous émus,
Surtout Thésée. Comme il désirait entendre parler des prodiges
Divins, le fleuve de Calydon, appuyé sur son coude,
Lui parla en ces termes : « Il y a des corps, ô valeureux,
Qui, ayant changé une fois de forme, sont restés ainsi métamorphosés;
Il en est d'autres qui eurent le droit de revêtir plusieurs images,
Comme toi, Protée, habitant de la mer qui embrasses la terre.
On t'a vu ainsi tantôt jeune homme, tantôt lion,
Tel jour sanglier furieux, tel autre serpent que l'on avait peur
De toucher, ou encore taureau muni de cornes;
On a pu te voir souvent sous l'aspect d'une pierre, souvent aussi d'un arbre;

Prenant l'allure parfois des eaux limpides, tu étais fleuve,
Et d'autres fois tu étais feu opposé à l'eau. »

(Livre VIII, v. 725-737.)

PHILÉMON ET BAUCIS

Alors le fils de Saturne prononce ces mots d'une voix douce :
« Dites-moi, homme juste et toi, digne épouse d'un juste,
Ce que vous souhaitez. » Après avoir parlé un peu avec Baucis,
Philémon fait part aux dieux de leur commune décision :
« Nous désirons être vos prêtres et les gardiens de votre temple
Et, puisque nous avons passé notre vie dans l'amour mutuel,
Que nous disparaissions tous deux à la même heure, que jamais
Je ne voie la tombe de mon épouse, ni ne sois enterré par elle. »
Leur vœu fut exaucé : ils furent les gardiens du temple,
Tant que la vie leur fut accordée. Arrivés au bout de leur âge,
Un jour qu'ils se tenaient devant les marches sacrées et contaient
L'histoire du lieu, Baucis vit Philémon se couvrir de feuilles,
Le vieux Philémon vit se couvrir de feuilles Baucis.
Pendant qu'une cime grandissait au-dessus de leurs deux têtes,
Ils se répétèrent, autant qu'ils le purent : « Adieu, mon époux »,

«Adieu, mon épouse»; ils le dirent en même temps
Et c'est en même temps que les branches recouvrirent
Et cachèrent leurs bouches. Les habitants de Bithynie
montrent
Encore aujourd'hui deux troncs voisins nés de leurs
deux corps.
Voilà ce que m'ont raconté des vieillards dignes de foi,
qui n'avaient
Aucune raison de vouloir m'abuser. J'ai clairement vu
des guirlandes
Suspendues aux branches et j'ai dit, en y déposant des
fraîches :
«Que soient dieux les aimés des dieux, honorés ceux
qui les honorent.»

(Livre VIII, v. 703-724.)

TIRÉSIAS

Tandis que la loi du destin s'accomplissait de la sorte
sur terre
Et que le berceau du petit Bacchus, né deux fois, était
en sûreté,
Jupiter que le nectar, nous dit-on, avait un jour
détendu,
Mit de côté les occupations sérieuses pour se distraire
Avec Junon et badiner en toute quiétude : «Je parie
Que votre plaisir est plus grand que celui qu'éprouvent
Les mâles», affirma-t-il. Elle n'était pas d'accord. Ils
résolurent
De demander l'avis du sage Tirésias. Celui-ci
connaissait le plaisir

Des deux sexes car après avoir profané d'un coup de
bâton,
Dans une forêt verdoyante, le coït de deux grands
serpents,
Il avait été changé (stupeur !) d'homme en femme
Durant sept automnes ; au huitième, les ayant revus,
Il avait dit : « Puisqu'un coup reçu vous donne le
pouvoir
De changer le sexe de son auteur, je vais vous frapper
À nouveau. » Les deux serpents frappés, il avait repris
Sa forme première et son aspect naturel.
Donc, choisi comme arbitre dans cette querelle pour
rire,
Il donna raison à Jupiter. La fille de Saturne, dit-on,
Le prit beaucoup plus mal que la chose n'en valait la
peine
Et condamna les yeux de son juge à la nuit éternelle.
Mais le père tout-puissant (aucun dieu n'a le droit, en
effet, d'annuler
Les décisions d'un autre dieu) lui donna, pour pallier
sa cécité, la prescience
De l'avenir et adoucit sa peine en lui témoignant son
estime.

(Livre III, vers 316-338.)

POLYPHÈME PARLE

Si tu m'épouses, tu ne manqueras ni de châtaignes
Ni de fruits de l'arbousier : tous les arbres te seront
dévoués.
Ce troupeau entier est à moi, beaucoup d'autres errent
dans les vallées,

La forêt en abrite beaucoup, d'autres encore séjournent dans mon antre.
Si tu voulais savoir combien il y en a, je ne pourrais te le dire :
Compter ses brebis, c'est pour les pauvres. Mais tu ne peux rien croire
Des éloges que j'en fais : viens donc, tu pourras voir par toi-même
Comme elles ont du mal à tenir sur leurs pattes, avec leurs pis gonflés.
J'ai des agneaux, portée récente, dans la tiédeur de mes bergeries
Et aussi des chevreaux du même âge, dans d'autres bergeries.
Je dispose toujours d'un lait blanc comme neige, dont je garde
Une partie pour la boire, l'autre pour en faire du lait caillé.
Les douceurs dont tu jouiras ne seront pas banales, ni les présents
Ceux de n'importe qui : daims, lièvres et boucs,
Ou bien un couple de colombes, un nid pris à la cime d'un arbre.
J'ai trouvé tout en haut des montagnes deux jumeaux
Qui pourront jouer avec toi, si semblables entre eux
Que tu auras du mal à les distinguer : les petits d'une ourse velue.
En les trouvant, je me suis dit : je vais les garder pour ma belle.
Montre donc vite ta jolie tête au-dessus de la mer d'azur,
Vite, Galatée, viens, ne dédaigne pas mes présents.
N'en doute pas, je me suis bien examiné en me voyant tout récemment
Dans le reflet d'une eau limpide, et je me suis trouvé beau.
Vois comme je suis grand ; Jupiter dans le ciel (car vous nous racontez

Sans cesse qu'un certain Jupiter y règne) n'est pas d'une taille
Plus haute ; une épaisse chevelure tombe sur mon visage farouche
Et mes épaules en sont couvertes comme d'une forêt.
Quant à mon corps hérissé de poils raides et très serrés,
Ne crois pas qu'il soit laid ; ce qui est laid, c'est un arbre sans feuillage,
Un cheval dont l'encolure jaunissante n'est pas voilée d'une crinière ;
Les oiseaux sont revêtus d'un plumage, les brebis parées de leur laine ;
Ce qui sied aux hommes, c'est une barbe et un corps empli de poils drus.
Je n'ai qu'un œil au milieu du front, mais il est aussi gros
Qu'un énorme bouclier. Et alors ? Le grand soleil ne voit-il pas tout
Du haut du ciel ? Le soleil n'a pourtant qu'un disque.

(Livre XIII, vers 819-853.)

DAPHNÉ ET APOLLON

« Viens, père, à mon secours si vous, les fleuves, avez ce pouvoir ;
Ce corps qui séduit trop, maudis-le en le transformant. »
Sa prière à peine achevée, une lourde torpeur envahit ses membres,
Une mince écorce entoure sa poitrine tendre,
Ses cheveux s'allongent et deviennent feuillage, ses bras des rameaux ;

Son pied, si véloce tantôt, se fixe au sol par d'inertes
racines,
Sa tête forme une cime; d'elle, il ne reste que l'éclat.
Phœbus l'aime toujours et, posant sa main sur le tronc,
Sent encore battre le cœur sous l'écorce récente;
Ses bras enlacent les branches — les membres de
Daphné —
Et il baise le bois; mais le bois se refuse à ses baisers.
Le dieu lui dit : « Eh bien, puisque tu ne peux être mon
épouse,
Tu seras mon arbre; ma chevelure, ma cithare,
Mon carquois, ô laurier, te posséderont à jamais;
Tu seras là, auprès des chefs latins, lorsque des voix
joyeuses
Chanteront leur triomphe et que le Capitole verra venir
de longs cortèges.
Tu te tiendras, gardien fidèle, sur le seuil du palais
d'Auguste
Et tu veilleras sur la couronne de chêne fixée en son
milieu;
De même que ma tête, avec son abondante chevelure,
reste jeune,
Tu porteras toujours un feuillage splendide et
persistant. »
Sur ces mots de Péan, le laurier fit un signe
d'assentiment
De ses branches nouvelles et l'on vit remuer son faîte
— ou sa tête.

(Livre I, vers 545-566.)

PYTHAGORE PARLE

Temps qui dévores toutes choses, et toi, vieillesse odieuse,
Vous détruisez tout et quand les dents de l'âge ont tout gâté,
Tout se délite peu à peu en une mort lente.
Et ce que nous appelons les éléments n'est pas plus stable ;
Prêtez-moi attention, je vous montrerai leurs parcours alternatifs.
L'univers contient depuis toujours quatre principes
Générateurs : deux d'entre eux, la terre et l'eau, sont lourds
Et, du fait de leur poids, attirés vers le bas ;
Les deux autres ignorent la pesanteur et, comme rien ne les arrête,
Ils tendent vers le haut ; ce sont l'air et le feu, plus pur que l'air.
Bien qu'ils soient séparés dans l'espace, tout vient d'eux
Et tout retourne en eux : la terre se désagrège
Et se dilue en eau limpide, l'élément liquide s'évapore
Et se fond dans l'air qui, à son tour devenu encore plus volatil,
Extrêmement léger, s'élance vers le feu des régions supérieures.
Ensuite, ces éléments refont le chemin en sens inverse et le cycle recommence :
Le feu se condense et sa compacité le fait passer à l'état d'air,
Celui-ci passe à l'état aqueux ; l'élément liquide concentré devient terre.
Aucun ne garde son apparence ; la nature renouvelle toutes choses

En produisant d'autres formes à partir des anciennes.
Rien ne meurt dans l'ensemble de l'univers, croyez-moi,
Tout varie en revanche, et change d'aspect ; ce que l'on appelle naître,
C'est commencer d'être autre chose que ce que l'on fut,
Mourir, c'est terminer ce processus. Il peut y avoir déplacement
De telle ou telle partie ici ou là, mais l'essence de l'être reste la même.

(Livre XV, vers 234-258.)

Traduit du latin par Danièle Robert, Ovide, Les Métamorphoses, © *Actes Sud.*

WANG WEI

(701-761)

par Gil Jouanard

Depuis qu'elle est devenue l'affaire exclusive de quelqu'un et non plus celle de ces grands ensembles humains qu'on appelle clan, tribu, peuple ou nation, la poésie, qui a souvent changé de catégorie ou d'appellation, a cessé de ressasser ou d'exacerber la mémoire collective, souvent fantasmatique, des groupes dont elle constituait l'art du langage par excellence. Devenue affaire personnelle, relation intime de l'auteur à lui-même et, incidemment (pour ne pas dire accessoirement), de l'auteur à son *lecteur, traité comme un interlocuteur privilégié, non plus comme un auditeur spectateur, elle s'est mise à parler à voix plus basse, de choses auxquelles les héros et les dieux n'entendent pas grand-chose (ou qu'ils affectent de négliger) : la vie, la mort, l'amour, la guerre, quand ce n'est pas la langue elle-même, cumulant les statuts conjoints d'objet et de sujet, d'instrument ou d'outil et de matière première.*

Nous n'en étions même pas encore à La Chanson de Roland, *toujours sous l'emprise de l'élégie, de la chanson de geste, du poème épique, de cette affaire qui tendait à nous faire croire que des gens plus importants que nous-mêmes savaient (et de préférence avaient su naguère ou autrefois) vivre des aventures colossales. La poésie nous parlait de Gilgamesh, d'Achille, de Priam, d'Ulysse, ou alors du Dieu unique courtisé en vue de se gagner une bonne place auprès de lui, dans son vaste loft céleste, rempli de mets délicats, de séraphiques compagnes et de béatitude gourmande.*

Au VIII*e siècle de notre ère, loin toutefois de notre ère et de nos mœurs à nous, dans cet empire du Milieu que nous nous obsti-*

nons toutefois à prétendre « extrême », sous l'influence d'une conception du monde, sagesse ou philosophie plutôt que religion, qui faisait de l'être humain l'une des infimes particules constitutives d'un Grand Tout voluptueux, prolifique et sereinement indifférent, quelques bouddhistes adeptes du t'chan (celui qui deviendra zen quand il aura essaimé dans les îles nippones) s'avisèrent de faire de la poésie le lieu (et le moyen) d'intégration le plus direct et le plus durable à cette Merveille Absolue : l'univers.

Ces hommes-là étaient tous des artistes protées, à la fois calligraphes, graphistes, coloristes, musiciens, chanteurs, mais aussi, pour reprendre une expression de Gaston Bachelard, « maîtres de sagesse ». Ils étaient experts en ravissement, celui qu'ils éprouvaient au contact de la réalité plénière du monde, et celui qu'ils avaient l'art de faire partager.

L'un d'eux fut maître parmi les maîtres, fulgurant parmi les infiniment patients, et plus que tout autre initiateur, « théoricien », ainsi que nous dirions aujourd'hui.

Il écrivit donc des traités de peinture qui sont d'authentiques poèmes en prose ; mais aussi des poèmes « en vers », si l'on peut appeler ainsi ces superbes alignements, de haut en bas, d'idéogrammes subtils dont l'agencement permet de démultiplier le stock de significations virtuelles.

Il s'appelait Wang Wei. Il avait été haut fonctionnaire de l'Empire. Mais on n'aurait pu l'être à l'époque et dans cette société déconcertante à nos yeux sans avoir préalablement « réussi » au concours de poésie, éliminatoire !

Puis, les vicissitudes de l'Histoire mais sans doute aussi son goût profond pour la rêverie solitaire le conduisirent à se retirer, tel un Zarathoustra ou un Alceste qui eussent été exemptés de tout relent d'amertume ou de désillusion, dans les plis et replis de cette nature dont notre Occident se souciait fort peu alors.

Ainsi, tandis que le paysage n'avait même pas commencé de meubler le fond des paysages peints par quelques « primitifs » toscans et ombriens, ils en avaient fait, eux, le personnage principal de leur méditation et de leur enchantement.

Point ne leur était besoin de chercher éperdument à saisir au vol ce que nous appelons naïvement l'« originalité ». Ils redisaient toujours la même chose, à propos des mêmes choses, nous parlant inlassablement des saisons, de la musique universelle, du goût et des arrière-goûts de chaque lieu, de chaque instant.

Contemplatifs, ils étaient les élégiaques raffinés de la réalité telle qu'en elle-même le moindre mouvement de l'air ou de la lumière la change à tout moment.

Je lisais depuis longtemps, depuis des années, dans l'ombre tutélaire de René Char, lorsqu'un jour je fis l'acquisition d'un exemplaire du gros volume dans lequel Paul Demiéville tentait de nous sensibiliser à cette merveille : la poésie chinoise classique. J'appris par cœur La Gloriette aux bambous, L'Enclos aux cerfs *et bien d'autres sésames transfigurateurs d'âmes et d'esprits, mais aussi de regards.*

Puis je les réappris dans les traductions de J. Pimpaneau, de J.-P. Diény, enfin, second coup de foudre, de François Cheng, qui me sensibilisa à cette magie : une poésie dans laquelle les verbes ne se conjuguent pas (et donc le temps chronologique est apparemment éludé), les articles n'existent pas et l'effusion se voit réduite à sa plus simple expression. *Une poésie, comme celle de Reverdy, comme celle de Follain, que je venais tout juste de découvrir aussi, à l'écart de ces grands mouvements de manche du lyrisme occidental.*

Tout se passait comme si la poésie naissait tout naturellement des objets qu'elle désignait, dits tels quels, sans emphase ni luxe de qualificatifs. Le réel se suffisait à lui-même pour nous enchanter de sa réalité non intentionnelle ni préméditée, simplement advenue.

*Ensuite, il y eut Patrick Carré. Et ce fut une nouvelle lecture. Wang Wei autorise peu l'infidélité ; ses propositions sont sans chausse-trape, sans faux ami, sans contresens possible : tout ce qui se presse derrière l'*évidence *est clairement énoncé, non pas sommaire, simpliste, pauvre ; mais visible à l'œil nu comme le sont les galets sous le flux du courant d'eau claire. Cela ne lui fait rien perdre de sa densité énigmatique, mais cela nous épargne les prétentions de nos ontologistes trop distingués pour être simplement vivants.*

C'est de la vie, non pas à l'état brut, mais dans son simple appareil, avec ses couleurs naturelles, sa voix propre.

Et encore sommes-nous, nous qui ne connaissons pas le chinois, et moins encore le mandarin, condamnés à nous priver de tous ces chemins de traverse proposés par l'assemblage personnalisé de ces idéogrammes qui ont chacun son sens propre, autonome, que l'on peut combiner entre eux dans n'im-

porte quel ordre, dans une lecture qui n'est pas assujettie à l'ordre linéaire.

Heureuse lecture donc ; et bon voyage.

Sources :
Paul Demiéville (sous la direction de) : Anthologie de la poésie chinoise classique, *Poésie / Gallimard.*
François Cheng : L'Écriture poétique chinoise, *Le Seuil, 1977.*
Patrick Carré : Les Saisons bleues. Wang Wei poète et peintre, *Phébus, 2004.*

Promenade parmi des montagnes et des rivières

Pour commencer, nous allons, à partir de deux exemples, choisis parmi les chefs-d'œuvre de Wang Wei, montrer le parti de traduction que l'on peut tirer de tels textes, dès lors qu'on tente de les faire passer dans une tonalité et une tessiture « occidentale ». Car le chinois, qui néglige de conjuguer les verbes, exclut aussi l'usage des articles, ce qui, loin de limiter le sens, l'amplifie démesurément. On verra comment sans ajouter d'autre commentaire.

CLOS AUX CERFS

Montagne vide / ne percevoir personne
Seulement entendre / voix humaines résonner
Ombre retournée / pénétrer forêt profonde
Encore luire / sur la mousse verte

Cette traduction littérale, proposée par François Cheng, devient, dans son adaptation personnelle :

Montagne déserte. Personne en vue.
Seuls, les échos de voix résonnent, au loin.
Les ombres retournent dans la forêt profonde ;
Dernier éclat de la mousse : vert.

Voici maintenant celle de Patrick Carré :

Dans la montagne vide l'homme est invisible,
Où la voix seule vient en échos.
Les ombres du couchant s'inversent dans la forêt
Sur la mousse renaît la lumière...

La question n'est pas ici de faire entrer en compétition deux « interprétations » ou « adaptations » différentes, mais de montrer que, des quatre mêmes colonnes (et non lignes) d'idéogrammes, l'on peut tirer des harmoniques et donc des esthétiques différentes, sans déperdition d'énergie poétique.

Voici à présent un autre « exercice » de comparaison interprétative, à propos de « La Gloriette aux bambous » :

Seul être assis / parmi bambous cachés
Jouer cithare / longuement siffler
Forêt profonde / hommes ne point savoir
Lune claire / s'approcher éclairer

Version Cheng :

Seul assis entre les bambous,
Je joue de la cithare et je siffle,
Dans la forêt, oublié des hommes.
La lune s'est approchée : clarté.

Version Demiéville :

Assis seul au milieu des bambous,
Je joue de la cithare et chante à pleine voix ;
Dans la forêt profonde, où les hommes m'oublient,
Seul un rayon de lune est venu m'éclairer.

Version Carré :

Assis seul dans le secret des bambous,
longtemps je siffle au chant du luth.
Au bois profond nul ne me connaît
Je reflète la lune qui vient m'illuminer.

À titre d'indication, et sans connaître le chinois, simplement à partir de ces quatre versions (surtout la littérale), je serais tenté de proposer :

Seul, assis parmi les bambous,
Je siffle à l'unisson avec ma cithare;
Dans la forêt, oublié de tous,
Et pour seule clarté un rayon de lune.

Voici maintenant «Dans la montagne» adapté par Cheng :

Des rochers blancs surgissent des eaux de la Ching;
Des feuilles rouges, çà et là, dans le ciel froid.
Il n'a pas plu sur le sentier de montagne;
Seul l'azur du vide mouille nos habits.

Relue par Demiéville :

Du vallon broussailleux, des rochers blancs émergent;
Épars dans le ciel froid, quelques feuillages rouges…
Sur le sentier de la montagne, il n'a pas plu;
Mais l'azur de l'espace inonde mes habits.

Par Carré :

La roche blanche émerge du torrent ;
Ciel froid aux rouges feuilles éparpillées.
Sur le chemin du mont, la pluie s'est absentée
Le bleu du vide mouille nos habits.

Je propose :

Un rocher blanc troue le torrent ;
Feuilles rouges dans le ciel froid.
Sur le sentier, nulle trace de pluie.
L'azur pourtant inonde mes habits.

Autre merveille adaptée par François Cheng, « Torrents aux chants d'oiseaux » :

Repos de l'homme. Chute des fleurs de canneliers.
Nuit calme, de mars, dans la montagne déserte.
Surgit la lune. Effrayé, l'oiseau crie :
Échos des cascades printanières…

Une autre encore, due à l'interprétation de Patrick Carré, « Le Jardin des magnolias » :

Sur les monts d'automne au jour qui se replie
Une ligne d'oiseaux se déploie
Éclair d'un vert vif
Où les brumes du soir ne peuvent s'abriter.

Partisan, à la réflexion, de l'adaptation qui, renonçant au maximum d'exactitude, cherche à retranscrire (comme on le fait au piano d'un poème symphonique ou d'un lied) l'esprit et la fulgurance de l'impression (de l'illumination, comme aurait dit l'Ardennais), je propose, sans rien réfuter du beau travail de fidélité de Carré :

Le jour s'étiole au ras des monts d'automne
Qu'un vol d'oiseaux vient raturer ;
Trop vif l'éclair, trop vert aussi,
Pour pouvoir héberger le soir brumeux.

Mais voici à présent un aperçu de cette étrangeté, poétique plus que bien des poèmes, où Wang Wei, « théoricien », si ce mot n'est pas déplacé dans cette civilisation où ceux qui savaient initiaient plutôt que d'enseigner. Le peintre poète musicien ne décrit pas un paysage, il dit ce qu'il convient de faire figurer sur une soie peinte pour que s'impose l'évidence d'un lieu et celle d'une saison. Il suggère que notre émotion sera d'autant plus grande, car d'autant plus fondée, qu'on aura su activer les spécificités évocatrices, mais aussi réalistes, de cette période en cet endroit-là.

Dans le texte qui suit, Wang Wei propose un art poétique de la peinture, qu'il intitule d'ailleurs Le Secret de la peinture, *dans lequel, à l'encontre de l'idée que l'on se fait souvent en Occident de l'« inspiration », laissée au hasard du « génie » de l'artiste, il dit, lui, ce qu'il faut faire pour réussir un « lavis à l'encre », c'est-à-dire la charge poétique qu'il faut y placer (non au gré de l'intuition, mais en veillant bien à y inclure ces déclencheurs de rêverie que sont certaines figures obligées) ; en Occident, des règles aussi strictes déboucheraient sur un académisme pompiériste ; en Chine, durant des millénaires, leur respect à la lettre fut au contraire un très sûr appelant à imaginaire. C'est que, loin de courir sans cesse vers une très illusoire et éphémère nouveauté, les artistes et poètes de l'époque de Wang Wei et ceux de nombreux siècles qui suivirent s'appliquèrent à émouvoir, séduire, charmer ou donner à penser en appliquant à la lettre les recettes que les grands découvreurs de l'époque Tang tirèrent de la lente maturation expérimentale. Car ils ne cherchaient pas à étonner, contrairement à ce que nous faisons depuis deux siècles : ils avaient pour objectif de replonger l'amateur dans ce bain de reconnaissance intime des images fondatrices (celles qu'un Bachelard s'efforça de traquer à travers les images récurrentes de l'imaginaire matérialiste). En fait, ce t'chan dont s'inspirait Wang Wei n'était rien d'autre qu'une poétique de la réalité intrinsèque, libérée des rites et des dogmes, mais fidèle aux règles de bienséance cosmique et, plus humblement mais non moins pertinemment, terrestres, pour ne pas dire terriennes.*

LE SECRET DE LA PEINTURE

Sur la Voie de la peinture, suprême est le lavis à l'encre, car il commence par la nature en son essence et se poursuit jusqu'à l'accomplissement de ses qualités à travers les créations-transformations. D'aucuns, en un minuscule dessin, parviennent à inscrire la vision de mille lis : l'est, l'ouest, le sud et le nord semblent devant les yeux ; le printemps, l'été, l'automne, l'hiver naissent au bout du pinceau.

Commencez par poser les eaux et leurs limites en évitant absolument les « montagnes flottantes ». Déployez ensuite les chemins et leurs jonctions, sans toutefois tracer de « routes aboutées ». Que le sommet-hôte domine de sa hauteur les montagnes-convives courant à sa rencontre. Le moine vivant dans ces replis et ces creux peut y construire sa cabane ; les gens qui vivent au bord de l'eau y installent leurs maisons. En plaçant une poignée d'arbres près d'un village, on lui donne tout un bois. Les branches doivent faire corps avec le tronc. La rencontre d'un pan de montagne et d'un cours d'eau engendre naturellement la cascade. Que les sources ne s'écoulent pas confusément. Les pontons sont toujours déserts... Les gens qui marchent sont bien distincts... En faisant flotter le haut mât du bon ministre, qu'il domine l'eau de sa hauteur; en posant la longue barque du pêcheur, veillez à ce qu'elle rase l'eau. Il est bon de placer, au creux d'un surplomb, sur une éminence périlleuse, un arbre fantasque. Sur les parois verticales et les à-pics vertigineux ne court aucun sentier. Les montagnes lointaines et les nuages unissent leurs formes. Le ciel distant et les eaux mêlent leurs lumières. Quand la montagne se verrouille en crochet, seul un torrent peut s'en échapper. Quand la route s'est effondrée, un chemin suspendu la remplace. Les tours et les pavillons à terrasses qui ont leur place sur les terres planes renvoient obliquement la lumière des grands saules. Les pavillons et les pagodes des monastères et des temples dans les montagnes renommées ressortent finement sur le satin des cyprès. Les scènes éloignées sont encagées dans le brouillard; les pitons escarpés verrouillés dans les nuages. L'enseigne du mastroquet pend haut sur la route; la voile du voyageur frôle l'eau. Les montagnes au loin s'alignent dans les fonds; les arbres du premier plan s'écartent vivement...

Gardez la pierre-à-encre dans votre main et, de temps à autre, laissez-vous aller au « recueillement ludique ». Au long de longs mois et de longues années, vous entrerez doucement dans une dimension subtile et mystérieuse. L'éveil mystérieux se passe de longs discours : que le bon étudiant s'en réfère toujours aux règles de la méthode !

Ce vieil art de peindre (il a douze siècles) reste, sous ses airs académiques, d'une modernité encore non surpassée : il a fallu attendre le XXe siècle pour que l'on ose, avec un Ponge notamment, aborder l'acte créateur comme un savoir-

faire méthodique, disposant d'une implacable logique, qui est l'inverse très exact du spontanéisme prétendument libératoire, qui ne libère en général que la banalité extrême de notre instinct et de nos intuitions.

Wang Wei nous dit : la beauté n'est jamais le fait du hasard. La liberté vient ensuite, dans le chemin qui s'accomplit de l'œuvre à celui qui s'y immerge ainsi qu'il le ferait dans la nature (qui elle-même ne sort jamais du cadre de ses attributions). Notre seul degré de latitude vient du fait que nous sommes au-dehors, en position de regardeur, d'écouteur, dans l'attente de cet instant épiphanique où de la répétition surgit à l'improviste, parce qu'on était prêt et attentif, la surprise. C'est cela et rien d'autre, la poésie. C'est cela, Wang Wei.

SEI SHÔNAGON

(966-1010)

par Gérard Noiret

J'ai découvert Sei Shônagon dans un manuel qui réunissait des déclencheurs pour ateliers d'écriture. Au milieu de cent propositions, les listes de «choses faisant battre le cœur», *de* «choses devant être courtes»... *sautaient aux yeux. Il était évident qu'elles tordaient le cou à la rhétorique et franchissaient les multiples abîmes nous séparant du poète : une femme née aux alentours de 965, au Japon. Il y avait là un dire qui me concernait infiniment plus que les plus anciens poèmes français que j'avais pu lire et qui, tous, étaient plus récents d'au moins un siècle.*

André Beaujard, à qui nous devons la traduction des Notes de chevet *(Gallimard, «Connaissance de l'Orient»), nous a transmis l'essentiel de ce que l'on connaît de Sei Shônagon. Que, fille d'un gouverneur de province, elle dut arriver au palais impérial de Kyoto vers 990. Qu'elle fut dame d'honneur d'une princesse qui devint impératrice. Qu'elle la servit avec dévouement et fidélité. Que ses «écrits intimes» nous sont certainement parvenus parce qu'ils furent dérobés par un admirateur. Le reste est hypothèses aussi hasardeuses que contradictoires.*

La sélection ici présentée (12 «notes» sur 162, 6 pages sur 191) est un choix déformant. Il ne s'agit pas d'une anthologie des meilleures pages. C'est une organisation de prélèvements qui vise à restituer le choc d'écriture éprouvé lors du premier contact et qui diffère de l'impression produite par l'intégralité de l'œuvre. En effet, si les Notes de chevet *réalisent, série après série, un tableau impressionnant de la vie de cour d'une société «au moment de la plus haute splendeur de la civilisation de*

Heian », l'intérêt finit par être culturel, et par concerner, d'abord, les érudits susceptibles de décrypter références littéraires et allusions historiques. Conscient de l'exceptionnelle qualité du livre, soucieux de ne pas cacher que ma lecture est prisonnière de mes propres problématiques, je n'en ai pas moins ressorti les textes manifestant :

— la force des affirmations qui ne s'alourdissent pas des articulations du bien écrire ;

— la beauté des traits sans reprise, se passant de commentaire pour mieux suggérer ;

— le pouvoir déterminant des objets naturels dans les énumérations, même si cela n'élimine pas (à condition que soient respectées de subtiles lois de proportion et d'agencement) les animaux, les individus et les abstractions ;

— le rôle essentiel du titre lorsqu'il met en évidence une nuance (une qualité humble) qui sert de dénominateur commun, ou lorsqu'il est en légère contradiction avec la suite.

18. *Choses qui font battre le cœur*

Des moineaux qui nourrissent leurs petits.

Passer devant un endroit où l'on fait jouer de petits enfants.

Se coucher seule dans une chambre délicieusement parfumée d'encens.

S'apercevoir que son miroir de Chine est un peu terni.

Un bel homme, arrêtant sa voiture, dit quelques mots pour annoncer sa visite.

Se laver les cheveux, faire sa toilette, et mettre des habits tout embaumés de parfum. Même quand personne ne vous voit, on se sent heureuse, au fond du cœur.

Une nuit où l'on attend quelqu'un. Tout à coup, on est surpris par le bruit de l'averse que le vent jette contre la maison.

19. *Choses qui font naître un doux souvenir du passé*

Les roses trémières desséchées.

Les objets qui servirent à la fête des poupées.

Un petit morceau d'étoffe violette ou couleur de vigne, qui vous rappelle la confection d'un costume, et que l'on découvre dans un livre où il était resté, pressé.

Un jour de pluie, où l'on s'ennuie, on retrouve les lettres d'un homme jadis aimé.

Un éventail chauve-souris de l'an passé.

Une nuit où la lune est claire.

20. *Choses qui égayent le cœur*

Beaucoup d'images de femmes, habilement dessinées, avec de jolies légendes.

Au retour de quelque fête, les voitures sont pleines ; on en voit déborder les vêtements des dames. De nombreux serviteurs les escortent, les conducteurs guident bien les bœufs et font courir les équipages.

Une lettre écrite sur du papier de Michinoku, blanc et joli, avec un pinceau si fin qu'il semblerait ne pouvoir tracer même le plus mince trait.

L'aspect d'un bateau qui descend la rivière.

Des dents bien noircies.

À « égal ou inégal », jouer souvent « égal ».

Une étoffe de soie très souple, tissée de jolis fils chinés.

Les pratiques magiques de purification, destinées à empêcher les effets des mauvais sorts, exécutées au bord d'une rivière, par un devin qui parle bien.

De l'eau qu'on boit quand on se réveille la nuit. [...]

26. *Choses élégantes*

Sur un gilet violet clair, une veste blanche.

Les petits des canards.

Dans un bol de métal neuf, on a mis du sirop de liane, avec de la glace pilée.

Un rosaire en cristal de roche.

De la neige tombée sur les fleurs des glycines et des pruniers.

Un très joli bébé qui mange des fraises.

58. *Choses qui paraissent pitoyables*

Au sixième ou au septième mois, à l'heure du Cheval ou à l'heure du Mouton, une charrette malpropre, attelée d'un misérable bœuf, qui s'en va, cahotant.

Un jour qu'il ne pleut pas, une voiture pourvue de nattes contre la pluie. Un jour qu'il pleut, une voiture où l'on n'en a pas mis.

Un vieux mendiant, que l'on soit dans la saison très froide ou qu'il fasse chaud.

Une femme du peuple, très pauvrement vêtue, qui porte un enfant sur son dos.

Une cabane au toit de planches, noire et sale, que la pluie a mouillée.

Un cavalier, monté sur un petit cheval, précède un cortège, un jour qu'il pleut très fort. Son chapeau est aplati ; ses vêtements de dessus et de dessous, collés par la pluie, ne font plus qu'un. Quel aspect pitoyable ! En été, cependant, la vue en est agréable.

59. *Choses qui donnent une impression de chaleur*

L'habit de chasse que porte le chef de l'escorte impériale.

Une étole faite de morceaux divers.

Le lieutenant de la garde du corps qui surveille les concours d'archers et de lutteurs, et qui escorte le Souverain.

Une personne très grasse, qui a beaucoup de cheveux.

Les sacs dans lesquels on met les harpes.

Un chanoine, en prière au sixième ou au septième mois, qui fait ses pieux exercices à midi.

Ou encore, au même moment, un forgeron qui travaille le cuivre.

61. *Choses sans valeur*

Un grand bateau, à sec dans une baie, à marée basse.

Le temps qu'une femme dont la chevelure est courte met à se peigner après avoir ôté ses faux cheveux.

Un grand arbre renversé par le vent et couché sur le sol, les racines en l'air.

Le dos du lutteur qui se retire après avoir été battu.

Un homme sans grande autorité qui réprimande un serviteur.

Un vieillard qui découvre sa chevelure.

Une femme s'est fâchée à propos de quelque bagatelle, puis est allée se cacher. Elle pensait que son mari ne manquerait pas de se précipiter à sa recherche ; mais il ne s'inquiète pas tant qu'elle l'avait espéré, il se conduit d'une façon blessante à son égard. Cependant, comme elle ne peut, hélas ! rester toujours dehors, elle quitte d'elle-même sa retraite, et revient à la maison.

Pendant la danse du « chien de Corée », ou celle du « lion », le bruit que font les pieds des danseurs lorsqu'ils prennent plaisir à leur jeu, et sautent, emportés par la cadence.

Parmi les prières que disent les bonzes, j'aime surtout à entendre réciter la « Formule magique de l'Œil des Bouddhas » ; en les écoutant, en les voyant, je suis charmée, pénétrée de vénération.

67. *Choses effrayantes*

L'écorce d'un gland.
Un endroit où l'incendie a tout brûlé.
Le lotus épineux.
La châtaigne d'eau.
Un homme qui a beaucoup de cheveux, et qui les fait sécher après s'être lavé la tête.
L'écorce d'une châtaigne.

68. *Choses qui semblent pures*

Un vase de terre cuite non vernissée.
Une cruche de métal, neuve.
Le dessus des nattes, fait d'avoine d'eau.
La lumière qui passe au-travers de l'eau qu'on verse.
Une « longue caisse » neuve.

69. *Choses qui paraissent malpropres*

Un nid de rats.
Quelqu'un qui tarde, le matin, à se laver les mains.
De la morve blanche.
Des petits enfants, morveux, qui marchent en reniflant.
Les vases où l'on met de l'huile.
Les petits des moineaux.
Une personne qui reste longtemps sans prendre de bain, pendant la saison chaude.
Tous les vêtements fanés, quels qu'ils soient, semblent malpropres ; mais parmi eux, ce sont surtout les habits de couleur luisante qui paraissent sales.

70. *Choses qui semblent vulgaires*

Un « troisième fonctionnaire » du Protocole qui a été anobli.
De gros cheveux noirs.
Un paravent de toile, lorsqu'il est neuf. Quand il est vieux et sali, c'est un objet qui ne mérite plus qu'on en parle, et, contrairement à ce que l'on pourrait croire, on n'y accorde plus la moindre attention.
Un paravent de toile sur lequel, dès qu'il est fabriqué, on fait s'épanouir, en les dessinant, quantité de fleurs de cerisier, et que l'on colorie avec de la craie et du cinabre.
Qu'il s'agisse des portes à coulisse, des petites armoires, ou de toute autre chose, on peut dire que ce que l'on voit en province manque d'élégance.
Le dessus d'une voiture recouverte de nattes.
Le pantalon que portent les gens de police.

Un store d'Iyo fait avec des joncs trop gros.
Un petit bonze, encore enfant, qui engraisse.
Une véritable natte d'Izumo.

82. *Choses qui ne servent plus à rien, mais qui rappellent le passé*

Une natte à fleurs, vieille, et dont les bords usés sont en lambeaux.

Un paravent dont le papier, orné d'une peinture chinoise, est abîmé.

Un pin desséché, auquel s'accroche la glycine.

Une jupe d'apparat blanche, dont les dessins imprimés, bleu foncé, ont changé de couleur.

Un peintre dont la vue s'obscurcit.

Le rideau usé d'un écran.

Un store à tête dont le bord supérieur n'est plus recouvert.

De faux cheveux, longs de sept pieds, qui rougissent.

Un tissu couleur de vigne, teint à la cendre, dont la couleur s'altère.

Un homme qui fut autrefois le héros élégant de nombreuses aventures amoureuses, maintenant vieux et décrépit.

Dans le jardin d'une jolie maison, un incendie a brûlé les arbres. L'étang avait d'abord gardé son aspect primitif; mais il a été envahi par les lentilles d'eau, les herbes aquatiques.

MILARÉPA
(1040-1123)

par André Velter

Quinze années durant, avec Marie-José Lamothe qui inlassablement traduisait ses œuvres, j'ai vécu dans la rumeur des chants de Milarépa et souvent sur les sentiers de ses pérégrinations au Tibet ou au Népal. Pour quelqu'un qui est né en 1040 et qui a rejoint la Claire Lumière en 1123, la qualité, l'intensité, l'évidence d'une telle présence ont de quoi étonner ceux qui s'en remettent et se soumettent aux illusions du temps.

Car Milarépa est présent. Sa Vie, *ses* Cent Mille Chants *(qui sont en effet cent mille par les échos répercutés de vallée en vallée), tout cela tient du récit d'aventure, de l'épopée, du florilège, mais aussi de l'art de vivre infiniment avec moins que rien. Il s'agit là de l'évocation minutieuse et gaie de l'un des parcours spirituels les plus foudroyants qu'ait jamais accompli un être humain.*

« Mila-vêtu-de-coton » est celui qui réside dans les ermitages les plus inaccessibles, en lisière des glaciers, sur les pentes de l'Everest ou du mont Kailas. Il est celui qui chante spontanément la joie de la dépossession, la beauté des solitudes, la fin des souffrances, celui qui indique la voie de délivrance, ici et maintenant, que cet « ici » soit le Tibet ou l'univers entier, que ce « maintenant » se situe au XIe siècle ou aujourd'hui même.

Je suis celui qui chasse le visage des apparences.
Celui qui accueille tous les souhaits.
Je suis un yogi sans opinions,
Celui qui ne s'empresse jamais, quoi qu'il advienne.
Je suis le renonçant sans vivres,

Le mendiant sans possessions,
Le Vagabond nu.
Je suis celui qui a vaincu toutes les pratiques,
Je demeure ici mais n'y réside pas,
Je suis un Fou, heureux de la mort,
Je ne possède rien, je n'ai besoin de rien.

La biographie de Milarépa retrace les événements tourmentés de l'enfance et de l'adolescence : la mort du père, la spoliation de l'héritage, la soif de vengeance de la mère, l'acquisition des pouvoirs magiques par le jeune homme, le déchaînement des calamités, puis la douloureuse purification sous la férule de Marpa. Et quand Mila s'éloigne de ce maître intraitable, à la fois violent et subtil, il s'en va définitivement mener la vie des ascètes errants. Ayant maîtrisé la chaleur intérieure et pacifié son esprit, il devient alors pareil à ce miroir sans tache qui rend toute chose à sa transparence première.

Le yogi regarde cette vie comme l'illusion d'un songe.
Il chérit la compassion face à la stupidité
Et s'alimente au Vide de l'espace.

Vient le temps des rencontres avec les fils spirituels et les disciples. Ceux-ci se présentent à leur heure, un à un, au gré des errances du yogi. Ce sont des gens du peuple, paysans, bergers, caravaniers ou bandits, et Milarépa les accueille sans discrimination ni jugement. Il chante pour eux les enseignements de la voie abrupte qu'il a suivie et les engage à s'en aller méditer dans la solitude, loin de la souffrance qui mène les existences mondaines.

Le premier à paraître s'appelle Rétchungpa, le disciple semblable à la lune. C'est lui, dit-on, qui transcrira la biographie de Milarépa et qui donnera naissance à une lignée de yogis intrépides, que l'on nommera « Fous » tant ils se soucièrent peu des normes, des convenances et des hiérarchies monastiques, demeurant en cela fidèles au comportement du yogi-poète.

Car Milarépa n'a que faire des institutions ecclésiastiques, non plus que des contraintes domestiques. Son dénuement, son allégresse ignorent toute raison sociale. Il est sans attache, sans avoir. Libéré parce que débarrassé des liens qui asservissent, libéré parce que libre, absolument. Pour lui, le spectacle du monde se change en émerveillement calme. D'ermitage en ermitage, Milarépa suit son chemin de crête. S'il fait une halte en un lieu habité et répond en chantant aux questions des villageois, sa mélodie marque aussitôt la mémoire collective. Sa parole chantée est accessible à tous, même si l'expérience mystique qu'elle célèbre reste, pour beaucoup, hors de portée. Il n'est pas un Tibétain qui ne connaisse par cœur plusieurs de ses poèmes.

Dans sa traduction, Marie-José Lamothe a su restituer le rythme, ou mieux, la rumeur de la langue tibétaine, si accordée à l'espace de ce Haut-Pays qu'elle aimait passionnément. Aussi sa version française garde-t-elle l'écho du souffle original, son pouvoir d'arrachement au monde, de mise en altitude de l'esprit. Aussi témoigne-t-elle d'une sagesse folle, irréductible, sublime, à l'image d'un être délivré, nu, qui danse en lisière des neiges éternelles et chante son amour de la seule lumière.

La Vie, *de Milarépa, traduit du tibétain par Marie-José Lamothe, Seuil.*
Les Cent Mille Chants *(3 tomes), traduit du tibétain par Marie-José Lamothe, Fayard.*
Marie-José Lamothe : Dans les pas de Milarépa, *Albin Michel.*

À consulter : Femme de lumière, Marie-José Lamothe sur les chemins du Tibet, *revue Question De / Albin Michel.*

CHANT POUR CEUX DE NYANANG

À l'invitation des gens de Nyanang, Milarépa résidait dans une grotte au-dessus de la vallée. Tandis que certains villageois se détournaient de lui, le yogi révéla par un chant la vue profonde qu'il avait de leurs doutes.

Bouleversés, ceux de Nyanang se prosternèrent en répandant des larmes : « — Ô Maître Vénéré, dirent-ils, nous vous prions de demeurer pour toujours en ce lieu. »

Milarépa répliqua : « — Je ne resterai pas ici longtemps, cependant je vous donnerai une bénédiction de longue vie et de bonne santé. »

Alors il chanta :

Là haut dans l'azur immense
Tournent lune et soleil
Un instant réunis
Par jeu des circonstances.

Ciel bleu restez ici
Heureux de corps et d'esprit,
Moi la lune, moi le soleil
Je ferai le tour des quatre continents.

Ceci est une fable, un divertissement
Où vous êtes pareils au bleu profond.
Et puissent les nuages ne pas vous obscurcir.
Moi la lune, moi le soleil
Si je ne deviens pas le captif des planètes
Nous nous rencontrerons encore et encore.

Je lance avec force le vœu de nous retrouver
Dans l'harmonie du Dharma et la prospérité.

Au-dessus de la cime rocheuse
Tourne le vautour royal
Un instant réunis
Par jeu des circonstances.

Pic rocheux restez ici
Heureux de corps et d'esprit,
Moi le vautour
Je pars vers les hauteurs du ciel.

Ceci est une fable, un divertissement
Où vous êtes pareils à la pointe du roc,
Et puisse la foudre ne pas vous briser.
Moi le vautour
Si je ne deviens pas la proie des pièges
Nous nous rencontrerons encore et encore.

Je lance avec force le vœu de nous retrouver
Dans l'harmonie du Dharma et la prospérité.

En bas dans les rapides du Tsangpo
Tourne le poisson aux yeux d'or
Un instant réunis
Par jeu des circonstances.

Tsangpo restez ici
Heureux de corps et d'esprit,
Moi le poisson
Je pars vers l'eau du Gange.

Ceci est une fable, un divertissement
Où vous êtes pareils au fleuve,
Et puissent les canaux d'irrigation ne pas vous détourner.
Moi le poisson
Si je ne suis pas roulé dans les mailles d'un filet
Nous nous rencontrerons encore et encore.

Je lance avec force le vœu de nous retrouver
Dans l'harmonie du Dharma et la prospérité.

Sur la rose trémière du jardin
Tourne l'abeille persane
Un instant réunies
Par jeu des circonstances.

Fleur restez ici
Heureuse de corps et d'esprit,
Moi l'abeille
Je ferai le tour des roses du Gange.

Ceci est une fable, un divertissement
Où vous êtes pareils à la fleur multiple,
Et puisse le givre ne pas vous brûler.
Moi l'abeille
Si je ne suis pas entraînée par le vent parfumé
Nous nous rencontrerons encore et encore.

Je lance avec force le vœu de nous retrouver
Dans l'harmonie du Dharma et la prospérité.

Avec dévotion, ceux du pays de Nyanang
Entourent Mila le yogi
Un instant réunis
Par jeu des circonstances.

Villageois restez ici
Heureux de corps et d'esprit,
Moi le yogi
Je pars vers l'âpreté de la montagne.

Vous mes bienfaiteurs
Puissiez-vous ne pas marcher de vie à trépas,
Pendant que moi le yogi
J'approfondirai la Parfaite Compréhension
Alors nous nous rencontrerons encore et encore.

Je lance avec force le vœu de nous retrouver
Dans l'harmonie du Dharma et la prospérité.

Source : extrait du Jetsun Milarépai Gourboum, *« Les Cent Mille Chants du Jetsun Milarépa », première traduction du tibétain publiée par Marie-José Lamothe dans la revue* Nulle Part *de novembre 1983.*

POÈMES DES INDIENS GUARANI

par Marie Étienne

Vers la fin des années 70, je revins de Dakar où j'avais séjourné huit années (après deux autres à Abidjan et huit autres en Asie du Sud-Est) et je m'acclimatai à mon pays de France, sans jamais perdre les racines que j'avais enfoncées dans des terres étrangères.

Pour ce motif peut-être et parce qu'ils prolongent les contes et légendes que je lisais dans mon enfance (achetés par mon père et offerts à Noël sous un ciel africain), les travaux des chercheurs sur les cultures dites premières et leur préservation au moins dans les mémoires (livres et disques quand il s'agit de mots parlés et de musique, musées quand il s'agit d'objets) me concernent de près.

Fin 70, nous lisions, je lisais Le Livre des morts des anciens Égyptiens *et* Le Grand Parler *de Pierre Clastres, les associant tous deux (à tort ?) dans un élan et un amour communs. Puis je me passionnai pour* L'Épopée de Gilgamesh, *certains travaux d'ethnomusicologues (Orstom, musée de l'Homme) en Afrique noire, auxquels il faudra bien un jour rendre un hommage ému.*

Je me souviens que ces ouvrages m'avaient fait découvrir la vérité suivante, élémentaire, pourtant jamais tout à fait dite : les Paroles d'autrefois, d'ici comme d'ailleurs, nous parviennent encore par le moyen de ce que nous nommons de l'art. Dans les cultures premières, anciennes ou actuelles, il s'agit d'autre chose, le chant, la danse, la poésie sont confondus avec la religion, la médecine et la philosophie, permettant l'expression la plus haute de soi, constituant un art de vivre auquel tous se conforment.

Autrement dit, selon les Indiens Guarani et sous la plume de Pierre Clastres : « Il n'y a pas de fausse vie et de vraie vie. Le désir de divinité affirme la volonté de vie. Voilà pourquoi, tel Ñamandu se déployant lui-même, les Indiens Guarani aspirent à se dresser. Qu'ils y parviennent : alors cessera de souffler sur eux le vent originaire qui glace les trop humains. »

Je me trouvais, lisant ce livre, « au cœur du vent originaire », je me sentais contemporaine d'une pensée venue de loin et proche, infiniment. Des hommes auxquels rien n'aurait dû me relier parlaient une Parole qui pouvait être mienne, qui disait le besoin de grandeur intérieure, d'élévation de soi et d'un état de grâce qui permet d'accéder à « une Terre sans Mal où demeurent les Dieux ». Traversant et les âges et, semblait-il, l'épaisseur de la croûte terrestre, montait une polyphonie humaine, que j'entendais et recueillais.

À dire vrai, pourtant, le Grand Parler des Guarani n'est pas vieux à ce point si j'en crois (et comprends) la préface de Pierre Clastres. À quand remonte-t-il ? S'il est assez facile de dater le moment où il fut recueilli, à partir du milieu du XVI*e* *siècle et de nos jours par León Cadogan et Pierre Clastres, en revanche son origine semble plus difficile à établir, puisqu'on ne le connaît que depuis le moment où arrivèrent en Amérique du Sud Portugais, Espagnols et Français. À cette époque, donc au* XVI*e* *siècle, les tribus des Tupi-Guarani se jetaient par milliers sur les routes à la suite des* karais, *prophètes à la recherche d'un paradis sur terre. Les sages Guarani contemporains répètent le message d'antan mais, au lieu de chercher à atteindre une Terre sans Mal, ils s'adressent aux dieux, attendant qu'ils répondent.*

On peut imaginer que la pensée qui produisit leurs Belles Paroles (ce qui a trait à leur cosmogénèse) est antérieure à l'arrivée des Visages pâles et qu'ils s'interrogeaient depuis longtemps déjà sur leur incomplétude, sur le malheur d'être des hommes et sur leur devenir divin.

CRÉATION DE LA PREMIÈRE TERRE

I

Ñamandu père véritable premier
connaît déjà sa future demeure terrienne :
du divin savoir des choses,
savoir qui déploie les choses,
il fait qu'au bout de son bâton-insigne
la terre aille se déployant.
Le palmier bleu, il le fait surgir
au centre futur de la terre ;
un autre encore en la demeure de Karai ;
un palmier bleu en la demeure de Tupan ;
au lieu natal des vents bons,
il fait surgir un palmier bleu.
Au lieu natal du vent originaire,
il fait surgir un palmier bleu.
C'est au nombre des doigts d'une main
qu'il fait surgir les palmiers bleus :
aux palmiers bleus
se retient le lit de la terre.

II

Sept est le nombre du firmament ;
le firmament repose sur quatre colonnes :
les colonnes sont des bâtons-insignes.
Le firmament qui déborde les vents,
notre père le pousse à sa place.
Sur trois colonnes, il l'a d'abord affermi,
mais le firmament se meut encore :
aussi l'appuie-t-il sur quatre bâtons-insignes.
Il trouve alors son lieu
et cesse de se mouvoir.

III

1 Le premier à souiller le lit de la terre fut le serpent originaire ; seule existe maintenant son image sur notre terre.
Le véritable serpent demeure à l'orée du firmament de notre terre.

2 Celui qui d'abord chanta sur le lit de la terre de notre père premier,
celui qui le premier fit entendre sa lamentation fut *yrypa* la cigale, la petite cigale rouge.
À l'orée du firmament de notre père demeure la cigale originaire :
seule subsiste maintenant son image sur le lit de la terre.

3 *Yamai* le gyrin est le maître des eaux, celui qui fait les eaux.
Celui qui existe sur notre terre n'est plus le véritable :
à l'orée du firmament de notre père demeure le véritable.
Seule maintenant subsiste son image sur notre terre.

4 Quand notre père fit la terre, partout s'étendait la forêt : des savanes, il n'y avait point.
C'est pourquoi, en vue d'ouvrir l'espace des savanes, il envoya *tuku* à l'aigu crissement, la sauterelle verte.
Et partout où elle plantait son dard, se déployaient les espaces d'herbe :
alors seulement s'étendirent les savanes.
Et *tuku* les célébrait de ses crissements aigus.
À l'orée du firmament de notre père demeure le véritable tuku :
seule subsiste maintenant son image.

5 Quand les savanes se laissèrent voir,
le premier à y faire entendre son chant, le premier à y
montrer son contentement fut *inambu*, la perdrix rouge.
Elle qui la première fit entendre son chant sur les savanes
demeure maintenant à l'orée du firmament de notre père :
celle qui vit sur le lit de la terre,
c'est seulement son image.

6 Le premier à blesser le lit de la terre de notre père fut le tatou.
Il n'est pas le tatou véritable,
celui qui maintenant demeure sur notre terre :
il n'en est que l'image.

7 Maître des ténèbres : la chouette.

8 Et quant à notre père le Soleil,
il est le maître de l'aube.

IV

1 Notre père premier est sur le point de s'enfoncer en
sa demeure céleste : telle fut donc sa parole :
« Toi seul, Karai père véritable,
quant aux flammes toujours renaissantes,
celles que rien jamais n'atteindra,
celles qui font que je me dresse,
quant à elles, tu feras qu'en soit le gardien ton fils,
Karai Grand Cœur.
Ainsi, fais qu'il ait nom : Karai seigneur des flammes.
Dis-le.
Il sera le gardien des flammes vouées à grandir.
Fais qu'à chaque temps nouveau,
s'élèvent un peu les flammes toujours renaissantes :
afin qu'ils soient à l'écoute de leur grondement,
ceux que nous avons voulu adorner,
celles que nous avons voulu adorner. »

2 Poursuivant, à Jakaira père véritable :
« Voici ! Tu seras quant à toi gardien de la brume où
naissent les Belles Paroles.
Et cela, que pour moi-même j'ai connu, fais qu'en soit
le gardien ton fils, Jakaira Grand Cœur.
Fais qu'il ait nom : Seigneur de la brume aux Belles
Paroles.
Dis-le. »

3 Poursuivant, à Tupan père véritable, ainsi parla-t-il :
« Tu seras quant à toi gardien de la Grande Mer,
des ramures de la Grande Mer en leur totalité.
Me dressant, je ferai que pour toi le firmament soit
frais.
En conséquence, grâce à tes nombreux fils Tupan Grand
Cœur,
cette chose source de fraîcheur,

tu l'enverras et l'enverras encore sur le lit de la terre,
en faveur de nos fils les bien adornés,
en faveur de nos filles les bien adornées. »

V

1 Sur le lit de la terre,
en faveur de ceux dont la tête est adornée,
en faveur de celles dont la tête est adornée,
Ñamandu père véritable premier
s'apprête à faire terrier le beau-savoir.
À Jakaira père véritable il s'adresse ainsi :
« Eh bien ! fais d'abord que la brume couronne la tête de mes fils,
la tête de mes filles.
Fais qu'à chaque retour du temps nouveau,
ton fils Jakaira Grand Cœur
répande la brume sur le lit de la terre.
Grâce à cela seulement, il y aura pour nos fils,
il y aura pour nos filles,
le bien-vivre. »

2 Poursuivant :
« Et toi aussi, Karai père véritable,
tu feras que les très belles flammes
habitent nos fils favorisés, nos filles favorisées. »

3 « C'est pourquoi, toi, mon fils Tupan père véritable,
quant à cette chose que j'ai voulue source de fraîcheur,
tu feras qu'elle habite
le cœur du cœur de mes fils.
Ainsi seulement,
les nombreux destinés à se dresser sur le lit de la terre,
désireraient-ils même s'écarter de ce qui rassemble,
demeureront en ce qui rassemble.
Grâce seulement à ce qui est source de fraîcheur,

les normes futures de ce qui rassemble
ne feront pas qu'il y ait chaleur excessive
pour nos futurs fils favorisés,
pour nos futures filles favorisées. »

VI

Ñamandu père véritable premier
a donné leur nom aux pères véritables
de ses futurs fils, aux pères véritables
de la Parole destinée à habiter ses fils :
à chacun d'eux en sa demeure, il dit alors :
« Ces choses, elles sont faites.
Maintenant que je vous ai donné votre nom,
vous, chacun en sa future demeure,
quant aux normes futures des terriens adornés,
quant aux normes futures des terriennes adornées,
les normes, vous sachez-les. »

VII

Après cela il fit bruisser l'ornement
pour les pères véritables premiers de ses fils,
il fit bruisser l'ornement
pour les mères véritables premières de ses filles : en vue
du bien-vivre
des nombreux destinés à se dresser sur la terre.

COMMENTAIRE DE PIERRE CLASTRES

I. Cinq palmiers soutiennent la terre. L'un occupe le centre, les autres se trouvent aux quatre points cardinaux :

Karai = est; Tupan = ouest; vents bons = nord; temps originaire = sud. Il s'agit de palmiers pindo, sur lesquels on peut grimper car leur tronc est sans épine. Le pindo revêt une grande importance économique pour les Indiens : dans le bois on taille les arcs; les palmes couvrent les maisons; des fibres on fait la corde des arcs; le bourgeon terminal des jeunes arbres est consommé. Ces palmiers sont bleus, *ovy*. Sont dits bleus toutes les choses et tous les êtres non mortels, qui peuplent le domaine céleste du divin (par exemple, le jaguar bleu qui provoque les éclipses de lune et de soleil en tentant de les dévorer).

II. C'est sans doute contre le vent originaire, le vent du sud, que Ñamandu doit assurer les soutiens des firmaments.

III. Le dieu assigne à la terre son visage définitif.

III. 1. Le serpent originaire est un serpent réel très dangereux (*Leimadophis almadensis*). Qu'il soit le premier nommé traduit peut-être un écho du mythe chrétien du serpent. Rappelons néanmoins que le serpent occupe, dans la mythologie indienne, le lieu analogue du danger et de la mort, de la souillure.

III. 2. Le premier habitant de la terre.

III. 3. Création du monde aquatique.

III. 4. Création des savanes (la forêt étant déjà là, ou première).

III. 5. Le premier habitant des savanes.

III. 6. Création du monde souterrain (le tatou creuse des terriers profonds).

III. 7. Apparition de la nuit.

III. 8. Apparition de son corrélat : le jour.

IV. Une fois dessinée la figure de la première terre, Ñamandu définit les fonctions des dieux précédemment engendrés. Plus que lui proches des humains, ils assureront la permanence des représentations terriennes du divin, de la vie sur la première terre en tant qu'image de la divinité.

IV. 1. *Karai* : flamme, feu solaire, chaleur, renaissance régulière du divin comme nature. Ce retour éternel du même garantit aux Guarani que les dieux ne sont pas morts.

V. Toutes choses étant désormais disposées, les hommes peuvent apparaître : le beau-savoir peut devenir terrier, le divin peut se faire humain.

V. 1. C'est par le sommet de la tête que le divin coule dans l'humain. La brume — la Parole — permet aux hommes de vivre conformément à leur nature.

V. 2. La flamme — l'exaltation religieuse — suit le même chemin que la brume.

V. 3. La fraîcheur séjourne à l'endroit le plus prompt à s'échauffer : la poitrine, le cœur. La fonction de la fraîcheur comme barrage au désordre est ici explicitement énoncée : grâce à cette fraîcheur, ce qui rassemble demeure. En d'autres termes, la modération, la patience et le calme dans le désir — ce qui se trouve désigné comme les normes (rendues exactement par le mot guarani *rekorà*, les règles qui ordonnent l'existence) — empêchent le désordre social en évitant que soit atteinte la solidarité tribale, *mborayu.*

VI. Les normes de vie des hommes ne leur sont pas extérieures, puisqu'elles définissent le mode d'existence des humains comme communauté des élus : les Guarani recèlent en eux-mêmes, par nature, les règles de vie. Et l'appel de Ñamandu à savoir ces normes équivaut à un avertissement : ne les oubliez pas.

Source : Pierre Clastres, Le Grand Parler, Mythes et chants sacrés des Indiens Guarani, *collection « Recherches anthropologiques », © Éditions du Seuil, 1974.*

HÉLINAND DE FROIDMONT

(1160-1229)

par Jean-Pierre Verheggen

Noble d'origine flamande, né dans l'Oise vers 1160, Hélinand est un trouvère et semble-t-il un trouveur talentueux car ses vers — dont on a perdu toute trace! — sont fort appréciés à la cour de Philippe Auguste où il festoie et ripaille, chasse la belle et la bête et, le cul ainsi bordé de nouilles médiévales, rime sans trop ramer dans sa quotidienneté! Bref! c'eût été — et resté! — un fringant damoiseau, amène et avenant, preux sans doute, courtois, cultivé (c'est certain), rompu aux exercices de la mondanité et aujourd'hui oublié si, la trentaine à peine sonnée, pour des raisons qui demeurent énigmatiques, il ne s'était tout de go retiré dans le silence de l'abbaye cistercienne de Froidmont, proche de Beauvais, pour s'y consacrer à Dieu et, quelques années après sa conversion, y rédiger ces fameux Vers de la mort *qui allaient illuminer de leur réalisme humoureux et de leur férocité tétanisante un large pan de notre Moyen Âge littéraire. Leur succès est énorme, exceptionnel! Qu'on en juge : pas moins de vingt-quatre manuscrits datant du XIIIe et du XIVe siècle les conservent et nombreux sont ceux (et de qualité! tels Jean Bodel qui non seulement rend hommage à leur auteur mais choisit le douzain d'Hélinand comme modèle pour écrire son propre* Congé, *ou Adam de la Halle qui y va en outre de ses* Vers homonymes*) qui les lisent et les relisent, les jonglent et les récitent, s'en inspirent, en reprennent le cadre strophique ou leur empruntent forme et idée (ce qui, nous précisent les médiévistes, est une reconnaissance de dette admirative et non un plat plagiat!), jusqu'à ce que l'imprimerie s'en empare dès le XVIe et, hélas, trois fois hélas! — d'aucuns ne cessent de le regretter! —, les fixe dans un moule de lecture silencieuse qui leur coupe la parole et* *avec elle cette voix, tantôt de rogome tantôt de crécelle, qui rendra si terriblement vivantes (le mot n'est ni incongru ni trop fort) les magnifiques* Danses macabres *qu'ils annonçaient déjà à leur façon trois siècles plus tôt !*

C'est à ce dit à haute voix, à ce parlé, ce clamé, voire ce hurlé du fin fond des entrailles de nos grandes peurs ancestrales qu'un homme attachant, discret autant qu'enthousiaste, un ami de nombre d'entre nous poètes, Émile Lanc, va patiemment et savamment consacrer, depuis Bruxelles, via *le Théâtre-Poème de sa compagne Monique Dorsel et ses propres éditions de l'Ambedui, un véritable et authentique travail de « passeur de mémoire » et de translation du texte vers une oralité théâtrale et dialoguée. J'en témoigne pour l'avoir vu représenté, sous le titre d'un tableau de Pieter Bruegel exposé au Prado :* Le Triomphe de la mort[1]*, où, en toute liberté créatrice, à la Mort noire et anthropomorphe d'Hélinand Émile Lanc adjoint un personnage qui n'existe pas dans la tradition chrétienne, un Ange de la Mort, haut en couleur — une sorte de porte-parole poétique qui parlerait en désesperanto lyrique ! —, haut de taille qui plus est et monté sur cothurnes, avec des mains de squelette et un faciès d'or, et qui, entre rire et rictus, tire les ficelles de cette joyeuse moralité où, entre autres, riches et Rome en prennent pour leur grade jusqu'au trognon livide de leur trogne épouvantée ! Car c'est bien de cela qu'il s'agit, n'est-ce pas ? D'une farce effrayante ! Éternellement* hic et nunc *! Nous sommes dans le moyen âge irakien, nous aussi, dans le moyen âge américain, nous aussi, et russo-tchétchène, nous encore, nous sommes dans la grande marmite miam-miam de toutes les catastrophes actuelles ! Bref ! nous avons plus que jamais besoin de poètes du* XII*e*, *nos frères — humains, c'est peu dire ! — nos contemporains ! Pour moins compter pour rien et moins risquer de pourrir sans dire mot ni écrire !*

1. L'adaptation scénique des *Vers de la mort* d'Hélinand de Froidmont par Émile Lanc sous le titre *Le Triomphe de la mort* est parue en 1993 aux éditions de l'Ambedui à Bruxelles avec des illustrations d'Antonio Saura et une préface de Monique Santucci. On consultera par ailleurs avec profit une étude comparative des traductions des *Vers de la mort* par les mêmes Émile Lanc et Monique Santucci ainsi que celles proposées par Jean-Marcel Paquette et Jean-Michel Boyer dans un mémoire universitaire intitulé *Je veux mes amis saluer*, dû à Catherine Deschepper et publié en 1999 avec une préface de Claude Thiry par les mêmes éditions de l'Ambedui à Bruxelles, dans la collection « Les cahiers du Théâtre-Poème », n° 12.

LE TRIOMPHE DE LA MORT

(extraits)

L'ANGE DE LA MORT

Mort prouve que tout est ragot,
Que « peu » ou « trop » ne sont que mots
Car toute chose meurt ou sèche.
Mort montre que « rien » est le lot
De gloutonnerie et de son pot,
De tout ce que luxure lèche.
Mort veut que saint homme ne pèche
Car de la vie il voit la brèche
Par où s'introduit le chaos.
Mort met au même prix grange et crèche,
Vin et eau, saumon et seiche.
Mort à tous plaisirs dit : « Veto ! »

★

Mort est le rets qui tout attrape.
Mort est la main qui tout agrappe,
Tout lui revient et rien ne perd.

Mort fait à tous de sombres chapes
Et de la pure terre nappe.
Mort tous très également sert.
Mort met secrets à découvert.
Mort fait homme libre le serf,
Mort asservit et rois et papes.
Mort rend à chacun ce qu'il perd,
Mort rend au pauvre son couvert,
Mort prend au riche ce qu'il happe.

★

Mort fait à chacun sa droiture
Mort fait à tous droite mesure.
Mort pèse tout à juste poids.
Mort venge chacun de l'injure.
Mort met orgueil en pourriture.
Mort fait perdre la guerre aux rois.
Mort fait garder décrets et lois.
Mort troque chaude vie en froid.
Mort fait tomber or et usure.
Mort à purée et à pois
Donne saveur de bon crapois
Dans le cloître où l'on craint luxure.

★

Mort apaise les enragés.
Mort fait taire égosillés.
Mort toute mêlée termine.
Mort met en croix les faux croisés.
Mort fait droit à tous les lésés.
Mort tout procès de droit termine.
Mort trie les roses des épines,
Paille du grain, son de farine,
Vins purs des vins armoisiés.
Mort voit, parmi voile et courtine.

Mort seule sait et Mort devine
Si l'homme est, à bon droit, prisé.

★

L'ANGE DE LA MORT

Mort, honni soit qui ne te craint
Et plus honni qui ne craint rien
Sinon que sa vie ne lui faille,
Mal la tiendra qui plus y tient !
Faillir sans faille lui convient,
On l'oublie, la mort travaille…

HÉLINAND

Mais les fous disent :

LA PUCELLE

Nous, que chaille
À quelle heure mort nous assaille,
Prenons le bien quand il nous vient !
Après, que peut valoir qui vaille ?
Mort est la fin de la bataille
Et âme ou corps néant devient !

HÉLINAND

Oh, la même erreur recommence
De cette séculaire science
Dite « vieille philosophie »
Dont naquit l'Ignoble sentence
Qui nie à Dieu sa Providence
Et dit qu'il n'y a pas de survie !
Aurait donc meilleure partie
Qui s'abandonne à la folle
Plutôt que garder continence ?

Certes, s'il n'y a pas d'autre vie
Entre âme d'homme et âme de truie
Il n'y a pas de différence.

Si tout finit dès le tombeau
Le corps jouira de sa peau
Et fera tout ce qui l'excite !
L'homme vivra comme un pourceau !
Le péché sera bon et beau
Si vertu n'a point de mérite.
Que feront donc tous ces ermites
Qui pour Dieu ont leur chair détruite
Et ont bu tant d'amères eaux
Si après la mort on est quitte ?
Ce serait en vain qu'ils méditent
Tous ceux de l'ordre de Cîteaux.

L'ANGE DE LA MORT

Mort, les riches, aux mains coriaces
Où poussent des ongles rapaces
Pour écorcher les pauvres gens,
Si tous ces riches, qui l'or brassent,
Pensaient à toi, leur âme lasse
Serait de l'or et de l'argent.

LE PAUVRE

En eux, Mort, plante donc tes dents
Plus fort et plus profondément.
Ceux-là, qui les pauvres tracassent...

LA PUCELLE

Les abandonnés à tous les vents !

LE PAUVRE

… Qui la substance des indigents,
Par faim d'avarice, pourchassent.

DANTE

(1265-1321)

par Dominique Fourcade

Pourquoi du passé ? J'imagine que, tous, nous nous accordons ici : il n'y a pas de poètes du passé, les poètes que nous admirons parmi ceux des temps antérieurs sont des poètes du présent le plus vivant. Sinon, ils ne nous toucheraient pas. Voilà pourquoi choisir Dante ou Dickinson. Non seulement il n'y a pas d'appartenance de la poésie au passé, mais le passé lui-même n'est pas — il n'y a qu'un long présent, dont l'étrangeté nous est familière, long délit à qui il faut la poésie pour être présent. Il a constamment besoin de toute la poésie. Réciproquement, la poésie meurt si elle n'est pas branchée sur la stridence de l'actuel ; stridence extrémisme plénitude inacceptabilité exaltation — calme. Im lieblicher Bläue. *Seule changera la modulation par le poète, seule varie dramatiquement la forme, et même c'est elle qui donne au présent son contenu. J'ai été fou de bonheur quand j'ai lu la lettre de William Carlos Williams à Zukofsky, de vingt ans son cadet, 7 avril 1928 :* « What meeting you meant to me... I was happy to find a link between myself and another wave of it. » *Quoi,* « it » *? Quoi, ça ? La chose même, la vibration de notre rapport à la présence enfin formulé. Si nous reculons un peu dans le temps, mais sans nous éloigner d'un pouce de nous-même, c'est cela que Whitman avait en tête quand il dit :* « I am mad for it to be in contact with me. » *Sûrement. Et n'inversant qu'en apparence les rapports, je puis donc écrire à Dante, sans démesure et sans folie, combien je suis heureux de trouver à mon tour un lien entre moi et une immense vague de ça. Vague de syllabes. Merci pour le contact ça je peux lui écrire, tout à fait au présent, merci pour* *les feuilles d'herbe. Dante. Certains jours je n'ai que lui à qui écrire.*

Mais le présent, comment le vit-on et qu'est-ce que c'est ? Ces temps-ci, il a toutes les allures d'un volatile auquel on a coupé le cou, qui continue sur sa lancée dans la cour, pour une seconde ou pour toujours on ne saura jamais. Et nous qui faisons partie de lui par mimétisme, ou par destin ou par amour, nous continuons nous aussi, sous l'effet de cette même motricité de quelques secondes. Encore faut-il une grande personne pour le dire, Emily Dickinson s'impose, dans une sublime forme adulte sans date, au modernisme inévitable (de tout temps le moderne se découpe à vif dans le poème, nous découpe à vif dans) — « soft as the massacre of suns / by evening's sabres slain ». *D'autres disent que c'est quelque chose de bombé, un pubis de briques sanglantes, et d'autres encore : un pubis verglacé le présent. Dante, et puisqu'il est question d'être en laisse :* « Cércati al collo, e troverai la soga / che 'l tien legato, o anima confusa. »

Fin de lecture — adieu comme si c'était pour toujours — fin de lecture-écriture, atroce fin d'écriture tout haut tous bas — et au moment de s'éloigner, ou de rester là à jamais, au moment de quitter le poème, le présent, « En bleu adorable » ou un autre, nous sentons plus que jamais que chaque mot, chaque timbre, chaque cadence, chaque sens possible du texte est valide et indispensable aujourd'hui — au moment de se quitter donc, moment déchirant, impossible à vivre, nous rivalisons de tendresse avec lui, forme la plus actuelle possible du présent, nous voulons absolument avoir le dernier mot, « au revoir mon chéri » disons-nous, « au revoir mon amour » répond le poème, des « tu vas me manquer horriblement » s'échangent, « tu me manques déjà », ainsi redoublons-nous sans fin dans l'effusion réciproque, et des deux c'est ma voix qui s'étrangle en descendant l'escalier. Se découpe à vif le moderne du.

Jamais lierre n'accrocha de si près
arbre stop l'horrible bête
à l'autre les membres enroulés.
Prirent l'un à l'autre, cire chaude
s'ils avaient été, couleurs fondues,
comme puis comme comme,
ni l'un ni l'autre ne semblait plus ce qu'il était :
procède devant la chaleur
de part en part du papier une
couleur brune
qui n'est pas noire encore et le blanc meurt.
Les deux autres le regardaient à tue-tête :
« Agnel, mutant que tu es !
Tu n'es plus ni deux ni un ;
Hélas. Vois ça. »
Les deux têtes ne faisaient qu'une, là
quand apparurent deux figures
mixées en une seule face, les deux précisément étaient
perdues.
Les bras se firent certitudes à partir de quatre bouts
allongés ;
les cuisses avec les jambes le ventre buste
devinrent des membres jamais vus.
Aboli tout aspect premier :
deux et personne l'image perverse

; et telle s'en fut à pas lents.
Comme le lézard sous le grand fouet
des jours de canicule, changeant de haie,
vert foudre route traversée,
apparut, venant vers le ventre des deux autres
un petit serpent enflammé,
livide et noir comme un grain de poivre ;
et de l'un d'eux il transperça l'ombilic ;
puis tomba devant lui en flaque.
Le transpercé le regarda, mais ne dit rien ;
plutôt, de pied ferme, il bâillait
comme si sommeil ou fièvre l'assaillait.
Lui le serpent le serpent lui se regardaient ;
l'un par la plaie l'autre par la bouche
fumaient beaucoup, et la fumée se contrariait.
Lucain, je résume
qu'il écoute mon arc.
Qu'Ovide (Aréthuse serpent fontaine Cadmus)
se taise — qui deux natures jamais ne transmua
face à face en sorte que
les deux formes fussent enclines
à échanger leur matière.

D'après Enfer, *XXV, 58-102*

ALAIN CHARTIER
(1385-1433)

par Alain Borer

Vous marchez dans Bayeux et, arrêté devant une plaque, rue Saint-Malo, au 82, vous notez : « Me renseigner davantage sur Alain Chartier, qui naquit à Bayeux en 1385. Je lis sur la plaque : Alain Chartier, poète, orateur, historien[1]*... » Oublié, cet immense poète ?! Alain Chartier, « roi littéraire du* XV*e siècle », ambassadeur de Charles VII, n'a-t-il pas été « la plus grande renommée du* XV*e siècle » ? N'est-il pas considéré (pendant des siècles et par Pound, encore) comme « le père de la prose et de l'éloquence françaises ? » Il faut tenir le* Quadrilogue invectif *tant imité (on en connaît une quarantaine de manuscrits) pour un chef-d'œuvre fondateur, la seule arme indestructible après l'extermination de la chevalerie sur les champs d'Azincourt et de Crécy (la seule* âme *indestructible, celle d'un vrai chevalier), et* La Belle dame sans merci, *œuvre la plus copiée de son siècle et à laquelle à leur tour John Keats ou Montale font écho, pour le premier poème majeur de la poésie française : tenir Alain Chartier à l'égal de François Villon.*

En mai 1420, par l'ignominieux traité de Troyes, la France est rayée de sa propre carte : tandis que Paris acclame Henri V, roi d'Angleterre, Chartier mène une vie pénible et incertaine en compagnie du dauphin Charles, dans cette petite cour de Bourges où s'abrite la dernière espérance de la monarchie nationale. Où que l'on aille, ce ne sont que villes brûlées, pays ravagé ; voici la France, dressée dans sa plus profonde misère, dont « le manteau se trouve maintenant déchiré et mis en pièces par des mains violentes, certains lambeaux en étant sauvage-

1. Michel Chaillou, *Indigne indigo*, Seuil, 2000, p. 72.

ment arrachés », hurle le Peuple en un cri de vérité et de détresse (qui vaut au Quadrilogue, *écrit en été 1422, d'être réédité dans les périodes les plus noires de l'histoire de France, notamment en 1942). Entendez le rythme même de la chevauchée* (« Naguère che / vauchant pensoie ») *d'un homme en exil, en « dolent exil » dans son propre pays dévasté, contemporain de Jeanne (la dernière œuvre de Chartier serait sa* Lettre sur Jeanne d'Arc*), toute de lucidité et courage aux temps de plus basse lâcheté — la France n'existe alors que dans la langue d'un grand poète, inventeur du mot* « Patrie[1] ».

La Belle dame sans merci, *composée en 1424, présente cette particularité d'être un monologue intérieur (le premier serait donc médiéval) au long d'une chevauchée, deuil assourdi et* galopé, *Azincourt intime, si intense que le poète, comme en reproduisant la défaite nationale, à la fois quitte le service de l'Amour et abandonne la poésie. Puis le texte change de modalité : après ce silence (pendant la* pensée *intériorisée, n'entendre que le galop) il se transforme en* écouteur *; le chevalier se tait, surprend un dialogue dans quelque fête champêtre (comme dans un autre poème, le* Débat de réveille matin, *où Chartier rapporte une conversation surprise dans une auberge). Au silence du deuil succède le dialogue de sourds des amants, par quoi se trouve renversée la cour amoureuse dite de Charles VI, toute à la glorification de la femme et de l'Amour « dont la haultesse est incomprenable » : fin des troubadours. Renaissance, ou naissance à d'autres questions, modernité. Le deuil s'accroît d'un* rebutement d'amour *— deuil de l'amour ? Aussi je me récite toujours* La Belle dame sans merci *en marchant tout au long de la rue Alain-Chartier, dans Paris XVe, siècle ou arrondissement, songeant à la dauphine Marguerite d'Écosse qui aurait « baisé la précieuse bouche » du poète un jour qu'il dormait sur un banc — à ce front toujours rouge du baiser de la reine.*

1. Occurrence par exemple chez Paul Morand, *Excursions immobiles*, 1944 : « Alain Chartier, le premier de nos écrivains français qui pensa nationalement dès le XVe [...] et peut-être même inventa le mot *patrie.* » Morand affirme ailleurs (dans *L'Heure qu'il est*) que « "patrie" se trouve pour la première fois dans Alain Chartier ».

LA BELLE DAME SANS MERCI

ET PARLE L'AUTEUR :

Naguère chevauchant pensoie
Comme homme triste et douloureux
Au deuil où il faut que je soie
Le plus dolent des amoureux
Puisque par son dard rigoureux
La Mort me tollit[1] ma maîtresse
Et me laissa seul, langoureux,
En la conduite de Tristesse.

Si disoie : Il faut que je cesse
De dicter et de rimoyer
Et que j'abandonne et délaisse
Le rire pour le larmoyer.
Là me faut le temps employer
Car plus n'ai sentiment ni aise
Soit d'écrire, soit d'envoyer
Chose qu'à moi n'a autre plaise.

1. m'enleva.

Qui voudrait mon vouloir contraindre
À joyeuses choses écrire
Ma plume n'y saurait atteindre
Non ferait ma langue à les dire.
Je n'ai bouche qui puisse rire
Que les yeux ne l'en démentissent,
Car le cœur l'envoyrait dédire
Par les larmes qui des yeux issent.

Je laisse aux amoureux malades,
Qui ont espoir d'allégement,
Faire chansons, dits et ballades
Chacun à son entendement :
Car ma Dame en son testament
Prit, à la Mort (Dieu en ait l'âme !)
Et emporta mon sentiment
Qui gît o[1] elle sous la lame.

Désormais est temps de moi taire
Car de dire je suis lassé.
Je veux laisser aux autres faire.
Leur temps est, le mien est passé.
Fortune a le forcier[2] cassé
Où j'épargnoye ma richesse
Et le bien que j'ai amassé
Au meilleur temps de ma jeunesse.

[...]

En ce penser et en ce soin
Chevauchai toute matinée,
Tant que je ne fus guère loin
Du lieu où était ma dînée[3].

1. avec elle.
2. le coffre-fort.
3. où je devais dîner.

Et quand j'eus ma voië finée[1]
Et que je cuidai héberger[2],
J'ouis, par droite destinée,
Ménétriers en un verger.

[...]

À l'entrer fut bien recueilli
Des dames et des damoiselles
Et d'icelles bien accueilli
Qui toutes sont bonnes et belles.
Et de la courtoisië d'elles
Me tinrent ici tout le jour
En plaisant paroles nouvelles
Et en très gracieux séjour.

[...]

De cette fête me lassai
Car joië triste cœur travaille
Et hors de la presse passai.
Si m'assis derrière une treille
Druë de feuilles à merveille,
Entrelacée de saules verts,
Si que nul pour l'épaisse feuille
Ne me pouvait voir au travers.

L'amoureux sa dame menait
Danser, quand venait à son tour,
Et puis sëoir s'en revenait
Sur un préau[3] vert, au retour.
Nul autres n'avait à l'entour
Assis, fors seulement eux deux,

1. au terme de mon chemin.
2. je pris logement.
3. un pré.

Et n'y avait autre détour,
Fors la treille, entre moi et eux.

CI COMMENCE L'AMANT
À PARLER À SA DAME :

« S'aucun blesse autrui d'aventure
Par coulpe de celui qui blesse,
Quoi qu'il n'en peut mais par droiture,
Si en a-t-il deuil et tristesse.
Et, puisque Fortune et Rudesse
Ne m'ont mië fait ce meshain[1]
Mais votre très belle jeunesse,
Pourquoi l'avez-vous en dédain ? »

[...]

LA DAME

« Contre vous dédain ni attaine[2]
N'eus-je onques ne n'y veux avoir
Ni trop grand amour, ni trop haine,
Ni votre priveté[3] savoir.
Ce cuider[4] vous fait percevoir
Que peu de chose peut trop plaire,
Et vous vous voulez décevoir,
Ce ne veux-je pas pourtant faire. »

[...]

L'AMANT

« Qui pense mal bien ne lui vienne,
Dieu donne à chacun sa desserte.
Mais, pour Dieu, merci vous souvienne,
De la douleur que j'ai soufferte !
Car de ma mort ni de ma perte

1. ne m'ont causé ce dommage.
2. animosité.
3. intimité.
4. penser.

N'a pas votre doux cœur envie.
Si votre grâce m'est ouverte
Vous êtes garant de ma vie. »

LA DAME

« Léger cœur et plaisante folie,
Qui est meilleure quand plus est brève,
Vous font cette mélancolie,
Mais c'est un mal dont on relève.
Faites à vos penséës trêve,
Car de plus beaux jeux on se lasse ;
Je ne vous aide ni vous grève[1] :
Qui ne m'en croira, je m'en passe. »

[...]

L'AMANT

« Pensez, ma Dame, que depuis
Qu'Amour mon cœur vous délivra,
Il ne pourrait, ni je ne puis,
Être autrement tant qu'il vivra.
Tout quitte et franc le vous livra ;
Ce don ne se peut abolir.
J'attends ce qu'il s'en ensuivra ;
Je n'y puis mettre ni tollir. »

[...]

LA DAME

« Si mon conseil voulez ouïr,
Quérez ailleurs plus belle et gente
Qui d'amour se veuille éjouir
Et mieux sortir à votre entente.
Trop loin de confort se tourmente
Qui, à part soi, pour deux se trouble,

1. nuis.

Et celui perd le jeu d'attente
Qui ne sait faire son point double. »

[...]

L'AMANT

« Je poursuivrai tant que pourrai
Et que vië me durera.
Et lorsque en loyauté mourrai,
Cette mort ne me grèvera.
Quand votre dureté me fera
Mourir loyal et douloureux,
Encore moins grief me sera
Que de mourir faux amoureux. »

L'AUTEUR

Adonc le dolent se leva
Et part de la fête pleurant,
À peu que son cœur ne creva
Com' à homme qui va mourant.
Et dit : Mort, viens à moi courant,
Ains que mon sens se descongnoisse[1]
Et m'abrège le demeurant
De ma vië pleine d'angoisse !

[...]

Et vous, Dames et Damoiselles,
En qui honneur naît et s'assemble,
Ne soyez miё si cruelles,
Chacunes et toutes ensemble.
Que jà nulle de vous ressemble
Celle que m'oyez nommer ci
Qu'on peut appeler, ce me semble,
La Belle Dame sans Merci.

1. avant que je perde le sens.

CHARLES D'ORLÉANS

(1391-1465)

par Jacques Roubaud

Le 25 octobre 1415, une des grandes batailles de la guerre de Cent Ans opposa, près d'Azincourt, l'armée du roi d'Angleterre Henri V aux chevaliers français du parti des Armagnacs. Les Français, malgré leur énorme supériorité numérique, furent battus à plate couture. Peu après, Jean sans Peur entrait dans Paris. Cette bataille fut le nadir de la fortune des armes françaises. Jeanne d'Arc, qui avait deux ans à l'époque, ne put intervenir.

Après une première charge arrêtée par une averse de flèches, les chevaliers français avaient mis pied à terre. Le terrain était tel qu'ils ne pouvaient lever leurs lances. Ils entraient dans la boue picarde et jaunâtre jusqu'aux chevilles. Il y eut énormément de morts, surtout français. Le tas des morts, du haut duquel les Anglais grimpant faisaient à coups d'épée de la chair à pâtée avec leurs malheureux adversaires empêtrés dans la boue, s'élevait, selon un chroniqueur de l'époque, à hauteur d'homme. Les archers anglais se jetèrent sur « le champ couvert de morts sur qui tombait la nuit ». On prenait tout ce qui pouvait avoir de la valeur. On achevait les blessés à l'exception de ceux qui, vivant encore et en pas trop mauvais état, étaient des nobles dont on pouvait espérer rançon.

De dessous le tas de morts, blessés futurs morts ou futurs prisonniers, on sortit, vivant, le plus grand trophée de la bataille : le duc Charles d'Orléans, neveu du roi de France Charles VI. Guéri de ses blessures, il fut emmené prisonnier en Angleterre. Il y resta plus de vingt ans.

Ce poète est trop dédaigné, et à grand tort. Un déséquilibre persistant dans le jugement critique lui fait préférer Villon, de même qu'on met, à tort, Rimbaud très au-dessus du grand Verlaine. On ne voit chez lui qu'une douceur un peu enfantine. Trop de ses poèmes sont mis sur le compte d'une poésie amoureuse conventionnelle. Or Charles d'Orléans témoigne d'une manière originale que la poésie peut rendre compte de la violence collective, de la guerre par exemple. On a remarqué que les événements tragiques de sa vie ont pris peu de place visible dans sa poésie. Mais tout au long de son activité poétique, dans ses ballades, *ses* chansons, *ses* rondeaux, *Charles d'Orléans emploie, de manière insistante, un mot qui est comme une signature (il apparaît, bien sûr, chez de nombreux autres poètes médiévaux, mais il est spécialement présent chez lui, avec le plus de constance) :* merencolie *(mélancolie). La critique le lie exclusivement au vocabulaire amoureux et a une dangereuse tendance à lui donner une interprétation molle, à parler de nostalgie, de résignation, d'espérances déçues, de joliesse, de mièvrerie, etc. Le mot, chez Charles d'Orléans, est beaucoup plus fort que cela. Le registre mélancolique est pour lui une manière indirecte, oblique, de rendre compte de l'horreur de la guerre et de la désolation de son exil interminable dans cette prison anglaise dont il n'est sorti que pour entrer dans la vieillesse.*

BALLADE

En regardant vers le païs de France
Un jour m'avint a Dovre sur la mer
Qu'il me souvint de la doulce plaisance
Que souloye ou dit paÿs trouver.
Si commençay de cueur a souspirer
Combien certes que grant bien me faisoit
De voir France que mon cueur amer doit.

Je m'avisay que c'estoit non savance
De telz souspirs dedens mon cueur garder
Veu que je voy que la voye commence
De bonne paix qui tous biens peut donner.
Pource tournay en confort mon penser
Mais non pourtant mon cueur ne se lassoit
De voir France que mon cueur amer doit.

Alors chargay en la nef d'esperance
Tous mes souhaitz, en leur priant d'aller
Oultre la mer sans faire demourance
Et a France de me recommander.
Or nous doint Dieu bonne paix sans tarder !

Adonc auray loisir, mais qu'ainsi soit,
De voir France que mon cueur amer doit.

L'ENVOY

Paix est tresor qu'on ne peut trop loer
Je hé Guerre, point ne la doy prisier;
Destourbé m'a long temps, soit tort ou droit,
De voir France que mon cueur amer doit!

Vers 2 : Douvre. Vers 3 : que je rappelai le doux plaisir. Vers 4 : que je goûtais jadis en ce pays. Vers 5 : de cœur. Vers 6 : bien que, certes, cela me fît un grand bien. Vers 8 : je pris conscience que c'était une folie. Vers 9 : de garder de tels soupirs au fond de mon cœur. Vers 10 : puisque je voyais s'ouvrir le chemin. Vers 11 : de la bonne paix, source de tout bien. Vers 12 : ainsi mon cœur trouva un peu de réconfort. Vers 13 : mais, malgré cela, mon cœur ne se lassait pas. Vers 15 : alors je chargeai sur le bateau d'espérance. Vers 16 : tous mes désirs, en les priant de se rendre. Vers 17 : sans tarder de l'autre côté de la mer. Vers 19 : «doint» : donne. Vers 20 : alors j'aurai la possibilité, à condition qu'il en soit ainsi. Vers 22 : «loer» : louer. Vers 23 : je hais la guerre, je ne dois pas l'estimer. Vers 24 : à tort ou à raison elle m'a longtemps empêché.

RONDEAU

Ou puis parfont de ma merencolie
L'eaue d'Espoir que ne cesse tirer
Soif de Confort la me fait desirer
Quoy que souvent je la treuve tarie

Necte la voy ung temps et esclercie
Et puis après troubler et empirer
Ou puis parfont de ma merencolie

D'elle trempe mon ancre d'estudie
Quant j'en escrips, mais pour mon cueur irer
Fortune vient mon pappier dessirer
Et tout gecte par sa grant felonnie
Ou puis parfont de ma merencolie

Au puits profond de ma mélancolie / L'eau d'espoir que je ne cesse de tirer / La soif de réconfort me la fait désirer / Mais souvent je la trouve tarie // Je la vois un moment propre et claire / Et puis je la vois devenir trouble et mauvaise / Au puits profond de ma mélancolie // De cette eau je dilue l'encre de mon étude / Quand j'écris, mais pour mettre mon cœur en colère / Fortune vient déchirer mon papier / Et jette tout par grande perfidie / Au puits profond de ma mélancolie.

RONDEAU

Les en voulez-vous garder
Ces rivieres de courir?
Et grues prendre et tenir
Quant hault les veez voler?

A telles choses muser
Voit on folz souvent servir :
Les en voulez-vous garder?

Laissez le temps tel passer
Que Fortune veult souffrir
Et les choses avenir
Que l'en ne scet destourber
Les en voulez-vous garder?

Voulez-vous les empêcher / Ces rivières, de couler? / Et prendre et retenir ces grues / Quand vous les voyez voler là-haut? // On voit souvent les fous occupés / À perdre leur temps à de telles choses / Voulez-vous les empêcher? // Laissez le temps passer de la manière / Dont

Fortune veut bien le laisser aller / De même que les choses futures / Qu'on ne peut pas arrêter / Voulez-vous les empêcher ?

RONDEAU

Quant je fus prins ou pavillon
De ma dame tresgente et belle
Je me brulé a la chandelle
Ainsi que fait le papillon

Je rougis comme vermillon
Aussi flambant qu'une estincelle
Quant je fus prins ou pavillon

Si j'eusse esté esmerillon
Ou que j'eusse eu aussi bonne aille
Je me feusse gardé de celle
Qui me bailla de l'aguillon
Quant je fus prins ou pavillon

Quand je fus pris au filet / De ma dame si séduisante et belle / Je me brûlai à la chandelle / Ainsi que le papillon // Je devins de rouge vif / Aussi brûlant qu'une étincelle / Quand je fus pris au filet // Si j'avais été petit faucon / Ou si j'avais eu une aussi bonne aile / Je me serais bien gardé de celle / Qui m'a piqué de son aiguillon / Quand je fus pris au filet.

RONDEAU

Quant n'ont assez fait dodo
Ces petiz enfanchonnés
Il portent soubz les bonnés
Visages plains de bobo

C'est pitié s'il font jojo
Trop matin les doulcinés
Quant n'ont assez fait dodo

Mieulx amassent a gogo
Gesir sur molz coissinés
Car il sont tant poupinés
Helas ! che gnogno gnogno
Quant n'ont assez fait dodo

Quand ils n'ont pas assez dormi / Ces petits enfants / Ils ont sous leurs bonnets / Des visages pleins de bobos // On en a pitié s'ils se mettent à jouer / Trop tôt les doux bambins / Quand ils n'ont pas assez dormi // Ils préféreraient être couchés / À gogo sur de doux coussins / Car ils sont si petits / Hélas ils font « gnogno gnogno » / Quand ils n'ont pas assez dormi.

RONDEAU

Tant sont les yeulx de mon cueur endormis
En nonchaloir, qu'ouvrir ne les pourroye
Pource parler de beaulté n'oseroye
Pour le présent comme j'ay fait jadiz

Par cueur retiens ce que j'en ay apris
Car plus ne sçay lire ou livre de joye
Tant sont les yeulx de mon cueur endormis

Chascun diroit qu'entre les rassotiz
Comme avugle des couleurs jugeroye
Taire m'en weill, rien n'y voye. Dieu y voye
Plaisans regars n'ont plus en moy logis
Tant sont les yeulx de mon cueur endormis

Les yeux de mon cœur sont si profondément endormis / En indifférence que je serais bien incapable de les ouvrir / C'est pourquoi je n'oserais plus parler de beauté / À présent comme je l'ai fait autrefois // Je sais par cœur ce que j'ai appris / Car je ne sais plus lire au livre de joie / Les yeux de mon cœur sont si profondément endormis // Tous diraient que gâteux / Je juge des couleurs comme un aveugle / Je veux me taire, je n'y vois rien, que Dieu y voie / Les regards plaisants n'habitent plus chez moi / Les yeux de mon cœur sont si profondément endormis.

RONDEAU

Les fourriers d'Esté sont venus
Pour appareillier son logis
Et ont fait tendre ses tappis
De fleurs et verdure tissus

En estandant tappis velus
De vert herbe par le païs
Les fourriers d'Esté sont venus

Cueurs d'ennuy pieça morfondus
Dieu mercy sont sains et jolis
Alez vous ent prenez païs
Yver vous ne demourrez plus
Les fourriers d'Esté sont venus

Les officiers de Printemps sont venus / Pour préparer son logis / Ils ont fait tendre ses tapisseries / Tissées de fleurs et de verdure // En étendant des tapis de velours / Faits d'herbe verte par le pays / Les officiers de Printemps sont venus // Les cœurs depuis longtemps transis de douleur / Sont Dieu merci sains et alertes / Allez-vous-en, au large / Hiver, vous ne resterez pas plus longtemps / Les officiers de Printemps sont venus.

RONDEAU

Pource que Plaisance est morte
Ce may suis vestu de noir
C'est grant pitié de veoir
Mon cueur qui s'en desconforte

Je m'abille de la sorte
Que doy pour faire devoir
Pource que Plaisance est morte

Le temps cez nouvelles porte
Qui ne veult deduit avoir
Mais par force de plouvoir
Fait dez champs clorre la porte
Pource que Plaisance est morte

Puisque Plaisir est mort / Ce mois de mai je suis vêtu de noir / C'est une grande pitié de voir / Mon cœur qui s'en désole // Je m'habille comme / Je le dois, par devoir / Puisque Plaisir est mort // Le temps apporte ces nouvelles / Lui qui ne veut pas avoir de plaisir / Mais par la pluie incessante / Fait fermer la porte des champs / Puisque Plaisir est mort.

RONDEAU

Dedens mon livre de pensée
J'ay trouvé escripvant mon cueur
La vraye histoire de douleur
De larmes toute enluminée

En deffassant la tresamee
Ymage de plaisant doulceur
Dedens mon livre de pensée

Hélas ! Ou l'a mon cueur trouvée ?
Lez grossez gouttez de sueur
Lui saillent de peinne et labeur
Qu'il y prent et nuit et journee
Dedens mon livre de pensée

Dans mon livre de pensée / J'ai trouvé mon cœur qui écrivait / La vraie histoire de la douleur / Tout enluminée de larmes // En effaçant l'image / Adorée de l'agréable douceur / Dans mon livre de pensée // Hélas ! où mon cœur l'a-t-il trouvée ? / Les grosses gouttes de sueur / Jaillissent à cause du travail et de la peine / Qu'il se donne nuit et jour / Dans mon livre de pensée.

RONDEAU

C'est la prison Dedalus
Que de ma merencolie
Quand je la cuide faillie
G'i rentre de plus en plus

Aucunes fois je conclu
D'i bouter Plaisance lie
C'est la prison Dedalus

Oncques ne fut Tantalus
En si trespeneuse vie
Ne — quelque chose qu'on die —
Chartreux, hermite ou reclus
C'est la prison Dedalus

C'est la prison de Dédale / Que ma mélancolie / Quand je crois y avoir échappé / Voilà que je m'y enfonce plus profondément // Parfois j'en arrive à conclure / Qu'il faut y jeter Plaisir le joyeux / C'est la prison de Dédale // Jamais Tantale n'a connu / Une vie aussi pénible / Ni — quoi qu'on en dise — / Un chartreux, un ermite ou un reclus / C'est la prison de Dédale.

FRANÇOIS VILLON
(1431-1463)

par Jean-Pierre Lemaire

D'où le chant de Villon tire-t-il sa force de persuasion profonde, cet accent auquel nul de ses «frères humains» lisant la Ballade des pendus *ne peut se dérober? Pourtant, le poète sait prendre de multiples tons, de multiples masques, plaintif ou gai, paillard ou pieux, retors ou candide, et l'on ne sait plus, dans ce carnaval qu'est* Le Testament, *si l'on doit se fier à l'un plutôt qu'à l'autre. Mais les jongleries et les boniments nous ramènent toujours à la note fondamentale, celle de la conscience que Villon a prise de sa destinée derrière les barreaux, comme Verlaine. Celui-ci, dans le poème bien connu de* Sagesse, *«Le ciel est par-dessus le toit...», s'adresse à celui qu'il découvre occupant sa propre place :*

Dis, qu'as-tu fait, toi que voilà,
De ta jeunesse?

Villon, qui «plaint» lui aussi le temps de sa «jeunesse folle», s'appelle volontiers «le pauvre Villon»; c'est la même expérience d'un dédoublement où le poète, qui a pris la mesure de sa vie à l'ombre de sa condamnation, peut s'apparaître à lui-même dans sa vérité et rejoindre en même temps la nôtre, car «Tous sommes soulz mortel coutel».

Villon écrit Le Testament *après avoir été tiré du cul-de-basse-fosse de Meung-sur-Loire par Louis XI. Cette aventure l'a comme dissocié : il est passé sur une autre rive; le temps de sa jeunesse qui «soudainement s'en est volé» se profile à distance, le laissant «triste, failli». Il se projette, écrit Charles Méla, «sur l'horizon intérieur que la mort a permis de définir*[1] *». Dans l'écart entre «Je» et «Françoys Villon», comme entre les deux branches d'un diapason, le poète trouve sa voix juste. L'attitude du testateur permet de donner une assise à ce dédoublement, d'en faire un dispositif poétique. Villon, témoin hors-jeu, va récapituler sa vie, mais aussi mettre chacun de ceux qu'il a connus, amis et ennemis, à la place qui lui revient, dans la lumière blafarde du sursis; en leur léguant des biens le plus souvent imaginaires, il reconnaît leurs qualités ou les renvoie à leurs vices réels. Certes, cette grave perspective, celle d'un jugement mettant fin au mensonge, n'empêche pas Villon de jouer beaucoup de rôles et d'être un infatigable metteur en scène. La distance n'est pas sereine : l'ironie, le remords, la haine (en particulier contre Thibaud d'Aussigny, l'évêque d'Orléans qui l'a jeté dans la prison de Meung), une franche gaieté aussi, le distraient souvent des fins dernières. Mais la danse, joyeuse ou macabre, se détache sur un horizon inoubliable.*

Par là, Villon reste un homme du Moyen Âge : sa vie, bien éloignée de la vertu, demeure pourtant orientée vers Dieu par l'attitude fondamentale de la société dont il faisait partie. Il sait appartenir à une communauté où tout homme s'avoue, quels que soient ses mérites ou ses fautes, tributaire de la miséricorde divine. Villon précipite allégrement ses ennemis en enfer «où damnés sont boullus» mais c'est Dieu qui mettra chacun à son rang définitif, et il n'est meilleur moyen d'obtenir sa pitié que de manifester envers les «enfants perdus» la compassion que Villon réclame de ses lecteurs.

Mais comment adresser une prière à ce Dieu de miséricorde quand on est soi-même pétri de haine, taraudé par l'ironie envers tous et soi-même, dédoublé au point que la voix ne peut plus retrouver l'élan et l'unité d'une parole directe? Cette voix, Villon va la prêter à quelqu'un qui saura mieux en user que lui : sa mère, femme «pauvrette et ancienne / Qui rien ne sai[t]; oncques lettre ne lu[t]». Pour elle, il écrit la prière reproduite ci-après.

C'est d'abord un cadeau du fils à sa mère, un legs. Tout l'art de Villon est ici d'adapter la prière à celle qui doit la dire; la

1. Charles Méla, «Je, François Villon...», *Mélanges de langue et de littérature françaises du Moyen Âge et de la Renaissance offerts à Jean Frappier*, Genève, Droz, 1970, t. 2.

ballade reprend des formules du catéchisme, se nourrit des images qui ont frappé la vue de l'« humble chrétienne » à l'église : peintures du paradis et de l'enfer, peut-être aussi statues de Marie l'Égyptienne et du « clerc Théophilus », popularisés par l'iconographie et le théâtre. La première strophe évoque d'emblée une Vierge en majesté. Villon bâtit pour sa mère une chapelle décorée de noms, un « moutier » poétique. Les sentiments sont simples, presque enfantins : ainsi le désir d'être sauvé est-il motivé par les réactions élémentaires de peur et de joie devant les représentations des damnés et des élus. Le donateur, quant à lui, semble s'oublier : la prière qu'il lègue à sa mère ne contient aucune allusion à ses propres requêtes. Il ne s'y introduit que pour l'œil du lecteur, latéralement, dans la signature de l'acrostiche.

Si le fils écrit pour sa mère, la mère en retour parle au nom du fils. Elle a toujours appartenu à la communauté croyante (« En cette foi je veuil vivre et mourir ») et permet au poète de retrouver par sa bouche le langage d'une foi naïve, sans ombre, de chanter dans l'église dont il avait quelque raison de se croire excommunié. N'est-ce pas leur double voix qu'on entend dans l'expression : « oncques rien ne valus » ? Avec les mêmes mots, la mère se dénierait toute importance sociale et le fils toute valeur morale... Il peut en tout cas confesser avec sa mère la foi de son enfance et s'associer discrètement, par l'acrostiche, au credo final. D'une manière analogue, il demandera dans la Ballade des pendus *aux vivants, dont il n'est déjà plus (« Frères humains qui après nous vivez »), de dire la prière à laquelle il se joint d'outre-tombe : « Mais priez Dieu que tous nous vueille absouldre ! »*

Le poète se glisse dans la prière maternelle à la faveur de la pauvreté qui les garde unis par-delà le contraste entre le savoir du maître ès arts et l'ignorance de la femme illettrée. L'autre trait qui les apparente, c'est la confiance. Au mouvement par lequel « Le Tout-Puissant, prenant notre faiblesse, / Laissa les cieux et vint nous secourir » répond l'élan de l'« humble chrétienne », plaçant son espérance dans la médiation de Notre-Dame et l'exemple des pécheurs pardonnés. D'un étage à l'autre de cette architecture gothique, la prière et la grâce circulent, entrecroisent leurs arcs : « Recevez-moi », « Pardonne-moi », « Préservez-moi », « La joie avoir me fais »... Le vœu du refrain est une protestation de fidélité, en écho à la fidélité de Dieu sur laquelle on s'appuie ingénument. On compte aussi, dans une vision féodale du monde, sur l'entraide, les intercesseurs. Villon, de ce point de vue, n'est pas différent de sa mère. Il reçut « à deux reprises, nous dit Mandelstam, des lettres de rémission des rois Charles VII et Louis XI. Il était fermement convaincu qu'il obtiendrait pareille lettre de Dieu, lui remettant tous ses péchés », soutenu par « la conviction inébranlable que quelqu'un devait se soucier de lui, gérer ses affaires et le tirer des mauvais pas[1] *».*

Par ce poème, il est donc demandé à deux mères de refaire le lien entre leurs deux fils, celui qui se met, à la fin de sa jeunesse, constamment en danger de mort, et celui qui « offrit à mort sa très clère jeunesse ». Villon donne à sa mère les mots de sa prière, mais c'est afin de les lui emprunter à son tour. Chacun se fait l'interprète de l'autre pour tenir un langage filial à l'égard de Marie et de Dieu : forme poétique de la « réversibilité des mérites » où la voix du poète dédoublé retrouve, en s'effaçant derrière une autre, sa simplicité.

Le texte de la « Ballade pour prier Notre-Dame » a été établi par Jean Dufournet (François Villon, Poésies, *Poésie/Gallimard). Je remercie vivement Jean-Claude Vallecalle, professeur de langue et de littérature médiévales à l'université Lumière-Lyon II, qui m'a mis le pied à l'étrier. Son amitié et sa compétence ont souvent apaisé mes regrets de n'être pas médiéviste.*

1. Ossip Mandelstam, « François Villon », traduit du russe par Louis Martinez, *Revue de Belles-Lettres*, Genève, 1981.

BALLADE
POUR PRIER NOTRE-DAME

Dame du ciel, régente terrienne,
Emperière des infernaux palus[1],
Recevez-moi, votre humble chrétienne,
Que comprise soie entre vos élus,
Ce nonobstant qu'[2] onques rien ne valus.
Les biens de vous, ma Dame, ma Maîtresse
Sont trop plus grands que ne suis pécheresse,
Sans lesquels biens âme ne peut mérir[3]
N'avoir les cieux. Je n'en suis jangleresse[4] :
En cette foi je veuil vivre et mourir.

À votre Fils dites que je suis sienne :
De lui soient mes péchés abolus[5] ;
Pardonne moi[6] comme à l'Égyptienne
Ou comme il fit au clerc Theophilus,

1. impératrice des marais de l'Enfer.
2. bien que.
3. mériter.
4. menteuse.
5. abolis.
6. qu'il me pardonne.

Lequel par vous fut quitte et absolus[1]
Combien qu'il eût au diable fait promesse.
Préservez-moi que ne fasse jamais ce,
Vierge portant, sans rompure[2] encourir,
Le sacrement qu'on célèbre à la messe :
En cette foi je veuil vivre et mourir.

Femme je suis pauvrette et ancienne,
Qui rien ne sais ; oncques lettre ne lus.
Au moutier vois, dont suis paroissienne,
Paradis peint où sont harpes et luths,
Et un enfer où damnés sont boullus[3] :
L'un me fait peur, l'autre joie et liesse.
La joie avoir me fais, haute désse,
À qui pécheurs doivent tous recourir,
Comblés de foi, sans feinte ne paresse :
En cette foi je veuil vivre et mourir.

Vous portâtes, digne Vierge, princesse,
Iésus régnant qui n'a ne fin ne cesse.
Le Tout-Puissant, prenant notre faiblesse,
Laissa les cieux et nous vint secourir,
Offrit à mort sa très clère jeunesse ;
Notre Seigneur tel est, tel le confesse :
En cette foi je veuil vivre et mourir.

1. absous.
2. rupture (sans perdre sa virginité)
3. bouillis.

MELLIN DE SAINT-GELAIS

(1491-1558)

par Michel Bulteau

Mellin de Saint-Gelais naquit en novembre 1491. On ne sait rien de ses parents. Était-il le fils d'Octovien de Saint-Gelais, évêque d'Angoulême, qui l'éleva avec une affection toute paternelle ? Il eut une enfance choyée sous les lambris du palais épiscopal. L'évêque, poète lui-même, l'initia à Virgile et lui fit traduire les comédies de Térence. Ce bonheur ne sera que de courte durée : son « protecteur » meurt à trente-quatre ans ; Mellin n'a qu'une dizaine d'années.

Il fut envoyé à l'Université de Poitiers où il resta six ans. C'est un délicat jeune homme aux yeux verts qui part ensuite pour l'Italie se tremper dans le culte du beau. Il composa alors des strambotti, *ces mille petits riens rimés. Mellin avait aussi l'art de marier sa voix avec les accords du luth et de la guitare. Habile dans le jeu des masques, il laissera croire qu'il n'est qu'un improvisateur qui savoure avec délices les plaisirs de la Renaissance italienne.*

De retour en France, on retrouve Mellin de Saint-Gelais à la cour de François Ier. Mellin fit connaissance avec Clément Marot. Ce dernier se sentit même en état d'infériorité face à ce brillant seigneur qui n'ignorait rien du latin, ni du grec, ni de l'italien. Ce fut le début d'une amitié féconde au sein d'une cour frivole et dissolue. Mellin prit aussi beaucoup de plaisir dans la compagnie de Rabelais. L'auteur de Pantagruel *lui donna le surnom élogieux de « Merlin le prophète ». Il est vrai que nul mieux que Mellin n'était qualifié pour composer l'inscription mise sur la grande porte de l'abbaye de Thélème.*

Aujourd'hui, certains esprits chagrins trouvent que le cœur tient trop peu de place dans ses galanteries épicuriennes. Tant mieux, son esprit n'en est que plus étincelant!

En 1523, Mellin de Saint-Gelais devint aumônier au service des princes royaux. Il négligea un peu trop de faire paraître ses œuvres en volume. Il préférait poursuivre ses badinages galants jusqu'à surcharger de quatrains érotiques les livres d'heures des demoiselles d'honneur!

Le temps passant, Mellin devint le poète favori d'Henri II, si raffiné dans la médisance. Du Bellay reconnaît au poète vieillissant d'avoir introduit le sonnet en France. Mellin fut quelque peu railleur quand Ronsard publia ses Odes *en 1550. Il ne tolérait pas qu'un jeune ambitieux de vingt-cinq ans eût la prétention d'inaugurer la poésie lyrique en France. Mais cette petite querelle finit par s'arranger par des poèmes!*

Un an avant sa mort, Mellin organisa devant la cour, alors au château de Saint-Germain-en-Laye, une dernière mascarade. On se trouvait alors sous le coup du désastre de Saint-Quentin. Henri II, qui passait de longues heures enfermé avec le duc de Guise, eut la surprise de voir s'avancer vers lui des nymphes couronnées de roseaux et tout un chœur de dryades, les cheveux épars et revêtues d'écorce de chêne!

Ce fut à Paris, avec les premiers froids d'octobre, que la mort vint le saisir. Ainsi s'acheva l'invisible renommée de Mellin de Saint-Gelais.

SONNET

Voyant ces monts de vue ainsi lointaine,
Je les compare à mon long déplaisir :
Haut est leur chef, et haut est mon désir,
Leur pied est ferme, et ma foi est certaine.

D'eux maint ruisseau coule, et mainte fontaine :
De mes yeux sortent pleurs à loisir ;
De forts soupirs ne me puis dessaisir,
Et de grands vents leur cime est toute pleine.

Mille troupeaux s'y promènent et paissent,
Autant d'Amours se couvent et renaissent
Dedans mon cœur, qui seul est leur pâture.

Ils sont sans fruit, mon bien n'est qu'apparence,
Et d'eux à moi il n'y a qu'une différence,
Qu'en eux la neige, en moi la flamme dure.

D'UN BOUQUET D'ŒILLETS GRIS ET ROUGES

Ces six œillets mêlés en cette guise
Vous sont par moi ce matin envoyés,
Pour vous montrer, par ceux de couleur grise,
Que j'ai du mal plus que vous n'en croyez;
Vous suppliant que vous y pourvoyiez,
Les rouges sont plainte en l'autre moitié,
Non point de vous, mais du Dieu sans pitié
Qui de mon sang prend vie et nourriture;
Et tous ensemble, ayant de leur nature
Brève saison, vous portent ce message
Que la beauté est un bien qui peu dure,
Et que qui l'a la doit mettre en usage.

D'UN CHARLATAN

Un charlatan disait en plein marché
Qu'il montrerait le diable à tout le monde;
S'il n'y eût nul, tant fût-il empêché,
Qui ne courût pour voir l'esprit immonde.
Lors une bourse assez large et profonde
Il leur déploie, et leur dit : « Gens de bien,
Ouvrez vos yeux! Voyez! Y a-t-il rien?
— Non, dit quelqu'un des plus près regardants.
— Et c'est, dit-il, le diable, oyez-vous bien?
Ouvrir sa bourse et ne voir rien dedans. »

SONNET

Il n'est point tant de barques à Venise,
D'huîtres à Bourg, de lièvres en Champagne,
D'ours en Savoie et de veaux en Bretagne,
De cygnes blancs le long de la Tamise ;

Ni tant d'amours se traitant en l'église,
Ni différends aux peuples d'Allemagne,
Ni tant de gloire à un seigneur d'Espagne,
Ni tant se trouve à la cour de feintise ;

Ni tant y a de monstres en l'Afrique,
D'opinions en une République,
Ni de pardons à Rome un jour de fête ;

Ni d'avarice aux hommes de pratique,
Ni d'arguments en une Sorbonnique,
Que m'amie a de lunes en la tête.

À CLÉMENT MAROT

ÉTANT TOUS DEUX MALADES

Gloire et regret des poètes de France,
Clément Marot, ton ami Saint-Gelais
Autant marri de ta longue souffrance
Comme ravi de tes deux chants et lais,
Te fait savoir, par un de ses valets,
Comme en son mal et amour il se porte :
Deux accidents de bien contraire sorte !
Désirant fort tes nouvelles avoir,

En attendant que la personne forte
De l'un de nous puisse l'autre aller voir.

ÉPIGRAMME

Je sens par jour tant de sa cruauté,
Qu'il faut par nuit que la songe mienne ;
Je pense tant toujours à sa beauté
Que ma vie est une fable ancienne.
Je crains Pâris et crains qu'il ne revienne
Dire : « Voici celle que j'ai ravie ! »
Puis je m'assure et crois que l'autre Hélène
Eut moins de grâce et beaucoup plus d'envie.

CHANSON

Quand viendra la clarté
Des amoureuses flammes
Qui mette en liberté
Amants, aussi leurs dames ;
Qui leur pleur tourne en ris,
Et jaloux bien marris !

Plût à Dieu qu'il fût dit
Que tous ceux qu'Amour presse
Eussent plus de crédit
Chacun vers sa maîtresse,
Que les fâcheux maris
Et jaloux bien marris !

Et qu'on pût déposer
Un qui tance et maltraite,
Pour celui épouser
Qu'on désire et souhaite :
Nos maux seraient guéris,
Et jaloux bien marris !

Et si quelque obstiné
Disait qu'il en appelle,
Jour lui fût assigné
Par devant la plus belle
Qui soit dedans Paris,
Et jaloux bien marris !

CHANSON

Les yeux qui me surent prendre
Sont si doux et rigoureux
Que mon cœur n'ose entreprendre
De s'en montrer langoureux.
Il se sent mourir pour eux
Et feint d'être sans douleur.
Ô que celui est heureux
Qui peut dire son malheur !

Le temps, qui tout mal apaise,
Rend le mien plus vigoureux,
Et fait que rien ne me plaise,
Sinon d'être douloureux.
Mon pleur large et plantureux
Nourrit ma flamme et chaleur :
Ô que celui est heureux
À qui déplaît son malheur !

D'amour je ne me veux plaindre
Ni du sort aventureux;
Ni la mort je ne puis craindre,
Car j'ai mal plus dangereux.
Un bien me fait malheureux,
Dont j'ai perdu la valeur :
Celui au prix est heureux
Qui n'eut jamais que malheur!

FRANÇOIS RABELAIS

(1494-1553)

par James Sacré

Une petite route, bordée de ses tas de cailloux, allait de mon village au bourg de Coulonges-sur-l'Autize, où l'école était installée dans le château de Geoffroy d'Estissac : la salle de classe avait de belles fenêtres à meneaux de pierre, et dans les profondeurs des caves qu'on explorait à l'heure du déjeuner (petite bouteille de vin et quelques tartines tirées de la musette) il y avait de mystérieux départs de souterrains. Nous étions sans le savoir dans la demeure des livres de Rabelais, avec ces élégants toits et tours de son « haut », pour reprendre les catégories de Bakhtine, ses espaces lumineux pour apprendre, et les obscurités à la fois tentatrices et inquiétantes de ses boyaux du « bas » ! À la même époque je feuilletais chez mon oncle Achille, à Ardin, deux grands livres reliés de rouge : une édition des œuvres de Rabelais justement, avec des illustrations d'Albert Robida. J'ai sans doute regardé surtout les illustrations, mais j'y retrouvais à la fois le château de Coulonges et les batailles rangées entre les gars de mon village et ceux du bourg qui venaient à l'occasion « perturber » nos « ballades » dansantes du dimanche. Puis j'ai pris la rue Rabelais, à Fontenay-le-Comte, pour aller m'instruire au collège François-Viète. Pas si loin, on pouvait voir la découpe vide des ogives de l'abbaye de Maillezais. Elles devenaient parfois un motif de travail en classe de dessin. Plus tard, j'ai voulu déchiffrer des rassemblements de signes et de figures trouvés dans ces livres de Rabelais enfin lus de plus près : cheminements donc dans le sensible et l'intellectualité qui ont sans doute nourri mes essais d'écriture.

A-t-on assez remarqué que les livres de Rabelais sont un continu mélange de prose et de vers ? Non seulement il y a beaucoup de poèmes versifiés (rondeaux ou suite de huitains, dizains), mais on y trouve à chaque instant des vers isolés que l'auteur met dans la bouche de ses personnages ou dans le déroulement du texte narratif ou réflexif. Souvent on ne sait pas trop s'il s'agit de véritables vers de poèmes, de dictons ou de proverbes, ou de jeux de langage, qui se développent parfois sur plusieurs pages en listes de mots ou de formules, par exemple. Rien là pour tellement surprendre, Rabelais est un maître du mixage : langage savant et langage populaire, discours châtié et paroles débridées, motifs du haut et motifs du bas, ordre et carnaval, contes, lettres, poèmes et récits, mélanges et farcitures, miscellanées, ménippée, et donc prose et vers.

Rondeaux, dizains rimés, Rabelais n'utilise pas la nouvelle forme qui se développe en son temps : le sonnet. Faudrait-il en conclure qu'il manque en cela de modernité ? Rabelais se soucie sans doute peu de sacrifier aux modes formelles ; il se contente de boulanger la langue en caviardant d'anciennes formes qu'il aime, le rondeau par exemple, jusqu'à les rendre carnavalesques. Ses inscriptions ou ses énigmes en dizains bien mesurés, mais rongés par les rats ou remplis d'obscurités, ruinent à l'avance, ou après coup, la belle ordonnance des discours prosés disposés en raisonnements bien balancés. Toutes ces « vieilleries poétiques » savent bondir par-dessus tout ce qui s'installe d'assez guindé, souvent, dans les sonnets et bientôt dans le « classicisme », pour venir aujourd'hui déranger nos confortables formalismes de pensée moderne. Dans les poèmes de Rabelais qui irriguent si continûment ses livres, est-ce qu'on n'entend pas déjà ceux de Chaissac, pas plus cités dans les anthologies que les siens ? Ceux de Beckett et de Verheggen, pas tellement cités non plus ?

Et puis qu'est-ce qu'un rondeau ou un dizain sinon une suite (plus ou moins solidement articulée) de vers ? Une suite… aussi bien une liste de vers ! Et les listes de mots de Rabelais comportent bien, autant que ses listes de vers, des rythmes et des rimes, et une semblable disposition verticale du texte. Aussi n'hésiterons-nous pas à dire qu'une liste rabelaisienne est un poème versifié d'une façon un peu particulière. Les vers isolés en monostiches, les proverbes, les formules mesurées, nous ramènent, eux, à l'horizontalité du texte ; on s'aperçoit très vite alors que ces fragments rimés rimant et « carymarymants » sont partout présents dans la prose de Rabelais : ne la structurent-ils pas, en fait, en poèmes de prose ? Ainsi serait-on fondé à dire que les livres de Rabelais sont de magnifiques ensembles de poèmes.

La vie très horrifique du Grand Gargantua père de Pantagruel, chapitre XIII : « Comment Grandgousier cogneut l'esperit merveilleux de Gargantua à l'invention d'un torchecul. »

Chiart,
Foirart,
Pétard,
Brenous,
Ton lard
Chappart
S'espart
Sus nous.
Hordous,
Merdous,
Esgous,
Le feu de sainct Antoine te ard !
Sy tous
Tes trous
Esclous
Tu ne torche avant ton départ !

« En voulez-vous dadventaige ?
- Ouy dea, respondit Grangousier.
- Adoncq, dist Gargantua :

Rondeau

En chiant l'aultre hyer senty
La guabelle que à mon cul doibs ;
L'odeur feut aultre que cuydois :
J'en feuz du tout empuanty.
Ô ! si quelc'un eust consenty
M'amener une que attendoys
En chiant !
Car je luy eusse assimenty
Son trou d'urine à mon lourdoys ;
Cependant eust avec ses doigtz
Mon trou de merde guarenty
En chiant. »

Gargantua, chapitre LIV : « Inscription mise sus la grande porte de Thélème »

Cy n'entrez pas, hypocrites, bigotz,
Vieux matagotz, marmiteux, borsoufléz,
Torcoulx, badaux, plus que n'estoient les Gotz
Ny Ostrogotz, précurseurs des magotz
Haires, cagotz, caffars empantoufléz,
Gueux mitoufléz, frapars escorniflez,
Befflez, enflez, fagoteurs de tabus ;
Tirez ailleurs pour vendre vos abus.

Vos abus meschans
Rempliroient mes camps
De meschanceté ;
Et par faulseté
Troubleroient mes chants
Vos abus meschant.

. . . .

Cy entrez, vous, qui le sainct Évangile
En sens agile annoncez, quoi qu'on gronde :
Céans aurez un refuge et bastille
Contre l'hostile erreur, qui tant postille
Par son faulx stile empoizonner le monde :
Entrez, qu'on fonde icy la foy profonde,
Puis qu'on confonde, et par voix et par rolle,
Les ennemys de la saincte parolle.

La parolle saincte
Jà ne soit extaincte
En ce lieu très sainct ;
Chascun en soit ceinct ;
Chascune ayt enceincte
La parole saincte.

Le Tiers Livre des faicts et dicts héroïques du bon Pantagruel composé par M. Fran. Rabelais, docteur en médicine, reveu et corrigé par l'autheur sus la censure antique. Chapitre VIII : « Comment la braguette est première pièce de harnois entre gens de guerre »

Doncques ne fauldra dorénavant dire, qui ne vouldra improprement parler, quand on envoyra le franc taulpin en guerre :

« Saulve, Tevot, le pot au vin »,

(c'est le cruon) : il faut dire :

« Saulve, Tevot, le pot au laict »,

ce sont les couilles, de part tous les diables d'enfer ! La teste perdue, ne périst que la personne ; les couilles perdues périroit toute humaine nature.

. . . .

[…] le seigneur de Merville, essayant quelque jour un harnoys neuf pour suyvre son roy en guerre (car du sien antique et à demy rouillé plus bien servir ne se povoit, à cause que depuys certaines années la peau de son ventre s'était beaucoup esloingnée des roignons), sa femme consydéra en esprit contemplatif, que peu de soing avoit du pacquet et baston commun de leur mariage, veu qu'il ne l'armoit que de mailles […]

D'icelle sont escriptz ces vers on tiers livre du *Chiabrena des puceles :*

Celle qui veid son mary tout armé,
Fors la braguette, aller à l'escarmouche,
Luy dist : « Amy, de paour qu'on ne vous touche,
Armez cela, qui est le plus aymé. »
Quoy ? Tel conseil doibt-il estre blasmé ?
Je diz que non : car sa paour la plus grande
De perdre estoit, le voyant animé,
Le bon morceau dont elle estoit friande.

Pantagruel roy des Dipsodes restitué à son naturel avec ses faictz et prouesses espoventables, composéz par feu M. Alcofribas, abstracteur de Quinte Essence, chapitre III : « Du dueuil que mena Gargantua de la mort de sa femme Badebec »

À quoy obtempérantz, allèrent à l'enterrement et funérailles, et le pauvre Gargantua demoura à l'hostel. Et cependent feist l'épitaphe pour estre engravé en la manière que s'ensuyt :

Elle en mourut, la noble Badebec,
Du mal d'enfant, que tant me sembloit nice :
Car elle avoit visage de rebec,
Corps d'espaignole et ventre de souyce.
Priez à dieu qu'a elle soit propice,
Lui pardonnant s'en riens oultrepassa.

Cy-gist son corps, lequel vesquit sans vice,
Et mourut l'an et jour que trespassa.

Le Tiers Livre, chapitre LII : « Comment certaine espèce de pantagruelion ne peut estre par feu consommée »

[...] Et par leur récit congneut Caesar l'admirable nature de ce boys, lequel de soy ne faict feu, flambe ne charbon. Et seroit digne en ceste qualité d'estre on degré mis de vray Pantagruelion (et d'autant plus que Pantagruel d'icelluy voulut estre faictz tous les huys, portes, fenestres, goustières, larmiers et l'ambrun de Thélème ; pareillement d'icelluy feist couvrir les pouppes, prores, fougons, tillacs, coursies et rambades de ses carracons, navires, gualères, gualions, brigantins, fustes et aultres vaisseaulx de son arsenac de Thalasse), ne feust que larix, en grande fournaise de feu provenent d'aultres espèces de boyx, est enfin corrumpu et dissipé, comme sont les pierres en fourneau de chaulx : Pantagruelion asbeste plustost y est renouvelé et nettoyé que corrompu ou altéré. Pourtant :

Indes, cessez, Arabes, Sabiens,
Tant collauder vos myrrhe, encens, ébène.
Venez icy recongnoistre nos biens,
Et emportez de nostre herbe la grène ;
Puy, si chez vous peut croistre en bonne estrène,
Grâces rendez ès cieulx un million,
Et affermez de France heureux le règne
Onquel provient Pantagruelion.

Fragment d'un chapitre que nous avons lu comme un poème prosé : chapitre XXV de *Gargantua :* « Comment feut meu entre les fouaciers de Lerné et ceux du pays de Gargantua le grand débat dont furent faictes grosses guerres »

Adoncq Marquet, grand bastonnier de la confrairie des fouaciers, luy dist :

« Vrayment, tu es bien acresté à ce matin ; tu mangeas her soir trop de mil. Vien çà, vien çà, je te donnerai de ma fouace ! »

Lors Frogier en toute simplesse approcha, tirant un unzain de son baudrier, pensant que Marquet luy deust deposcher de ses fouaces ; mais il luy bailla de son fouet à travers les jambes si rudement que les noudz y apparoissoient. Puis voulut gaigner à la fuyte ; mais Frogier s'escria au meurtre et à la force tant qu'il peut, ensemble luy jetta un gros tribard qu'il portoit soubz son escelle, et le attainct par la joincture coronale de la teste, sus l'artère crotaphique, du cousté dextre, en telle sorte que Marquet tomba de sa jument ; mieulx sembloit homme mort que vif.

Cependent les mestaiers, qui là auprès challoient les noiz, accoururent avec leurs grandes gaules et frappèrent sus ces fouaciers comme sus seigle verd. Les aultres bergiers et bergières, ouyans le cry de Frogier, y vindrent avec leurs frondes et brassiers et les suyvirent à grands coups de pierres tant menuz qu'il sembloit que ce feust gresle. Finablement les aconceurent et oustèrent de leurs fouaces environ quatre ou cinq douzaines; toutesfoys ils les payèrent au pris acoustumé et leurs donnèrent un cens de quecas et troys panerées de francs aubiers. Puis les fouaciers aydèrent à monter Marquet, qui estoit villainement blessé, et retournèrent à Lerné sans poursuivre le chemin de Pareillé, menassans fort et ferme les boviers, bergiers et mestaiers de Seuillé et de Synays.

Ce faict, et bergiers et bergières feirent chère lye avecques ces fouaces et beaulx raisins, et se rigollèrent ensemble au son de la belle bouzine, se mocquant de ces beaulx fouaciers glorieux, qui avoient trouvé male encontre par faulte de s'estre seignéz de la bonne main au matin, et avec gros raisins chenins esuvèrent les jambes de Frogier mignonnement, si bien qu'il feut tantost guéry.

Deux poèmes-listes : « Les jeux de Gargantua », chapitre XXII de *Gargantua*, et « [...] des nouvelles des diables et des damnéz », chapitre XXX de *Pantagruel*.

Là jouoyt :
. . . .
à *cochonnet va devant*,
au pies,
à la corne,
au beuf violé,
à la cheveche,
à *je te pinse sans rire*,

à *picoter*,
à deferrer l'asne,
à laiau tru,
au *bourry, bourryzou*,
à *je m'assis*,
à la barbe d'oribus,
à la bousquine,
à *tire la broche*,
à la boutte foyre,
à *compère, prestez-moy vostre sac*,
à la couille de bélier,
à boute hors,
à figues de Marseille,
à la mousque,
au clefz,
à l'archer tru,
à escorcher le renard,
à la ramasse,
au croc madame,
à vendre l'avoine,
à souffler le charbon,
au responsailles,
au juge vif et juge mort,
. . . .

Car je veis Alexandre le Grand qui repetassoit de vieilles chausses et ainsi gaignoit sa pauvre vie.
Xercès crioit la moustarde,
Romule estoit saulnier,
Numa, clouatier,
Tarquin, tacquin,
Piso, païsant,
Sylla, riveran,
. . . .
Galien Restauré, preneur de taulpes,
Les quatre filz Aymon, arracheurs de dentz,
Le pape Calixte estoit barbier de maujoinct,

Le pape Urbain, crocquelardon,
Mélusine estoit souillarde de cuisyne,
Matabrune, lavandière de buées,
Cléopatra, revenderesse d'oignons,
Hélène, courratière de chamberières,
Sémiramis, espouilleresse de belistres,
Dido vendoit des mousserons,
. . . .

Je veiz Diogènes qui se prélassoit en magnificence, avec une grande robe de pourpre et un sceptre en sa dextre et faisoit enrager Alexandre le Grand, quand il n'avoit bien rapetassé ses chausses, et le payoit en grands coups de baston.

MAURICE SCÈVE
(1501-1564)

par Bernard Vargaftig

Peut-être une part de l'énigme que tout poème est tient-elle dans le fait qu'il continue à faire exploser vers l'avenir la charge de mémoire et de présent qui l'ont fait exploser et dont il est porteur.

Maurice Scève est né à Lyon en 1501, alors que François Ier unifie la France et va, contre le latin, imposer le français comme langue « officielle ». Il y mourra en 1564, peu après qu'ont triomphé du Bellay, Ronsard et les autres poètes de la Pléiade. Curieux des cultures grecque et latine, fidèle à celle de notre Moyen Âge, celle des troubadours et des rhétoriqueurs, Scève est celui qui va inventer dans notre langue et ce que l'Italien Pétrarque a fait avec son Canzoniere *en ne l'écrivant pas en latin, et comme un sillage qui, jusqu'à aujourd'hui, en passant par Racine, Mallarmé, Claudel et Jouve, ne cesse de féconder non seulement notre poésie mais ce que notre langue fait que nous sommes.*

Son œuvre, qu'il publia sans la signer sauf d'une devise : « Souffrir non souffrir », se compose essentiellement de trois livres : Délie object de la plus haute vertu *en 1544, en 1547,* Saulsaye églogue de la vie solitaire, *et* Microcosme, *paru deux ans avant sa mort.*

Il y a d'abord le vers de Scève. Dans Délie, *c'est un décasyllabe. Vers que sa coupe dissymétrique, et donc en déséquilibre, contribue à rendre vivant. Bien qu'il puisse être rauque et heurté, il est chant. Il porte chez Scève le souffle et la voix de son auteur et la pensée vivante en train de se construire. Il rend vivant non seulement le poème, dix vers de dix syllabes, mais le livre, car le mouvement très maîtrisé de l'ensemble emporte en les répétant le « suspens » de chaque vers autant que l'harmonie de la construction de chaque dizain.*

Temps, sentiments, images, évocations sont chaque fois saisissement d'un sens et de son contraire embrassés par un sens plus haut, plus large. L'œuvre naît d'un vécu et de circonstances très précises pour être prise de conscience et méditation. Elle transforme détails et temps en pensée et la pensée en espace et réciproquement.

Ne partageons-nous pas, et plus que jamais, ce soulèvement qui du plus petit élément ne cesse de s'ouvrir à l'infini ? ce souci de ce qui est vivant devant la mort ? N'avons-nous pas la même exigence de parler avec notre rythme à nous, notre souffle intime, notre voix, nos propres mots ?

Et comment, nous qui sommes si sensibles aux images, ne pas nous souvenir que Maurice Scève est le premier à avoir conçu un livre de poèmes accompagné de gravures. N'est-il pas ainsi le précurseur du dialogue entre poètes et plasticiens qui ne cesse d'enrichir la pensée ?

Dialogue entre le visible et l'écrit. Dialogue, chez ce poète qui ose dire « Qui suis en moi outrément divisé *», entre le désir amoureux et l'absolu de l'amour, entre le visible et l'invisible. Cela dans une langue toute neuve, malgré le vieillissement des mots et des tournures, comme est toujours neuve la langue avec laquelle, qui que nous soyons, nous parlons aujourd'hui.*

DÉLIE

OBJET DE PLUS HAUTE VERTU

(extraits)

Plutôt seront Rhône et Saône déjoints
Que d'avec toi mon cœur se désassemble;
Plutôt seront l'un et l'autre Monts[1] joints,
Qu'avecques nous aucun discor s'assemble;
Plutôt verrons et toi et moi ensemble
Le Rhône aller contremont lentement,
Saône monter très violentement,
Que ce mien feu, tant soit peu, diminue,
Ni que ma foi décroisse aucunement.
Car ferme amour sans eux est plus que nue.

★

Moins je la vois, certes plus je la hais;
Plus je la hais, et moins elle me fâche.
Plus je l'estime, et moins compte j'en fais;

1. Collines de Lyon : Fourvière et la Croix-Rousse.

Plus je la fuis, plus veux qu'elle me sache[1].
En un moment deux divers traits me lâche,
Amour et haine, ennui avec plaisir.
Forte est l'amour qui lors me vient saisir
Quand haine vient et vengeance me crie;
Ainsi me fait haïr mon vain désir
Celle pour qui mon cœur toujours me prie.

★

Si le désir, image de la chose
Que plus on aime, est du cœur le miroir,
Qui toujours fait par mémoire apparoir[2]
Celle où l'esprit de ma vie repose,
À quelle fin mon vain vouloir propose
De m'éloigner de ce qui plus me suit?
Plus fuit le Cerf[3], et plus on le poursuit
Pour mieux le rendre aux rets de servitude;
Plus je m'absente, et plus le mal s'ensuit
De ce doux bien, Dieu de l'amaritude[4].

★

Je vais cherchant les lieux plus solitaires,
De désespoir et d'horreur habités,
Pour de mes maux les rendre secrétaires,
Maux de tout bien, certes, déshérités,
Qui de me nuire et autrui usités,
Font encor peur, même à la solitude,
Sentant ma vie en telle inquiétude
Que plus fuyant, et de nuit et de jour,
Ses beaux yeux saints, plus loin de servitude
À mon penser sont ici doux séjour.

1. De « sachier », ancien français, « retenir ».
2. Apparaître.
3. Le Cerf fait partie des attributs associés à la déesse romaine Diane.
4. Amertume.

★

Tant variable est l'effet inconstant
De la pensée encor plus incertaine,
Que sur les doigts deux pour trois va comptant,
Et tient jà près la chose bien lointaine.
Car étant pris dessous sa main hautaine,
Je m'en allais pleurant, la tête basse;
Et devant elle ainsi comme je passe,
En me voyant, me jette un souris d'œil,
Qui me fit rire : et par ce je compasse[1]
Amour léger mêler joie en mon deuil.

★

En autre part que là où ils aspirent,
Je sens toujours mes soupirs s'en aller,
Voire enflambés : car alors qu'ils respirent,
Ce n'est sinon pour l'ardeur exhaler
Qui, m'occupant l'haleine et le parler,
Me fait des yeux si grosse pluie étreindre.
Mes larmes donc, n'ont-elles pu éteindre
Mon feu, ou lui mes grands pleurs dessécher?
Non : mais me font, sans l'un l'autre empêcher,
Comme bois vert brûler, pleurer et plaindre.

★

Bien que je sache amour et jalousie,
Comme fumée et feu, éclair et foudre,
Me tempêtant toujours la fantaisie,
En une fin sans jamais se résoudre;
Je ne me puis, pourtant, d'erreur absoudre,
Cherchant toujours par ce Monstre terrible

1. Mesurer, évaluer, estimer.

De voir en moi quelque défaut horrible,
Trop plus assez qu'en mon Rival, régner ;
Comme l'on sait qu'avecques l'impossible
J'accuse autrui pour tout me condamner.

★

Si tu t'enquiers pourquoi sur mon tombeau
L'on aurait mis deux éléments contraires,
Comme tu vois être le feu et l'eau
Entre éléments les deux plus adversaires,
Je t'avertis qu'ils sont très-nécessaires
Pour te montrer, par signes évidents,
Que si en moi ont été résidents
Larmes et feu, bataille âprement rude,
Qu'après ma mort encore ci-dedans
Je pleure et ars[1] pour[2] ton ingratitude.

1. Du verbe ardoir, brûler.
2. À cause de.

PONTUS DE TYARD
(1521-1605)

par Bernard Noël

Il y a dans la langue un horizon : tout ce qui est en deçà, sous notre vue, est maternel ; tout ce qui est au-delà est originel à la manière d'un paradis perdu. L'en deçà, bien que continu, comprend du lointain et du proche, du connu et de l'oublié, de l'étrange et du familier. La surprise est de voir s'entrelacer soudain les distances ou s'éclairer tout là-bas comme une île de petite lumière un pays de poème ou de prose. Un rien suffit souvent pour que cela s'allume, par exemple un geste de curiosité vers un vieux volume où l'on souhaite vérifier une date, une forme poétique, un nom, et voici que, feuilletant, on découvre tout autre chose, à savoir cette fois un médaillon dont le cercle auréole le buste d'une dame au beau profil grave et altier. Vous êtes saisi de lire au-dessus de la tête : « L'OMBRE », *puis d'apercevoir parmi les grecques ornementales trois autres mots dont l'assemblage avec le premier donne ceci :* « L'OMBRE DE MA VIE ». *Étonnante légende pour un portrait placé devant le seuil des* Erreurs amoureuses.

Cette « ombre » séduit parce qu'elle joue dans la mémoire avec « l'ombre des idées » de Giordano Bruno, et qu'en s'associant l'une à l'autre elles composent une figure assez juste pour nous introduire dans un temps où l'intelligence amoureuse et l'intelligence conceptuelle sont inséparables, la Dame étant aussi bien celle qui donne le sens de la vie que la connaissance. Pontus de Tyard, l'auteur des Erreurs amoureuses, *qu'il publia en trois livres (1549, 1550, 1554) avant de les inclure dans ses* Œuvres poétiques *(1573), attribue à son « ombre » le nom de Pasithée mais n'a jamais révélé qui elle était. Ses liens avec Maurice*

Scève et l'École lyonnaise ont fait croire à certains qu'il s'agissait de Louise Labbé. C'est improbable et peu importe, le principal étant que Pontus ait trouvé chez elle à la fois le désir d'amour et la volonté d'invention poétique. Il le dit lui-même dans la préface à ses Œuvres : *« Toutefois n'ayant aucun devant moy, qui en Français eût publié des Poèmes répondant à l'élévation de mes passionnées conceptions, je ne fus aidé que de la force de la beauté qui me commandait pour complaire à laquelle je me mis en peine d'embellir et hausser le style de mes vers plus que n'était celui des rimeurs qui m'avaient précédé. »*

Ainsi peut-on relever dans les poèmes des Erreurs amoureuses *les effets d'une imprégnation produite par l'inlassable contemplation d'un visage et d'attitudes mémorisées afin que l'art de voir mentalement la perfection de la Dame se projette dans la langue en mal d'expression. D'où l'originalité d'une poésie qui, au lieu de pétrarquiser comme tous ses contemporains, utilise les formes fixes d'alors : sonnet, épigramme, chanson, élégie, sextine, pour y déposer les parties d'une « ombre » comparable aux* loci *des arts de la mémoire et comme eux capables de rappeler la présence rayonnante du modèle tout en lui offrant la plus belle des parures verbales.*

DES ERREURS AMOUREUSES

(extraits du Livre I)

Aux longs discours de ma libre pensée
  Raison vivoit, & Amour, son contraire,
  Taschant tousjours de son costé m'attraire,
  Feit, que par moy elle fut delaissée.
Lors tout soudain mon ame au vif blessée
  Dit à Amour, ô cruel adversaire
  De mon grand bien, mon grand bien necessaire
  Pour me conduire, où Dieu m'a addressée,
Laisse passer le court fil de ces ans,
  Sans me charger de tes soucis pesans,
  En ceste chair, ma prison destinée.
Amour respond : Tu te dois contenter,
  Car je veux pour tel bien tourmenter,
  Que tu seras heureusement damnée.

★

Quand je m'eslieve en contemplation,
  M'esmerveillant de ce divin visage,
  Saint & divin, contre mortel usage,

Fait au pourtrait de la perfection,
Soudain l'ardeur de serve passion,
(Serve à l'object du plus servil hommage)
Me prosternant aux piedz de cette image,
Fond mon desir tout en devotion.
Alors j'adore en telle humilité,
Ce saint seul Dieu de ma félicité,
Lequel tousjours devotement je prie :
Que mon las cœur mourant à son service,
Pour aggreable & plaisant sacrifice,
S'offre aux autelz de mon idolatrie.

★

Après qu'Amour par trop mortelle atteinte
M'eut fait au cœur une playe piteuse,
Et qu'il connut que sa flame amoureuse
Estoit en moy bien ardemment emprainte :
Il retira sa flesche en mon sang teinte,
Laissant en moy son humeur venimeuse :
Mais ma maistresse (helas) trop rigoureuse,
Il ne toucha seulement que par feinte.
Or pour fuir la rigueur, qui me tue,
J'ai fait dessein d'abandonner ce lieu,
Où veit ma douce, & fascheuse contraire.
Mais pour empesche, Amour, ce petit Dieu,
Couvrant mes yeux de son obscure nue,
Ne me permet de mon mal me distraire.

★

Doux de ces yeux le tret qui me foudroye ·
Douce l'ardeur d'un tel feu allumée :
Doux le désir de chose tant aimée :
Et doux l'espoir de tant heureuse proye.
Douce l'erreur, qui veut que je me croye
Contre le vray : & douce la fumée

Du songe faux, aussi tost consumée,
Que le dormir brievement m'ottroye.
Doux les desdains, douce peine soufferte
En bien aimant : Mais ô très-douce perte
De liberté, pour son ingratitude.
Le grand Romain, qui aima mieux s'occire,
Que vivre serf, ne craindroit pas d'eslire
Sous si doux joug si douce servitude.

★

Tant dextrement ses pas elle compasse,
Quand à danser par fois elle s'ingere,
Et tant au bal, dispostement legere,
Ses mille tours volte de bonne grace,
Qu'on jugeroit, auprès d'elle estre lasse
Du vray & faux la prompte messagere,
Qui des pieds touche au siege de Megere,
Et de son chef outre les nues passe.
Et toutefois je ne la veis onq'estre
(Voyez, Amans, sa cruauté) si dextre
En sa plus viste & gaye promptitude,
Comme au fuir de moy elle est soudaine,
Quand je luy veux faire entendre la peine
Que j'ay, vivant dessouz sa servitude.

★

J'estois pensif, mélancoliq, & sombre,
Comme vexé de maint present dommage :
Quand, pourtrais, di-je au Flaman, cette image,
Pour m'estre saint recours à tout encombre.
Mais (non obstant qu'il fust digne du nombre
Des plus expers excellens de nostre aage)
Il ne m'osa promettre d'avantage
De retirer de ses beautez, que l'ombre.
Elle ha (dit-il) tant de beautez ensemble,

Et au soleil si luisamment ressemble,
Qu'elle esblouit mes yeux de tous costez.
Puis ayant peint l'ombre, me dit ainsi :
Contente toy seulement de ceci,
Qui passe encore toutes autres beautez.

JOACHIM DU BELLAY

(1522-1560)

par Lionel Ray

Notre printemps de poésie, je veux dire le XVIe *siècle, exemplaire à plus d'un titre, initia pour la première fois dans notre langue une poésie d'éveil et de charme savant, poésie de veille et de songe, d'éblouissements et d'ingénuité, toute de fraîcheur et d'éclats, inventive, frémissante et âpre quelquefois — mais je ne sais pourquoi, tout dans ce siècle, quelque plaisir que je prenne à la lecture des uns et des autres, à cette foisonnante moisson de découvertes, au poète le plus délicat comme au plus véhément, tout me ramène à Du Bellay. Du Bellay chétif (*« le plus chétif du monde »*) et regrettant.*

Plainte de celui qui s'exila, le regret dit la perte, la dépossession. « Si je n'ai plus... », *dédicace à Monsieur d'Avanson, ambassadeur de France à Rome : ce sont les premiers mots d'un livre construit sur l'avoir en manque et son corollaire, le manque d'être, la béance, le* RIEN. *Privé de muse, de princesse, d'amis, de France, de cour et de gloire, de jeunesse et de santé, d'amour, de fortune et de reconnaissance, poète ravalé au rang de* « ménager », *voué à la dévastation, au vide, il renonce même à tout sujet, à tout le poétiquement correct de l'époque. Son poème dira qu'il ne peut dire* RIEN. *Jusqu'au vide dont il se nourrit, à l'opposé des* « hauts arguments » *qui font la gloire de Ronsard. Est-il en poésie entreprise plus moderne ?*

« Toute l'invention consiste à faire quelque chose de rien », *écrit, un siècle plus tard, l'auteur de* Bérénice. *Deux siècles encore et Mallarmé affichera, en ouverture de la première réunion de ses poèmes, ce* RIEN, *mot inaugural et sésame de l'œuvre :* « Rien, cette écume, vierge vers... »

L'exil volontaire, la déception, autrement dit la circonstance, devaient conduire à ce qui, dans le cas de Du Bellay, mieux qu'une ascèse est une méthode. Que faire quand on n'est ni Horace, ni Pétrarque, ni Ronsard? Que faire de ce « ... moi qui ne suis rien » *? sinon se mettre en aventure d'écrire, au jour le jour :* « ... une prose en rime ou une rime en prose », *ce que nul encore avant lui n'avait fait? et de découvrir en quelque sorte que le travail du vers pouvait s'accommoder d'un fort coefficient de prose qui en assure la singulière en même temps que naturelle respiration. En donnant cette impression de facilité qui n'appartient qu'à ceux dont l'art n'a pas d'égal :*

Et peut-être que tel se pense bien habile,
Qui trouvant de mes vers la rime si facile,
En vain travaillera, me voulant imiter.

Ajoutons à cela que pour la première fois en France, en Europe, le sonnet servait à autre chose qu'au service d'amour, sorte de journal psychobiographique à entrées multiples, où se lisent les aléas (plainte, grincement ou ris sardonien*) de la malheureuse aventure romaine.*

Il n'est pas jusqu'au détail du vers, dans sa configuration phonique et son vibrato singulier, qui ne m'étonne et ne m'enchante. Et ce paradoxe de se montrer le plus (musicalement) inspiré dans le même temps qu'il s'avoue déserté de muse, privé de toute inspiration :

Et les Muses de moi, comme étranges, s'enfuient

*Cette balance exacte du vers, avec, en position 4, propre à chacun des hémistiches, l'*e *muet, la voyelle dite « muette », qui assure la pause, presque du silence!, ce blanc imperceptible, « lubrifiant phonique » dit le linguiste, grâce à quoi, souple modulation, dans l'incomparable fluidité, le vers respire! Où trouvera-t-on mieux? Dans Racine peut-être, ou Verlaine, ou Nerval? Rares sont les virtuoses à ce point comparables à celui qui, languissant* « en étrange province », *sut se choisir pour patrie la langue française qu'il illustra de façon toute nouvelle.*

LES ANTIQUITÉS DE ROME

(extrait)

Nouveau venu, qui cherches Rome en Rome
Et rien de Rome en Rome n'aperçois,
Ces vieux palais, ces vieux arcs que tu vois,
Et ces vieux murs, c'est ce que Rome on nomme.

Vois quel orgueil, quelle ruine : et comme
Celle qui mit le monde sous ses lois,
Pour dompter tout, se dompta quelquefois,
Et devint proie au temps, qui tout consomme.

Rome de Rome est le seul monument,
Et Rome Rome a vaincu seulement.
Le Tibre seul, qui vers la mer s'enfuit,

Reste de Rome. Ô mondaine inconstance !
Ce qui est ferme, est par le temps détruit,
Et ce qui fuit, au temps fait résistance.

À MONSIEUR D'AVANSON

CONSEILLER DU ROI
EN SON PRIVÉ CONSEIL

Si je n'ai plus la faveur de la Muse,
Et si mes vers se trouvent imparfaits,
Le lieu, le temps, l'âge où je les ai faits,
Et mes ennuis leur serviront d'excuse.

J'étais à Rome au milieu de la guerre,
Sortant déjà de l'âge plus dispos,
À mes travaux cherchant quelque repos,
Non pour louange ou pour faveur acquerre.

Ainsi voit-on celui qui sur la plaine
Pïque le bœuf ou travaille au rempart
Se réjouir, et d'un vers fait sans art
S'évertuer au travail de sa peine.

Celui aussi, qui dessus la galère
Fait écumer les flots à l'environ,
Ses tristes chants accorde à l'aviron,
Pour éprouver la rame plus légère.

On dit qu'Achille, en remâchant son ire,
De tels plaisirs soulait s'entretenir,
Pour adoucir le triste souvenir
De sa maîtresse, aux fredons de sa lyre.

Ainsi flattait le regret de la sienne
Perdue, hélas, pour la seconde fois,
Cil qui jadis aux rochers et aux bois
Faisait ouïr sa harpe thracienne.

La Muse ainsi me fait sur ce rivage,
Où je languis banni de ma maison
Passer l'ennui de la triste saison,
Seule compagne à mon si long voyage.

La Muse seule au milieu des alarmes
Est assurée et ne pâlit de peur :
La Muse seule au milieu du labeur
Flatte la peine et dessèche les larmes.

D'elle je tiens le repos et la vie,
D'elle j'apprends à n'être ambitieux,
D'elle je tiens les saints présents des dieux
Et le mépris de fortune et d'envie.

LES REGRETS

(extraits)

Je ne veux point fouiller au sein de la nature,
Je ne veux point chercher l'esprit de l'univers,
Je ne veux point sonder les abîmes couverts,
Ni dessiner du ciel la belle architecture.

Je ne peins mes tableaux de si riche peinture,
Et si hauts arguments ne recherche à mes vers :
Mais suivant de ce lieu les accidents divers,
Soit de bien, soit de mal, j'écris à l'aventure.

Je me plains à mes vers, si j'ai quelque regret :
Je me ris avec eux, je leur dis mon secret,
Comme étant de mon cœur les plus sûrs secrétaires.

Aussi ne veux-je tant les peigner et friser,
Et de plus braves noms ne les veux déguiser
Que de papiers journaux ou bien de commentaires.

★

Las, où est maintenant ce mépris de fortune ?
Où est ce cœur vainqueur de toute adversité,
Cet honnête désir de l'immortalité,
Et cette honnête flamme au peuple non commune ?

Où sont ces doux plaisirs, qu'au soir sous la nuit brune
Les Muses me donnaient, alors qu'en liberté
Dessus le vert tapis d'un rivage écarté
Je les menais danser aux rayons de la lune ?

Maintenant la fortune est maîtresse de moi,
Et mon cœur, qui soulait être maître de soi,
Est serf de mille maux et regrets qui m'ennuient,

De la postérité je n'ai plus de souci,
Cette divine ardeur, je ne l'ai plus aussi,
Et les Muses de moi, comme étranges, s'enfuient.

★

Cependant que Magny suit son grand Avanson,
Panjas son cardinal, et moi le mien encore,
Et que l'espoir flatteur, qui nos beaux ans dévore,
Appâte nos désirs d'un friand hameçon,

Tu courtises les rois, et d'un plus heureux son
Chantant l'heur de Henri, qui son siècle décore,
Tu t'honores toi-même, et celui qui honore
L'honneur que tu lui fais par ta docte chanson.

Las, et nous cependant nous consumons notre âge
Sur le bord inconnu d'un étrange rivage,
Où le malheur nous fait ces tristes vers chanter :

Comme on voit quelquefois, quand la mort les appelle,
Arrangés flanc à flanc parmi l'herbe nouvelle,
Bien loin sur un étang trois cygnes lamenter.

★

Je n'écris point d'amour, n'étant point amoureux,
Je n'écris de beauté, n'ayant belle maîtresse,
Je n'écris de douceur, n'éprouvant que rudesse,
Je n'écris de plaisir, me trouvant douloureux :

Je n'écris de bonheur, me trouvant malheureux,
Je n'écris de faveur, ne voyant ma princesse,
Je n'écris de trésors, n'ayant point de richesse,
Je n'écris de santé, me sentant langoureux :

Je n'écris de la cour, étant loin de mon prince,
Je n'écris de la France, en étrange province,
Je n'écris de l'honneur, n'en voyant point ici :

Je n'écris d'amitié, ne trouvant que feintise,
Je n'écris de vertu, n'en trouvant point aussi,
Je n'écris de savoir, entre les gens d'Église.

ÉTIENNE JODELLE

(1532-1573)

par Michel Deguy

Le nom de JODELLE *(ode et d'elle, et joie et je), iambe lui-même, bondissant sur sa double consonne étirable («diérésable») et son amuïssement*

Jodelle, la syntaxière prouesse du sonnet haletant, emporté, rapporté, dans le tressaut ternaire, toute l'affaire des «trois systèmes d'emblèmes, de sentiments, de pensée» arrachée à l'oubli pour nous par Albert-Marie Schmidt

Et tout l'insuccès de la fête *si bellement réinventée par Florence Delay*

À la lueur des torches du poème dans la nuit parisienne, comme un Georges de La Tour, jaillissent les profils de Diane l'intrépide, les mythes volés en éclats, les vocatifs

Scansion de flammes et d'éclipses, les princes, les amantes, les poètes — Pétrarque, Ronsard, Pontus, ou le Caucase *de Scève*

Jodelle et la légende des amis, le cercle des poètes qui renaissent, en fraises et bottes, en chausses, en pourpoints, et vont tenir, discontinues pléïades, *jusqu'à la dernière, la nôtre, la réelle : Breton, Desnos, Aragon…*

La jeunesse qui meurt comme dans le film de Chéreau — la caméra dans le tas des courtisans — Margot la reine a vingt ans quand il meurt

Le double corps des Grands, le corps de près, le corps de loin, le violent dévêtir, la chasse, les blessures, les soins, l'éros, le massacre, les toques de velours et les barbes pointues derrière l'éventail agité des quatorze lignes homéotéleutes

SONNETS

Des Astres, des Forêts, et d'Achéron l'honneur,
Diane, au Monde haut, moyen et bas préside,
Et ses chevaux, ses chiens, ses Euménides guide,
Pour éclairer, chasser, donner mort et horreur.

Tel est le lustre grand, la chasse et la frayeur,
Qu'on sent sous ta beauté claire, prompte, homicide,
Que le haut Jupiter, Phébus et Pluton cuide
Son foudre moins pouvoir, son arc et sa terreur.

Ta beauté par ses rais, par son rets, par la crainte
Rend l'âme éprise, prise et au martyre étreinte :
Luis-moi, prends-moi, tiens-moi, mais hélas ne me perds

Des flambeaux, forts et griefs, feux, filets et encombres,
Lune, Diane, Hécate, aux Cieux, Terre et Enfers,
Ornant, quêtant, gênant, nos Dieux, nous, et nos ombres.

★

Que n'ai-je mes esprits un peu plus endormis,
Mon cerveau plus pesant, et l'âme plus grossière
Pour ne sentir si fort une douleur meurtrière,
Qui fait que sans repos, languissant je gémis.

Mes sens sensibles trop, ce sont mes ennemis
Qui, époints jusqu'au vif d'une douleur trop fière,
Ont perdu le repos, la liberté première,
Pour trop sentir le mal qu'en eux ils ont permis.

Si je n'eusse à clair vu ta grâce et ton mérite,
Mon mal serait léger, et ma peine petite;
Mais pour voir, pour connaître et sentir jusqu'au fond

Ta grâce, ta valeur, ta rigueur ennemie,
Mes yeux, esprits et sens, trop clairs, trop vifs, trop prompts,
Sont meurtriers, sont tyrans, sont bourreaux de ma vie.

★

Quel heur, Anchise, à toi, quand Vénus sur les bords
Du Simoente vint son cœur à ton cœur joindre!
Quel heur à toi, Pâris, quand Œnone un peu moindre
Que l'autre, en toi, berger, chercha pareils accords!

Heureux te fit la Lune, Endymion, alors
Que tant de nuits sa bouche à toi se vint rejoindre!
Tu fus, Céphale, heureux, quand l'amour vint époindre
L'Aurore sur ton veuf, et pâle, et triste corps!

Ces quatre, étant mortels, des Déesses se virent
Aimés, mais leurs amours assez ne se couvrirent.
Au silence est mon bien : par lui, Maîtresse, à toi

Dans mon cœur plein, content et couvert, je n'égale
Vénus, Œnone, Lune, Aurore, ni à moi
Leur Anchise, Pâris, Endymion, Céphale.

★

La roche du Caucase où du vieil Prométhée
L'aigle vengeur sans fin va le cœur becquetant
Et la roche où Sisyphe en vain va remontant,
Lâchant toujours au haut sa pierre en vain portée,

Vont à plusieurs amants dont l'âme est tourmentée,
Ou bien se feint de l'être, un sujet apportant,
Montrant qu'ils vont encor la peine surmontant,
Qui aux deux roches fut à ces deux arrêtée.

Moi qui ne veux point feindre un tel mal, pour objet
De mes yeux, pour seul but de mon cœur, pour sujet
De mes vers, j'ai la roche où d'une ardeur extrême

Je prétends tout ainsi qu'on ferait au sommet
Du rocher épineux où la vertu l'on met.
Aussi si j'y atteins, j'atteins la vertu même.

★

Comme un qui s'est perdu dans la forêt profonde,
Loin de chemin, d'orée, et d'adresse, et de gens,
Comme un qui en la mer grosse d'horribles vents
Se voit presque engloutir des grands vagues de l'onde,

Comme un qui erre aux champs lorsque la nuit au monde
Ravit toute clarté, j'avais perdu longtemps
Voie, route et lumière, et presque avec le sens
Perdu longtemps l'objet où plus mon heur se fonde.

Mais quand on voit — ayant ces maux fini leur tour —
Aux bois, en mer, aux champs, le bout, le port, le jour,
Ce bien présent plus grand que son mal on vient croire.

Moi donc qui ai tout tel en votre absence été,
J'oublie, en revoyant votre heureuse clarté,
Forêt, tourmente, et nuit, longue, orageuse, et noire.

CONTR'AMOURS

I

Vous, ô Dieux, qui à vous presque égalé m'avez
Et qu'on feint comme moy serfs de la Cyprienne :
Et vous doctes amans, qui d'ardeur Delienne
Vivans par mille morts vos ardeurs écrivez :
        Vous esprits que la mort n'a point d'amour privez,
Et qui encor au frais de l'ombre Élysienne,
Rechantans par vos vers vostre flamme ancienne,
De vos palles moitiez les ombres resuivez :
        Si quelquesfois ces vers jusques au ciel arrivent,
Si pour jamais ces vers en nostre monde vivent
Et que jusqu'aux enfers descende ma fureur,
        Apprehendez combien ma haine est equitable,
Faites que de ma faulse ennemie execrable
Sans fin le Ciel, la Terre, et l'Enfer ait horreur.

II

Ô toy qui as et pour mere, et pour pere,
De Jupiter le sainct chef, et qui fais
Quand il te plaist, et la guerre, et la paix,
Si je suis tien, si seul je te revere,

Et si pour toy je dépite la mere
Du faux Amour, qui de feux, et de traits,
De paix, de guerre et rigueurs, et attraits
Táchoit plonger ton Poëte en misere,
Vien, vien ici, si venger tu me veux,
De ta Gorgone éprein moy les cheveux,
De tes Dragons l'orde pance pressure :
Enyvre moy du fleuve neuf fois tors,
Fay-moy vomir contre une, telle ordure,
Qui plus en cache et en l'ame, et au corps.

III

Dés que ce Dieu soubs qui la lourde masse
De ce grand Tout brouillé s'écartela,
Les cieux plus hauts clairement étoila,
Et d'animaulx remplit la terre basse :
Et dés que l'Homme au portrait de sa face
Heureusement sur la terre il moula,
Duquel l'esprit presqu'au sien égala,
Heurant ainsi sa plus prochaine race :
Helas ce Dieu, helas ce Dieu vit bien
Quel deviendrait cet homme terrien,
Qui plus en plus son intellect surhausse.
Donc tout soudain la Femme va bastir,
Pour asservir l'homme et l'aneantir
Au faux cuider d'une volupté faulse.

IV

Je m'étoy retiré du peuple, et solitaire
Je táchoy tous les jours de jouir sainctement
Des celestes vertus, que jadis justement
Jupiter retira des yeux du populaire.
Ja les unes venoyent devers moy se retraire,

Les autres j'appelloy de moment en moment,
Quand l'Amour traistre helas ! — las trop fatalement ! —
Te feit, ô ma Pandore, en mall'heure me plaire :
Je vy, je vins, je prins, mais m'ouvrant ton vaisseau,
Tu vins lâcher sur moy un esquadron nouveau
De vices monstrueux, qui mes vertus m'emblerent.
Ha, si les Dieux ont fait pour mesme cruauté
Deux Pandores, aumoins que n'as-tu la beauté,
Puis que de tout leur beau la premiere ils comblerent !

V

Myrrhe bruloit jadis d'une flamme enragee,
Osant souiller au lict la place maternelle :
Scylle jadis tondant la teste paternelle,
Avoit bien l'amour vraye en trahison changee :
Arachne ayant des Arts la Deesse outragee,
Enfloit bien son gros fiel d'une fierté rebelle :
Gorgon s'horribla bien, quand sa teste tant belle
Se vit de noirs serpens en lieu de poil chargee :
Medee employa trop ses charmes, et ses herbes,
Quand brulant Creon, Creuse, et leurs palais superbes,
Vengea sur eux la foy par Jason mal gardee.
Mais tu es cent fois plus, sur ton point de vieillesse,
Pute, traitresse, fiere, horrible, et charmeresse,
Que Myrrhe, Scylle, Arachne, et Meduse, et Medee.

VI

Ô traistres vers, trop traistres contre moy,
Qui souffle en vous une immortelle vie,
Vous m'apastez, et croissez mon envie,
Me déguisant tout ce que j'aperçoy.
Je ne voy rien dedans elle pourquoy
À l'aimer tant ma rage me convie :

Mais nonobstant ma pauvre ame asservie
Ne me la feint telle que la voy.
    C'est donc par vous, c'est par vous, traistres carmes,
Qui me liez moymesme dans mes charmes,
Vous son seul fard, vous son seul ornement,
    Ja si long temps faisant d'un Diable un Ange,
Vous m'ouvrez l'œil en l'injuste louange,
Et m'aveuglez en l'injuste tourment.

VII

Combien de fois mes vers ont ils doré
Ces cheveux noirs dignes d'une Meduse?
Combien de fois ce teint noir qui m'amuse,
Ay-je de lis et roses coloré?
    Combien ce front de rides labouré
Ay-je applani? et quel a fait ma Muse
Ce gros sourcil, où folle elle s'abuse,
Ayant sur luy l'arc d'Amour figuré?
    Quel ay-je fait son œil se renfonçant?
Quel ay-je fait son grand nez rougissant?
Quelle sa bouche? et ses noires dents quelles?
    Quel ay-je fait le reste de ce corps?
Qui, me sentant endurer mille morts,
Vivoit heureux de mes peines mortelles.

GUILLAUME DE SALLUSTE DU BARTAS

(1544-1590)

par Gérard Macé

Baroque, provincial et protestant, du Bartas avait tout pour être oublié. Tout sauf la mémoire de descendants imaginaires, qui le firent prince d'Aquitaine en répétant après Nerval[1] *:*

Ô seigneur Du Bartas, je suis de ton lignage.

Dans la première Sepmaine, *publiée en 1578, le jour se lève sept fois sur un théâtre à ciel ouvert — la création du monde. Du Bartas veut louer Dieu en énumérant ses merveilles : le nom du père est dans chaque mot qu'il prononce, et c'est tout le langage qui vient à lui. Sept fois, du Bartas prend donc son souffle pour nommer les éléments, la flore, la faune, les habitants des airs et des eaux, les étoiles, mais aussi les parties du corps, les songes et les maladies. Il nomme en comparant, et le chaos succède au silence… Du Bartas voudrait que la parole soit encore le souffle de l'âme, quand l'un parle du nez, l'autre du gosier. Après la chute de Babylone, les poètes en inventant chacun leur langue, hurlent, sifflent et bégaient, et celui qui s'avance pour parler, génie ou jargonneur, est d'abord un* superbe histrion.

N'empêche, il est ivre de langage, et de rimes en litanies, de litanies en allitérations, il compose un poème cosmique, une somme et un abrégé des connaissances : son livre, première cosmogonie portative, emprunte à la Bible, aux encyclopédistes de l'Antiquité, aux relations de voyage, aux histoires naturelles…

1. Dans le sonnet à Mme Sand.

Pour le reste il imagine ; car le ciel a ses poissons, l'océan ses oiseaux, tout vire et se métamorphose, d'une journée à l'autre, et de la première Sepmaine *à la seconde, dans laquelle il évoque l'Éden et les Impostures, les Furies et les Artifices, l'Arche et Babylone, les Colonies et les Pères : la nomination a fini par engendrer le récit, comme la Création l'histoire.*

Dans un français hanté par l'hébreu des origines (la langue d'avant Babel) et qu'il change tour à tour en un latin de l'imaginaire ou un patois baroquisant, du Bartas écrit une longue phrase, paon ou phénix traversant les règnes et les variétés du langage : comparaisons, métaphores et autres figures, noms inventés ou révolus — tous les monstres d'une préhistoire orthographique.

Guillaume de Salluste du Bartas, né en 1544 près d'Auch, mort en 1590 à Condom, fut le protégé de Jeanne d'Albret et l'ami d'Henri de Navarre, qui le chargea de nombreuses missions diplomatiques. Outre la première et la seconde Sepmaine*, il écrivit* Judit, Le Triomfe de la foi *et les* Neuf Muses Pyrenees. *Il connut la gloire de son vivant : en témoignent les multiples éditions de ses œuvres, et les traductions dans plusieurs langues européennes.*

Nous donnons ici un fragment du IVe jour de la première Sepmaine.

Comme un Paon, qui navré du piqueron d'amour
Veut faire piafard, à sa dame la cour,
Estaller tasche en rond les thresors de ses ailes,
Peinturees d'azur, marquetees d'estoilles,
Rouant tout à l'entour d'un craquetant cerceau,
Afin que son beau corps paroisse encor plus beau :
Le Firmament atteint d'une pareille flame,
Desploye tous ses biens, rode autour de sa dame,
Tend son rideau d'azur, de jaune tavelé,
Houppé de floccons d'or, d'ardans yeux piolé,
Pommelé haut et bas de flambantes rouelles,
Moucheté de clairs feux, et parsemé d'estoilles,
Pour faire que la Terre aille plus ardamment
Recevoir le doux fruit de son embrasement.
Qui veut conter les feux tant nostres, qu'Antarctiques,
Se doit rendre inventeur d'autres arithmetiques :
Et pour venir à bout d'un si brave projet,
Avoir de l'Ocean tout le sable pour jet.
Toutesfois nos ayeuls, non moins nobles, que sages,
Remarquerent au Ciel quatre fois-douze Images
Pour aider la memoire, et faire que nos yeux
En certaines maisons partageassent les cieux.
Les douze sont fichez en la riche ceinture,
Dont l'ouvrier immortel estrena la Nature,
Quand formant l'univers sa tout puissante voix,

Pour le peuple brillant fit de si belles loix :
Ceinture qu'elle porte en escharpe acrochee,
Non sur ses reins feconds rondement attachee.
   Ce cercle honneur du Ciel, ce Baudrier orangé,
Chamarré de rubis, de fil d'argent frangé,
Boucle de bagues d'or, d'un bandeau qui rayonne,
Le Ciel biaisement nuict et jour environne
Car depuis le quartier, où le Belier conduit
Un clair jour compassé du compas de la nuict,
De nonante degrez vers le Nord il se courbe,
Puis d'autant de degrez estoillé se recourbe
Vers le milieu du Ciel, de là devers l'Autan,
Et de l'Autan ardant vers la porte de l'An.
   C'est toy, Nephelien, qui choques de ta corne,
Faite à replis d'airain, de l'an nouveau la borne :
Et possedant du Ciel la première maison
Monstres les blonds touffeaux de ta riche toison.
De tes yeux brillonnans tu vois le Toreau naistre,
Toreau qui pour trouver en chemin dequoy paistre,
Couvre le dos fecond du monde renaissant
De l'esmail fleuronné d'un tapis verdissant,
Et sans soc, et sans joug, d'un pié libre sautelle
Par les flairans sentiers de la saison nouvelle.
Ces Bessons, à qui Dieu, pour luire au mois plus doux,
Astra pieds, testes, bras, espaules, et genoux,
Font à qui mieux courir, sous espoir de surprendre
Le Toreau, qui leger ne veut, n'y peut attendre.
Le Cancre guide-esté fend apres lentement
De ses huit avirons l'azur du Firmament :
Afin que d'an en an sa coquille estoillee,
Conduise maint long jour sur la terre brulee.
Presque d'un mesme pas le Lion vient apres,
Tout couvert de flambeaux, tout herissé de rais,
Qui du soufle pesteux de ses chaudes halaines
Seche l'herbe des prez, et le froment des plaines.
La Vierge n'est pas loin qui du train flamboyant
De son doré manteau le bleu Ciel baloyant,

Porte d'une façon humainement superbe
Des aisles en la dextre, en la gauche une gerbe.
Apres les feux puceaux le Tresbuchet reluit,
Qui justement balance et le jour, et la nuict :
D'or sont ses deux bassins, ses six cordons sont d'or
D'or sont ses trois anneaux, d'or son fleau encor.
Le traistre Scorpion secondant la Balance,
Couvre de deux flambeaux le venin de sa pance,
Et cruel, chasque jour par l'un et l'autre bout
Ses pestes vomiroit és membres de ce Tout,
Si l'archer Phillyride, homme, et cheval ensemble
Galoppant par le ciel, qui sous ses ongles tremble,
Ne menaçoit tousjours de son trait enflammé
Les membres bluetans du Signe envenimé.
Or le chenu Centaure est par tous lieux qu'il passe,
Tellement attentif à ceste unique chasse,
Que le Chevreul celeste esclatant tout de rais
Tallonne ce veneur sans redouter ses traicts.
Cependant l'Eschanson sur ses clairs talons verse
De son estoillé vase une onde blonde perse,
Et fait (qui le croira !) naistre de ses flambeaux
Pour les suyvans Poissons, un riche torrent d'eaux.
Les alterez Nageurs courent vers ceste source,
Mais le fleuve à plis d'or s'enfuit devant leur course :
Ainsi que les Poissons fuient tousjours devant
Le celeste Belier, qui les va poursuivant.
  Outre ces douze feux, du costé de la Bise,
Un Dragon flamboyant les deux Ourses divise :
Apres vient le Bouvier, la Couronne, le Trait,
L'Enfant agenouillé, la Lyre, le Pourtrait
Soit du docte Esculape, ou soit du fils d'Alcmene,
Qui le doré serpent parmi les astres mene,
Pegase, le Daufin, l'Aigle, le Cygne blanc,
Andromede, qui void assez pres de son flanc,
Cassiope sa mere, et son pere Cephee,
Et les membres astrez de son beau fils Persee,
Le Triangle luisant, le front Medusien,

Et l'estoillé Charton du char Tyndarien.
  D'autre part Orion, l'Éridan, la Balene,
Le Chien, et l'Avant-chien à la bruslante halene,
Le Lievre, la grand Nef, et l'Hydre, et le Gobeau,
Le Centaure, le Loup, l'Encensoir, le Corbeau,
Le Poisson du Midi, et l'Australe Couronne,
Par la voute du Ciel à qui mieux mieux rayonne.
C'est ainsi que ce jour les mains du Tout-puissant,
Du huictiesme rideau les toiles retissant,
D'un art sans art brocha ses pantes azurees,
De mille millions de platines dorees :
Et cloua sous le rond du vaste Firmament,
À chacun autre ciel un brandon seulement :
De peur que de ces feux le nombre estant sans nombre,
L'œil des mortels ne peust remarquer, parmi l'ombre
D'une sereine nuict, les passages divers
De ces corps estoillez, qui planchent l'Univers.
  C'est pour ce mesme effect qu'il arma d'estincelles
Du doré Firmament les tremblantes chandelles,
Faisant que les sept feux, qui courent allumez
Sous luy d'un pas divers, ne bluettent jamais.
Ou, peut estre, fit-il tous ces brandons semblables :
Mais du huitiesme Ciel les flambeaux innombrables,
Pour estre infiniment esloignez de nos sens,
Semblent tous tremousser à nos yeux tremoussans,
Non les sept feux errants, dont l'assiette voisine
Mille fois de plus pres la terre, et la marine.
Car les Cieux ne sont point ensemble entrelassez,
Ains estans les plus bas des plus hauts embrassez,
Ils vont estrecissant la rondeur de leur ventre,
Selon que plus ou moins ils approchent du centre :
Comme la peau des œufs sous la coque, et de rang,
Le blanc dessous la peau, le moyeu sous le blanc.
  Or ainsi que le vent fait tournoyer les voiles
D'un moulin equippé de sou-soufflantes toiles,
Des voiles la roideur anime l'arbre ailé,
L'arbre promeine en rond le rouet dentelé,

Le rouet la lanterne, et la lanterne vire
La pierre, qui le grain en farine deschire :
Et tout ainsi qu'on void en l'horloge tendu,
Qu'un juste contrepois justement suspendu
Esmeut la grande roue, et qu'encor elle agite
Par ses tours mainte roue, et moyenne, et petite,
Le branslant balancier, et le fer martelant,
Les deux fois douze parts du vray jour esgalant :
Ainsi le plus grand Ciel, dans quatre fois six heures
Visitant des mortels les diverses demeures,
Par sa prompte roideur emporte tous les cieux,
Qui dorent l'univers des clairs rais de leurs yeux :
Et les traine en un jour par sa vistesse estrange
Du Gange jusqu'au Tage, et puis du Tage au Gange.

AGRIPPA D'AUBIGNÉ

(1552-1630)

par Valérie Rouzeau

Naître «Agrippa» *en 1552 à l'aube des guerres de Religion : voilà qui présage une vie dure et douloureuse, quand même votre père calviniste est bon et savant et vous permet de recevoir la meilleure éducation qui soit. À sept ans, le futur enfant perdu lit en français, en latin, en grec et en hébreu, raconte la légende. À huit, il a vu les têtes de conjurés huguenots d'Amboise exposées sur une potence et fait à son père le serment de venger ces «nobles chefs». À onze, le garçon est deux fois orphelin. Celui qui portera l'épée pendant plus de cinquante années ne déméritera pas, et l'écuyer d'Henri de Navarre écrira le grand poème épique, le chef-d'œuvre baroque pour lequel on le connaît aujourd'hui,* Les Tragiques, *publié — et passé inaperçu — en 1616, l'année de la mort de Shakespeare et Cervantès. Homme de cœur, homme de foi, ce grand visionnaire émotif est venu à la poésie en tombant amoureux. Alors, il n'a pas vingt ans, il écrit pour sa Muse (Diane Salviati, la nièce de la Cassandre de Ronsard) son* Printemps *et voici déjà — comment craindrait-il celui des bûchers ennemis — le feu en personne :*

Où autrement ce ne serait qu'un feu
Qui n'aurait rien que la forme d'un homme.

Le soldat ne connaît guère de trêve, à l'amour comme à la guerre, tant sa belle se montre cruelle, voire indifférente. L'amant bataille sans faiblir pour conquérir sa «chere maitresse» et c'est bien l'amour qui commande chez ce lyrique intarissable dont la flamme ne diminue jamais plus que sa foi en Dieu.

On peut trouver naïf l'Agrippa du Printemps, *mais c'est de toute évidence déjà Théodore Agrippa d'Aubigné qui parle, celui-là qui donnera plus tard ses* Tragiques *au public « par le larcin de Promethee ». Les poèmes du soldat érudit de pas vingt ans, les cent sonnets de* L'Hécatombe à Diane *en particulier, m'atteignent pour tout ce dont ils témoignent de savoir et d'incertitude, d'esprit et de candeur ensemble. Peu importe s'il pétrarquise, s'il ronsardise : le geste est vrai, authentiquement sien à n'en pas douter — on le croit capable d'enfoncer les plus lourdes portes, de tracer tout droit, opiniâtre comme Lancelot qui pense à Guenièvre, inarrêtable. Ronsard amoureux est plus habile souvent que le jeune Agrippa, mais il lui manque de sentir « le souffre » et pour Malherbe il n'existe pas. La figure rhétorique que fait le poème du jeune guerrier inspiré a quelque chose de romantique avant l'heure, oxymore alliant expérience (déjà) et innocence (encore) : « Souhaitte qui voudra la mort inopinée / D'un plomb meurtrier et prompt au hazard envoyé, / D'un coutelas bouchier, d'un boulet foudroyé, / Crever poudreux, sanglant, au champ d'une journée. / Souhaitte qui voudra une mort entournée / De medecins, de pleurs, et un lit coutoyé / D'heritiers, de criards, puis estre convoyé / De cent torches en feu à la fosse ordonnée. / Je ne veux pour la solde estre au champ terrassé, / On en est aujourd'huy trop mal recompensé ; / Je trouve l'autre mort longue, bigotte et folle. / Quoy donc ? brusler d'amour que Diane en douleurs / Serre ma triste cendre infuse dans ses pleurs, / Puis au sein d'Artemise un tombeau de Mausole. » Quelque chose d'inouï ou, en son temps malheureux jusqu'à toujours maintenant, de bien mal entendu.*

L'HÉCATOMBE À DIANE

(extraits)

Combattu des vents et des flots,
  Voyant tous les jours ma mort preste
  Et abayé d'une tempeste
  D'ennemis, d'aguetz, de complotz,
Me resveillant à tous propos,
  Mes pistolles dessoubz ma teste,
  L'amour me fait faire le poete
  Et les vers cerchent le repos.
Pardonne moy, chere maitresse,
  Si mes vers sentent la destresse,
  Le soldat, la peine et l'esmoy :
Car depuis qu'en aimant je souffre,
  Il faut qu'ils sentent comme moy
  La poudre, la mesche et le souffre.

★

Quand je voy ce chasteau dedans lequel abonde
  Le plaisir, le repos et le contentement,
  Si superbe, si fort, commandé fierement

D'un marbre cannelé, et de mainte tour ronde,
Je vironne à l'entour, et en faisant la ronde
J'oppose à mon plaisir le dangier, le torment,
Et contre tout cela l'amour fait vaillamment
Vaincre par les desirs toutes les peurs du monde.
L'amour commande là qui d'un traict rigoureux
Perce les conquerans, meurtrit les amoureux,
Le fier me refusa quand, de sa garnison,
Je demandoy' un jour la paye vive ou morte.
Je veux à coup perdu me jeter dans la porte
Pour y avoir logis, pour le moins en prison.

★

L'hyver à la teste grisonne
Gagea que le ciel luy donroit
Une blancheur qu'il oseroit
Monstrer pour braver ma mignonne.
Le ciel force neige luy donne,
Le vieillard qui par là pensoit
Avoir gaigné, me demandoit
Le prix que sa victoire ordonne.
« Nous allons guetter au matin
Ma belle qui, au blanc satin,
Faisoit honte aux lys et aux fleurs. »
Le vieillard se dedit et tremble,
Voyant le lustre et les couleurs
De ma vie, et la neige ensemble.

★

Mille baisers perdus, mille et mille faveurs,
Sont autant de bourreaux de ma triste pensée,
Rien ne la rend malade et ne l'a offensée
Que le succre, le rys, le miel, et les douceurs.
Mon cœur est donc contraire à tous les autres cœurs,
Mon penser est bizarre et mon ame insensée

Qui fait presente encor' une chose passée,
Crevant de desespoir le fiel de mes douleurs.
Rien n'est le destructeur de ma pauvre esperance
Que le passé present, ô dure souvenance
Qui me fait de moy mesme ennemy devenir!
Vivés, amans heureux, d'une douce memoire,
Faites ma douce mort, que tost je puisse boire
En l'oubly dont j'ay soif, et non du souvenir.

★

Que peut une galere ayant perdu la rame,
Le poisson hors de l'eau, la terre sans humeur,
Un roy sans son conseil, un peuple sans seigneur,
La salemandre froide ayant perdu la flamme?
Que pourra faire un corps destitué de l'ame,
Et le fan orphelin par le coup d'un chasseur?
Beaucoup moins peut encor le triste serviteur
Esgaré de son cœur, et des yeux de sa dame.
Helas! que puis-je donc? je ne puis que souffrir
Et ma force me nuit m'empeschant de mourir.
Je n'imagine rien qu'un desespoir d'absence.
Je puis cercher le fonds de ma fiere douleur,
L'essence de tout mal, je puis tout pour malheur,
Mais c'est à me guerir qu'on voit mon impuissance.

LE PRINTEMPS

(STANCES, VIII)

Pressé de desespoir, mes yeux flambans je dresse
A ma beauté cruelle et baisant par trois fois
Mon pougnard nud, je l'offre aux mains de ma deesse,

Et laschant mes souspirs en ma tremblante voix,
Ces mots coupez je presse :

Belle, pour estancher les flambeaux de ton yre,
Prens ce fer en tes mains pour m'en ouvrir le sein,
Puis mon cueur haletant hors de son lieu retire,
Et le pressant tout chault, estouffe en l'autre main
Sa vie et son martire.

Ha dieu ! si pour la fin de ton yre ennemye
Ta main l'ensevelist, un sepulchre si beau
Sera le paradis de son ame ravie,
Le fera vivre heureux au milieu du tumbeau
D'une plus belle vie !

Mais elle fait secher de fievre continue
Ma vie en languissant et ne veult toutefois,
De peur d'avoir pitié de celuy qu'elle tuhe,
Rougir de mon sang chault l'yvoire de ses doitz
Et en troubler sa veue.

Aveuglé ! quelle mort es plus doulce que celle
De ses regars mortelz durement gratieux
Qui desrobent mon ame en une aise immortelle ?
J'ayme donc mieux la mort sortant de ses beaux yeux
Et plus longue et plus belle.

LOUIS GALLAUP DE CHASTEUIL

(1555 ?-1598 ?)

par Pierre Lartigue

Travaillant à Beaux inconnus *(Gallimard, 1988), un roman dont l'un des personnages est César de Notredame, le neveu de l'astrologue, je découvris à la bibliothèque de Carpentras les manuscrits inédits de Louis Gallaup de Chasteuil et recopiai ses sonnets, ses odes, ses stances, ses dialogues avec la sensation de me glisser dans l'image d'un homme. En miroir. Or, ce faisant, je tirais de l'oubli un des poètes les plus singuliers du* XVI*e siècle.*

Conseiller d'État, Louis Gallaup de Chasteuil est un bibliophile aixois. Historien, antiquaire, poète, savant dans les langues et la jurisprudence, il fut regardé comme un des premiers hommes de son temps et il eut pour amis Malherbe, César de Notredame, La Céppède, le président Fauchet. Nous savons par Beauveau que la poésie française remplit tous ses moments de loisir et qu'en 1597 il laissa imprimer une Imitation des Psaumes de la Pénitence Royale, *dédiée à Henri IV. Il travaillait beaucoup ses ouvrages et certains de ses vers ont pour nous une résonance nervalienne.*

À partir de ce qu'il appelle ses « brouillas », je me suis risqué à reconstituer le processus d'écriture d'un poème (voir « Fabrication d'un sonnet », dans La Forge subtile, *Le Temps qu'il fait, 2001). Et pour faire entendre ici la voix de Gallaup de Chasteuil, voici quelques sonnets précédés d'une recommandation trouvée, elle aussi, parmi ses papiers.*

Quel que tu sois ô lecteur, je te prie : ne va pas heurter au seuil de cette mienne petite écriture qu'avec la franche courtoisie en la main et la chrétienne douceur en la bouche.

Quand sous le nom de Christ on travaillait la France
Que le Clergé et la Cour s'opposaient aux Valois
Que le Noble et le Peuple abolissaient les Loix
Et que Charle Emmanuel protégeait la Provence

Quand le duc de Mayene exerçait la Régence
Que le Prince Lorrain que le Prince Iberoix
Parlaient d'asseoir l'Infante au siège de nos Rois
Et qu'un chacun visait à la seule puissance

Quand la terre française était terre de fer
Qu'on y semait le soufre et le feu de l'Enfer
Où s'ébataient l'Erreur, l'Horreur et la Manie

Je tirai d'Apollon ces amoureux propos
Espérant que la main du Navarrais Génie
Composat cette guerre et nous donnat repos

★

Maintes fois j'ai tramé de peindre ma Déesse
En la peignant cherché la cause de mon mal
J'ay trié des métaux le plus rare métal
Duquel j'ai figuré le fin or de sa tresse

Pour savoir si son front ou si son œil me blesse
J'ai salué le Ciel pour son front de Cristal
J'ai feint son œil Soleil mais ô fait inégal
Or ni ciel ni soleil n'esclavent ma jeunesse

Alchimiste venteux Astrologue nouveau
Puisqu'en Terre et qu'au Ciel je ne vois rien si beau
Si beau que de l'aimer tant qu'elle me convie

Je viens à vous ô poil ô beau front ô beaux yeux
Plus blond plus clair cent fois plus cent fois radieux
Qu'or que ciel que soleil qui de vous a ma vie

★

Ne viendra-t-il le jour que je vous trouve au lit
Quand le sommeil nous ferme et l'une et l'autre oreille
Quand il sille nos yeux et qu'il nous rend pareils
À ceux de qui le corps mollement défaillit

Que ferai-je ? mon dieu ! le cœur m'en tressaillit
J'aborderai ce front cette bouche vermeille
Plaine du doux larcin de l'hybléane abeille
Je voudrais qu'un baiser partout vous assaillit

Mais comme je fondrais au meilleur de mon aise
Vous éveillant un peu vous faigniez la mauvaise
Dans mes bras vous pairiez un libre repentir

Je mordrais les flocons de votre belle trame
Et bref j'aimerais bien avant mon départir
Vous presser vous baiser vous sucer jusqu'à l'âme

★

De la guerre la paix et de la paix la guerre
L'Esté sort du Printemps l'Automne de l'Esté
De l'Automne l'Hiver l'Hiver de son côté
Soupire en s'émouvant le Printemps sur la Terre

Ainsi le Froid le Chaud émeuvent le Tonnerre
Le Tonnerre l'Esclair l'Esclair l'Obscurité
L'Obscur émeut le Froid le Froid l'Humidité
L'Humide la Châleur contraire au Froid desserre

Ainsi le Jour la Nuit la Nuit chasse le Jour
Les Astres de leur pente au Ciel font leur retour
L'Eau coule de la Mer et dans la Mer se range

L'Inconstance arpenteuse arrondit la vertu
Pour ce Grand Univers elle change et rechange
Le Feu l'Air l'Eau la Terre en Air Eau Terre Feu

★

Quelle ardente fureur vous pique et vous demeure
Quelle erreur citoyens vous descoit le cerveau
De tourner contre vous vostre propre couteau
Que le meurtre et le sang naisce de vostre haleine

Ainsi vit-on se perdre une cité Romaine
Ainsi l'ost Cadméan se forger un tombeau
Dont voit ainsi le feu l'air et la terre et l'eau
S'amener discordans la Mort qui les emmeine

Ô Manques d'amitié d'union et de foy
Aveugles citoyens vous bruyandes le Roy
Devestant par le fer son Empire superbe

Provence ô crève-cœur beau séjour de Printems
Ancre et collonne ferme aux Français triomphans
Maintenant de soy-mesme ensanglante son herbe

★

Je suis je ne suis plus je changerai mon estre
Cependant je seray sans qu'à jamais je soys
Ce que je fus ici mais non ce que j'estoys
Semblable me pouvant dissemblable cognoistre

Passant tu peus ma voix à ta voix recognoistre
Ce que tu es passant je fus quelqu'autrefoys
Ce que tu fus avant je ne suys toutes foys
Ny seray ny j'ay sceu tel qu'ores avant estre

Les jours comme les eaux s'escoulent et s'en vont
Sans fin les elemens se deffont et reffont
Mourir vivre en ce monde est une mesme chose

Me veus-tu mieux comprendre et remarquer au vray
Voy le temps tu verras par sa métamorphose
Quel je suis quel je fus quel encor je seray

★

Au passant :

Chasteuil vecquit et vit sans que tache le souille
Et tache dans le Ciel d'estancher tes malheurs
Passant ne sois ingrat apreste à sa despouille
Des escris non des cris des fleurs et non des pleurs

JEAN DE SPONDE

(1557-1595)

par Jean-Marie Barnaud

On connaît la poésie de Jean de Sponde par la publication en 1604 d'un recueil posthume, geste de reconnaissance de ses amis, et grâce à un universitaire anglais, Alan Boase, qui découvrit l'ouvrage dans les années 1930. Si l'on excepte quelques lignes polémiques de d'Aubigné, aucun de ses contemporains ne parle de sa poésie.

Ce silence en dit long sur une vie qui n'a cessé de se fourvoyer dans un temps que l'Histoire a marqué d'une violence inouïe : le père de Sponde, calviniste, conseiller au parlement de Navarre, est assassiné par des ligueurs. Le poète lui-même sera emprisonné au moins quatre fois pendant les guerres civiles.

Pourtant, le jeune Basque, qui avait l'appui de Jeanne d'Albret, semblait appelé à un bel avenir : il fait ses études à Bâle sous la houlette de Zwinger, et, surveillé de près par Théodore de Bèze, devient un brillant humaniste, traducteur en latin d'Homère et d'Hésiode, avant d'être nommé maître des requêtes, puis lieutenant général de la Sénéchaussée à La Rochelle, par Henri III de Navarre.

C'est là que tout bascule : sa gestion lui attire l'hostilité de ses administrés. Il se retire alors de la vie publique. Puis, au moment où Henri décide que « Paris vaut bien une messe », il se convertit au catholicisme, probablement par conviction authentique : j'en veux pour preuve sa retraite en famille, à Biscaye puis à Bordeaux, attaché à des travaux théologiques considérables, notamment à réfuter les thèses de ses anciens maîtres. Dans tous les cas, sa conversion lui vaut et la désaffection, inattendue, du roi, et la haine des protestants.

Cela dit, l'oubli où était tombée sa poésie est injuste.

À une époque où se mettent en place les formes qui fixeront le vers français pour au moins trois siècles, l'alexandrin, par exemple, et le sonnet — à ces rythmes-là puisent notre mémoire, notre oreille sensibles, pour inventer des rythmes nouveaux —, les textes de Sponde ont, pour exprimer sa mélancolie, la maîtrise de ceux de du Bellay, poète de la génération précédente, et mort comme lui si jeune. Mais s'y ajoutent, dans un excès qui fait vibrer autrement la parole, la thématique et les formes de l'époque baroque dont les malheurs du siècle inspirent les redondances : eaux tumultueuses, ports inaccessibles, ombres, fumées et feux, poussière et vents, bulles et ampoules, tout cela qui dit l'être instable, le passage, la hantise de la mort. Avec aussi une construction savante, qui revient sur soi, fait boucle, toute une rhétorique pour nommer la douleur, quand « l'aleine pantelle en la poictrine et traine sa langueur » ; et cependant la forme savante le plus souvent se brise dans la concrétude d'images fulgurantes où affleure un drame plus intérieur encore, celui d'un homme fragile que tenaille son attachement au corps et au monde : et comment alors gagner la paix, faire son salut, vivre à l'abri du mauvais « vent qui saboule le sablon de mes jours »...

Comment vivre, en effet, et où trouver la joie ? Y a-t-il une autre question ?

Tous les poèmes de Jean de Sponde cités ici sont extraits des Stances et sonnets de la mort *(José Corti, 1982). Ils suivent cette édition, établie par Alan Boase d'après le* Recueil *de Raphaël du Petit Val de 1604.*

STANCES ET SONNETS DE LA MORT

(extraits)

Tu surmontes tantost, mais tantost tu succombes
Tu vas tantost au Ciel, mais tantost tu retombes,
Et le Monde t'enlasse encore en ses destours :
C'est bien plus, car tu crains ce que plus tu désires,
Ton Esperance mesme a pour toy des martyres,
Et bref tu vois ton Bien, mais tu suis le rebours.

Encore ce peu de temps que tu mets à resoudre
Ton depart de la Terre, un nuage de poudre
Que tu pousses en l'air enveloppe tes pas :
J'ai bien veu sauteler les bouillons de ton zele,
J'ai veu fendre le vent aux cerceaux de ton aisle
Mais tu t'es refroidi pour revoler en bas.

Hélas ! Que cherches-tu dans ces relans abismes
Que tu noircis sans fin des horreurs de tes crimes ?
He ! Que tastonnes-tu dans cette obscurité
Où ta clarté, du vent de Dieu mesme allumee,

Ne pousse que les flots d'une espaisse fumee,
Et contraint à la mort son immortalite?

Quelle plaine en l'Enfer de ces pointus encombres?
Quel beau jour en la nuict de ces affreuses ombres?
Quel doux largue au destroit de tant de vents battus?
Reprens cœur, mon Esprit, reprens nouvelle force,
Toy, moüelle d'un festu, perce à travers l'ecorce,
Et, vivant, fay mourrir l'escorce et le festu.

Apprens mesme du Temps, que tu cerches d'estendre.
Qui coule, qui se perd, et ne te peut attendre.
Tout se haste et se perd, et coule avec ce Temps :
Où trouveras-tu donc quelque longue duree?
Ailleurs! Mais tu ne peux sans la fin mesuree
De ton mal, commencer le Bien que tu pretens.

Ton Mal, c'est ta prison, et ta prison encore
Ce corps dont le souci jour et nuit te devore :
Il faut rompre, il faut rompre en fin ceste prison.
Tu seras lors au calme, au beau jour, à la plaine!
Au lieu de tant de vents, tant de nuict, tant de geine,
Qui battent, qui noircist, qui presse ta raison.

[...]

★

Mais si faut-il mourir! Et la vie orgueilleuse
Qui brave de la mort, sentira ses fureurs,
Les Soleils haleront ces journalières fleurs,
Et le temps crevera cette ampoule venteuse.

Ce beau flambeau qui lance une flamme fumeuse,
Sur le verd de la cire esteindra ses ardeurs;
L'huile de ce Tableau ternira ses couleurs,
Et ces flots se rompront à la rive escumeuse.

J'ay veu ces clairs esclairs passer devant mes yeux,
Et le tonnerre encor qui gronde dans les Cieux.
Ou d'une ou d'autre part esclatera l'orage.

J'ay veu fondre la neige et ces torrens tarir,
Ces lyons rugissans, je les ay veus sans rage,
Vivez, hommes, vivez, mais si faut-il mourir.

★

Pour qui tant de travaux? pour vous? de qui l'aleine
Pantelle en la poictrine et traine sa langueur?
Vos desseins sont bien loin du bout de leur vigueur
Et vous estes bien pres du bout de votre peine.

Je vous accorde encore une emprise certaine,
Qui de soy court du Temps l'incertaine rigueur;
Si perdrez vous en fin ce fruit et ce labeur;
Le Mont est foudroyé plus souvent que la plaine.

Ces Sceptres enviez, ces Tresors debattus,
Champ superbe du camp de vos fières vertus,
Sont de l'avare mort, le débat et l'envie.

Mais pourquoy ce souci? Mais pourquoi cest effort?
Sçavez-vous bien que c'est le train de ceste vie?
La fuite de la Vie, et la course à la Mort.

★

Qui sont, qui sont ceux là, dont le cœur idolatre
Se jette aux pieds du Monde, et flatte ses honneurs?
Et qui sont ces valets, et qui sont ces Seigneurs?
Et ces ames d'Ebene, et ces faces d'Albastre?

Ces masques desguisez, dont la troupe folastre
S'amuse à caresser je ne sçay quels donneurs
De fumees de Court, et ces entrepreneurs
De vaincre encor le ciel qu'ils ne peuvent combattre?

Qui sont ces loüvayeurs qui s'esloignent du Port?
Hommagers à la Vie, et felons à la Mort,
Dont l'estoille est leur Bien, le vent leur Fantaisie?

Je vogue en mesme mer et craindrois de périr
Si ce n'est que je sçay que ceste mesme vie
N'est rien que le fanal qui me guide au mourir.

★

Mais si mon faible corps, qui comme l'eau s'escoule,
(Et s'affermit encor plus long temps qu'un plus fort,)
S'avance à tous moments vers le sueil de la mort,
Et que mal dessus mal dans le tombeau me roule,

Pourquoy tiendray-je roide à ce vent qui saboule
Le Sablon de mes jours d'un invincible effort?
Faut-il pas resveiller ceste Ame qui s'endort,
De peur qu'avec le corps la Tempeste la foule?

Laisse dormir ce corps, mon Ame, et quant à toy
Veille, veille, et te tiens alerte à tout effroy,
Garde que ce larron ne te trouve endormie :

Le poinct de sa venuë est pour nous incertain,
Mais, mon Ame, il suffist, que cest Autheur de Vie,
Nous cache bien son temps, mais non pas son dessein.

★

Tout s'enfle contre moy, tout m'assaut, tout me tente,
Et le Monde, et la Chair, et l'Ange revolté,

Dont l'onde, dont l'effort, dont le charme invente
Et m'abisme, Seigneur, et m'esbranle, et m'enchante.

Quelle nef, quel appuy, quelle oreille dormante,
Sans peril, sans tomber, et sans estre enchanté,
Me donras-tu ? Ton Temple où vit ta Sainctete,
Ton invincible main, et ta voix si constante ?

Et quoy ? mon Dieu, je sens combattre maintesfois,
Encor avec ton Temple, et ta main, et ta voix,
Cest Ange revolté, ceste Chair, et ce Monde.

Mais ton Temple pourtant, ta main, ta voix sera
La nef, l'appuy, l'oreille, où ce charme perdra,
Où mourra cest effort, où se rompra ceste onde.

WILLIAM SHAKESPEARE
(1564-1616)

par Bernard Chambaz

SHAKE-SPEARES, c'est sous ce nom valeureux de Secoue-Lances que T. T. (Thomas Thorpe) fait imprimer en mai 1609 ce qu'il nomme les « sonnettes » d'un bougre qui vient de donner coup sur coup Le Roi Lear *et* Macbeth *après avoir déjà offert* Hamlet.

Pour être franc, et bref, je n'avais jamais réussi à pénétrer dans les Sonnets *avant aujourd'hui où une intuition m'a conduit à les reconsidérer. Bien sûr, je restais sous le double coup initial d'une déception et d'un émerveillement devant* Le Songe d'une nuit d'été, *la déception devant les vers en français (sur une scène parisienne où je n'avais rien compris), l'émerveillement devant les vers en anglais (à Stratford-upon-Avon, où je n'avais rien compris et pourtant tout pressenti). Ce souvenir me paraît une bonne raison, nécessaire et suffisante, pour les présenter ici dans les deux langues.*

L'espace manque pour dire tout ce que je dois aux vieux rois, Lear, Macbeth *et* Hamlet. *Mais on ne peut nier qu'ils aient à voir avec la paternité (ou la filiation, c'est au fond la même chose) et je ne peux pas ne pas en appeler à quelques-uns des vers qui les fondent.* « Give sorrow words », *« Donnez au malheur des mots : le chagrin qui ne parle pas / S'insinue au cœur surchargé et fait qu'il se brise », à quoi Macduff répondra* « I have no words », *à quoi Hamlet avait déjà fait écho* « words words words » *pour souligner la vanité des mots, la trame inconsolable du chagrin, à quoi Lear à son tour avait mâchonné avant de mourir le cœur brisé en mille morceaux* « Tu ne reviendras plus / Jamais, jamais, jamais, jamais, jamais ».

Quand le vieillissant Shakespeare compose les sonnets, il reprend la trace de Sir Thomas Wyatt, qui avait lancé à la cour des Tudors l'imitation de Pétrarque. Toutefois je fais le pari qu'il avait lu les Triomphes *et pris le parti du triomphe de la mort sur l'amour et de la renommée sur la mort (qui en forment le cœur) puis celui du triomphe de l'éternité (qui en constitue la fin). Les sonnets, il prend la liberté de les disposer en trois quatrains et un couplet. Ils obéissent à la loi des* concetti *qui leur confère cette lointaine complexité et en même temps — on suppose — à la vraie vie. Les dix-sept premiers sont adressés à* « the Fair Youth ». *On ne sait pas avec certitude si le destinataire (ou* engendreur) « Mr W. H. » *est le comte de Southampton ou le comte de Pembroke ou encore le comte de Sussex. Mais rien n'interdit de penser qu'il puisse s'agir* aussi *de Hamnet, le seul fils de Shakespeare, enterré à onze ans et demi.*

J'avais donc choisi les sonnets XVI et XVII à cause de mon sentiment des nombres, puis le sonnet XVIII à cause du « Summer's day ». *Je les avais choisis sans savoir ce qu'il en était, j'avais simplement senti vibrer une corde étrange, que je connais bien. Et j'avais cru entendre, comme en sourdine, des sons venus des tragédies, aiguisés par ce vers troublant,* « grief fills the room up of my absent child ». *Il apparaît que le poème enjoint au beau jeune homme d'engendrer un enfant, qui serait à sa semblance comme dans les* Essais *du cavalier Montaigne. Car le poème avoue son impuissance,* « my pupil pen » *(pupille aussi bien l'enfant et l'œil) impuissant à (vous) rendre vivant aux yeux des hommes,* « alive » *face à* « dead », *la permanence du* WANTED *dans ce* far-west *qu'est la frontière (la ligne, le vers) entre la vie et la mort. D'ailleurs, le couplet du XVIII ne tourne pas autour du pot : aussi longtemps que les yeux pourront voir, aussi longtemps* ceci *vivra, c'est à peu près le motif du* Roi Lear, *y compris Gloucester aveugle qui ne peut plus voir son fils avec ses orbites comparables au monde (et au temps) désaxé. Devant la mort de sa fille, Lear dit à peu près « mes yeux ne sont plus bons », il dit encore « voyez regardez », ce sont ses derniers mots, il n'a plus la force de lever les yeux, il est mort, la pièce est finie.*

Ma lecture se voudrait tout sauf réductrice. Je ne serais pas mécontent si elle frayait un passage vers les Sonnets *et suggérait simplement une extension de sens et alors d'*être *où notre petit Martin-pêcheur pourrait resurgir un instant.*

SONNET XVI

But wherefore do not you a mightier way
Make war upon this bloody tyrant, Time?
And fortify your self in your decay
With means more blessed than my barren rhyme?
Now stand you on the top of happy hours,
And many maiden gardens, yet unset,
With virtuous wish would bear you living flowers,
Much liker than your painted counterfeit:
So should the lines of life that life repair,
Which this, Time's pencil, or my pupil pen,
Neither in inward worth nor outward fair,
Can make you live your self in eyes of men.
To give away yourself, keeps yourself still,
And you must live, drawn by your own sweet skill.

Mais pourquoi vous, par plus puissant moyen, ne pas faire guerre à ce sanglant tyran, le Temps ? ne pas vous fortifier contre votre déclin, par moyens plus bénis que ma bien pauvre rime ?

Vous êtes maintenant au haut d'heures heureuses, beaucoup de jardins vierges, non encore plantés, vous porteraient avec vertueux souhaits des fleurs vivantes, plus proches même de vous que peint votre portrait : Les lignes de vie alors répareraient cette vie — que le crayon du temps, ou ma plume écolière, ni en valeur intérieure ni en extérieur de beauté, ne peuvent faire vous vivant aux yeux des hommes.

Vous dépenser est encor vous garder ; il vous faut vivre, en votre propre art habile dessiné.

SONNET XVII

Who will believe my verse in time to come,
If it were fill'd with your most high deserts?
Though yet heaven knows it is but as a tomb
Which hides your life, and shows not half your parts.
If I could write the beauty of your eyes,
And in fresh numbers number all your graces,
The age to come would say 'This poet lies;
Such heavenly touches ne'er touch'd earthly faces.
So should my papers, yellow'd with their age,
Be scorn'd, like old men of less truth than tongue,
And your true rights be term'd a poet's rage
And stretched metre of an antique song :
But were some child of yours alive that time,
You should live twice, — in it, and in my rhyme.

Qui croira mon vers dans le temps à venir s'il est rempli de vos plus hauts mérites ? Bien que, le ciel le sait, il n'est que le tombeau qui cache votre vie, ne montrant vos avantages qu'à demi.

Si je pouvais écrire la beauté de vos yeux, et de mètres nouveaux dénombrer toutes vos grâces, l'âge à venir dirait : « Ce poète est menteur, de si divines touches jamais n'auront touché une terrestre face. »

Ainsi seraient mes feuilles de papier jaunies méprisées, comme vieil homme de moindre vérité que de langage, et vos vrais droits tenus pour fureur de poète et d'un antique chant mètres bien maladroits.

Mais si quelque enfant de vous vivait en ce temps, vous vivriez deux fois, en lui et dans mes chants.

SONNET XVIII

Shall I compare thee to a summer's day?
Thou art more lovely and more temperate :
Rough winds do shake the darling buds of May,
And summer's lease hath all too short a date :
Sometime too hot the eye of heaven shines,
And often is his gold complexion dimm'd,
And every fair from fair sometime declines,
By chance, or nature's changing course untrimm'd :
But thy eternal summer shall not fade,
Nor lose possession of that fair thou ow'st,
Nor shall death brag thou wander'st in his shade,
When in eternal lines to time thou grow'st,
So long as men can breathe, or eyes can see,
So long lives this, and this gives life to thee.

Irai-je te comparer au jour d'été ? Tu es plus tendre et bien plus tempéré : des vents violents secouent les chers boutons de mai et le bail de l'été est trop proche du terme ;

Parfois trop chaud est brillant l'œil du ciel, souvent ternie sa complexion dorée, toute beauté parfois diminue de beauté, par hasard, ou abîmée au cours changeant de la nature ;

Mais ne se flétrira ton éternel été, ni perdra possession de ce beau que tu as, et ne se vantera la mort que tu erres parmi son ombre, quand en rimes éternelles à travers temps tu grandiras ;

Tant que les hommes respireront et tant que les yeux verront, aussi longtemps ceci vivra, ceci donnera vie à toi.

JEAN-BAPTISTE CHASSIGNET

(1571-1635)

par François Boddaert

Jean-Baptiste Chassignet, l'une des voix majeures de la poésie française du XVIe *siècle (et même au-delà !), reste encore largement méconnu. Pourtant Nodier (son compatriote franc-comtois) le redécouvrit, Nerval le plaça dans son* Choix de poésies du XVIe siècle, *Eugène Crépet l'inséra dans son anthologie* Les Poètes français, *et Eluard l'estima fort. À part quoi, Boileau, Gautier dans* Les Grotesques, *le bibliophile Jacob non plus que Lanson ne s'intéressèrent à lui ; La Harpe et Sainte-Beuve se contentant de le mentionner...*

Le poète naquit à Besançon en 1571 (sans doute) et mourut non loin de là, à Gray, en 1635, à l'issue d'une carrière juridique. Peut-être de n'avoir pas été, vivant, sujet du royaume de France (sa petite patrie, un temps indépendante, passa à la Couronne sous Louis XIV) explique-t-il l'oubli quasi total où tomba très vite cet auteur éminent qui connut de son vivant, paraît-il, un petit bout de célébrité — mais pas au point de figurer dans L'Art poétique françois *de Vauquelin de La Fresnaye, paru en 1605. C'est que l'époque fut riche en faits d'armes littéraires : du mouvement de la Pléiade à l'École lyonnaise, en passant par la pépinière gasconne, il y avait abondance de grands talents rimeurs ! Et pourquoi ne pas croire, aussi bien, que la pétaudière politico-religieuse qui symbolisait alors le royaume (on y risquait sa vie, sa liberté, son intégrité) ait nui à la reconnaissance des génies excentrés ? Dire également que l'art et la manière de Jean-Baptiste Chassignet étaient un peu inactuels. Non son souci extrême de la repentance — sa poésie est une vaste entreprise de résipiscence —, mais bien plu-*

tôt son acharnement à versifier la mort, et à le faire avec une nervosité de langue et de rythme qui l'éloigne assez de son époque. À lire, en effet, Le Mépris de la vie et Consolation contre la mort *publié en 1594 (Chassignet a vingt-quatre ans et prétend avoir écrit cela en six mois, quelques années auparavant !), on songe aussitôt à Hélinand de Froidmont, Robert le Clerc d'Arras, Jean Gerson ou même François Villon (l'humour noir en moins), qui firent bien avant lui du trépas non un motif mais le fondement même de leur élan prosodique, son terreau. Cependant, la mort médiévale est essentiellement l'objet d'une révolte — revient ce vers de Villon : « Mort, que te nuisait-elle en vie ? » —, d'une insurrection pour la vie si constamment menacée par la peste, la guerre ou la famine. Avec Chassignet, qui conserve de la poésie ancienne l'énergique allant, elle devient un blason (c'est l'époque), et il la chérit au long des 434 sonnets de son livre, où défilent comme dans une encyclopédie du vivre les virtualités infinies de la pratique quotidienne du monde inévitablement résolues dans « sept ou huit pieds de terre » (sonnet CXXXVI). Il avait sans doute lu Sénèque, les stoïciens et Épictète, dont les traductions fleurissaient : leur influence est tangible chez lui. Ses contemporains Ronsard (*Discours des misères de ce temps, Hymne à la mort*), Sponde (*Stances de la mort*), d'Aubigné ou Malherbe tonnèrent ou consolèrent, tour à tour brandissant le trépas comme la foudre divine ou comme l'apaisant moment d'un passage vers l'avenir radieux ! Chassignet s'écarte de ces postures, dictées par l'esprit de la Réforme et de la Contre-Réforme, en faisant du thème une sorte de fable — fable des vanités — où il s'ingénie au long du rituel poétique funèbre à le décliner scrupuleusement dans chaque sonnet sous son nom propre (mort) ou sous l'une de ses variantes lexicales (mortel, mourir, lame, trépas, tombeau...) en un thrène infini (ou presque) qui se conclut pourtant par une surprenante pirouette, à l'ultime tercet de l'ultime sonnet :*

Je chante ici la mort et tel pense d'amour
Me voir bien affolé, qui verra quelque jour
Que je pleure en riant notre mésaventure.

Lisant ces vers, on songe que l'auteur s'est livré à un jeu, à une bizarrerie forcenée d'autant plus singulière que le sujet ne prête guère alors à la galéjade. Il signalait cependant au creux du poème liminaire («L'auteur au Lecteur») qu'on pouvait lui voir «un visage gay» qui cachait «un juste repentir». La somme qui s'ensuit n'apparaît-elle pas alors comme une propitiation dont il s'acquitte avec entrain et munificence? D'avoir été pécheur repentant il se fait, assez crânement, auteur d'une œuvre de dévotion à son aisance de plume et à son créateur qui lui vaut quitus pour ses fautes passées : un plaisir maniaque à la contrition!

Vu sous tel angle, Le Mépris de la vie *s'impose dès lors comme une entreprise baroque (au sens «excentrique» du terme) par son intensité élocutoire — et c'est l'une des premières en langue française. Mais elle est aussi d'un maniérisme tardif par son raffinement de langue et le ressassement du thème. Enfin elle annonce le classicisme dans l'empan de son rythme et son attention à la rime riche. Et, précurseur de La Fontaine, un sens infaillible de la pointe moralisante terminale. Toutes ces qualités, qui ramassent en un tout les aventures de la poésie* françoise, *du Moyen Âge à l'aube des Classiques, placent Jean-Baptiste Chassignet au sommet du Parnasse où trop peu de poètes le mettent…*

Signalons l'édition intégrale du Mépris de la vie et Consolation contre la mort, *par les soins de Hans-Joaquim Lope, Droz, 1967, introuvable aujourd'hui. Mais on peut lire 53 sonnets de Chassignet dans* Poètes du XVIe siècle, *«Bibliothèque de la Pléiade»; seul de ce dernier choix, le sonnet CXXXII est repris ici parce qu'il est l'un des plus beaux de cet auteur.*

XXIII

Tout le cours de nos jours au service est semblable
Et faut s'accoutumer à sa complexion,
Ou bien, si tu te plains de ta condition,
Tu rendras de tes jours le poids insupportable ;

Tout ce que cette vie a de plus convenable,
Embrasse-le et le goûte, il n'est affliction
Qu'il n'ait au même instant sa consolation,
Ainsi des ronces sort la rose délectable.

Tu sais que le logis où nature t'a mis
À mille changements à toute heure est soumis,
Hautain, séditieux, impudent et rebelle :

Par ainsi prends exemple aux forçats prisonniers
Qui chantent maintes fois sur les bancs mariniers,
Bien que leur mal soit grand et leur prison cruelle.

XXIX

La plus grande part du monde, alors qu'elle s'engage
Dans les flots mariniers afin de voyager,
Cherchant mondes nouveaux sous un Ciel étranger,
Ne pense aucunement au hasard de l'orage.

C'est commencer trop tard d'instruire son courage
À valeureusement souffrir quelque danger
Quand il est jà venu sur nous se décharger;
La prévoyance rend le jugement plus sage.

Que si nous avions tous au cerveau imprimés
Les maux que nos voisins endurent, opprimés,
Comme ayant de tout temps libre accès à nous-mêmes,

Nous serions moins peureux, car l'homme prévoyant
De sa condition le sujet ondoyant
N'endure jamais rien de subit ou d'extrême.

LXXV

Chacun à qui mieux mieux précipite sa vie,
Chacun est travaillé du désir du futur,
Chacun tient le présent importun et menteur,
Accommodant sa vie au dépend de sa vie.

Qui donne tout le temps de sa vie à sa vie
Ne trouve le présent importun ni menteur,
Il ne souhaite point, ni ne craint le futur,
Se promettant en vain une bien longue vie.

Mais las ! quelqu'occupé que tout le monde soit,
Le temps fuit, la mort suit, et la fosse reçoit
Nos corruptibles corps abandonnés de l'âme.

Fais ce que tu voudras, il faut quoi que ce soit
Que tu sois de loisir quand la mort te reçoit :
L'excuse n'y vaut rien quand il faut rendre l'âme.

CXXXII

Le cerf, abandonné à la troupe aboyante
Des chasseurs et des chiens qui, de cris et de voix,
Le poursuit par les champs, le presse par les bois
Et de près et de loin, l'étonne et l'épouvante,

Mordu des chauds limiers, quand la fuite mouvante
Ne lui sert plus de rien, hallenant et pantois
De dépit il larmoie et ne rend les abois
Qu'il ne tourne au Levant sa tête languissante.

Chrétiens mal avisés, courus de toutes parts
Du monde et de la chair, en éternels hasards,
De souffrir de la mort les aiguillons funèbres,

Au lieu de contempler ce bel astre riant,
Qui, pour vôtre salut s'éclate d'Orient,
Vous vous éjouissez seulement aux ténèbres.

CLXVI

Fauche, souvente-fois la fuite de la mort
Fait que nous y courons comme cil[1] qui de crainte
De se précipiter s'élance sans contrainte
Dans un abîme noir duquel il ne ressort.

Quant malgré l'espérance en nos âmes tient fort
La peur du mal futur, si vive en est l'atteinte
Que, chassant de nos cœurs toute constance enfreinte,
Elle nous fait mourir de notre propre effort.

Cela donc seul est fort qui sans frayeur aucune,
Ne la pouvant fuir, endure la fortune
Ne la diffère aussi la pouvant différer.

C'est lâcheté de craindre ou de haïr sa vie,
Mais combattre sans peur la fortune et l'envie
C'est l'un des grands honneurs où l'on puisse aspirer.

CCVI

L'homme calamiteux à la bête est égal,
La mort même de l'un est à l'autre semblable,
Tous deux ont même esprit et l'homme misérable,
Hélas, n'a rien de plus que le brute animal.

Tout se rend en un lieu et descend contre-val
Dans un tombeau glouton, s'en retournant au sable
Duquel il est formé, seulement est durable
La seule vanité, mère de notre mal.

1. Celui.

Qui connaît si l'esprit de l'homme corruptible
Monte devers le ciel, ou si l'âme invisible
Des bêtes sans raison dévale contre-bas ?

Tu mourras et seras, Athéiste Épicure,
Contraint de confesser, pendu à la torture
Des enfers gémissants, que l'homme ne meurt pas.

CCXCIV

Y a-t-il riche aucun qui ne soit entaché
De quelqu'iniquité et n'ait en l'opulence
De ses trésors nombreux une ferme espérance,
Ne courant après l'or avarement cherché ?

S'il s'en trouve quelqu'un quitte de tel péché,
Vraiment nous le louerons de sa grande abstinence,
La richesse orgueilleuse est mère d'arrogance
Et maint est en Enfer par elle trébuché.

Le faucon trop soulé[1] ne connaît point son maître,
Le riche trop aisé ne veut oncque soumettre
Au vouloir de son Dieu son vouloir indompté,

Et le pauvre affamé que le désir bourelle
De beaucoup acquérir, à grand peine est fidèle.
On doit craindre celui qui craint la pauvreté.

1. Maltraité.

CCCXXII

Tout était corrompu devant le Souverain
Lorsque pour châtier des pécheurs l'insolence
Il envoya ça bas les eaux de sa vengeance,
Purgeant le monde infect de tant de fait vilain.

Si les eaux du déluge entrent dedans ton sein
En toi mourra la haine et la concupiscence,
Ton cœur mort en péché prendra nouvelle essence
Et naguère obscurci deviendra plus serein.

Heureux le cœur dévot qui, fondant tout en larmes,
Se déprend de ses maux ; du Seigneur des alarmes
En sa nécessité il sera consolé.

Peu sert se récréer au son de la Musique
Et consumer les temps en plaisir impudique
Si l'on est à l'instant de l'Enfer avalé.

CDV

De tant d'astres la nuit à nos yeux découverts
Ceux qui de l'Orient dérivent leur naissance,
Ils ont beau trépigner, mouvant à la cadence
Le branle mesuré de leur ordre divers.

L'un tôt, l'autre plus tard, trébuchant à l'envers,
Au climat d'Occident se distrait de la danse,
Selon que plus ou moins se retarde ou s'avance
Leur cercle environnant le rond de l'univers.

Ainsi dès l'Orient de la naissance humaine
Nous avons beau nous plaire à la joie mondaine,
Humant des voluptés le venimeux gobeau[1],

Selon que la nature ordonne notre vie
Aux uns elle prolonge, aux autres abbrévie
Leurs jours précipités au Ponant du tombeau.

CDVI

Si quelque chose manque au soigneux pèlerin
Il l'emprunte d'autrui ou, si par oubliance
Il laisse en son logis un paquet d'importance,
Il va le requérir et rebrousse chemin.

Mais depuis que la mort à nos jours a mis fin
Nous ne retournons plus, comme la conscience
Est à notre départ, telle ensuit la sentence
Que DIEU jette sur l'homme ou sincère ou malin.

Pensons donc à mourir, car peu de mal endure
Celui qui dès longtemps s'apprête à la mort dure,
N'entrant en déplaisir pour chose que ce soit.

Le trépas non prévu non seulement tourmente
Celui qui le reçoit ains[2] encore épouvante
Quiconque en ouï parler, le comprend, et le voit.

1. La coupe.
2. Mais.

JOHN DONNE
(1573-1631)
par Jacques Darras

Quel parcours ! Mieux, quelle trajectoire ! Il y a quelque chose d'astral dans la vie de John Donne. Non pas bloc obscur tombé des étoiles dont Mallarmé sculpta le tombeau de Poe. Ni pierre catastrophique des débuts de l'Univers. Mais pierre astrale diurne soumise à des éclipses, à de l'errance. Ce quasi-contemporain de Shakespeare suit une courbe si singulière sous la voûte monarchique des Élisabéthains que la vie de l'homme de théâtre, par comparaison, apparaît comme modèle de régularité. On ne sait presque rien de Shakespeare, on pressent cependant que sa fin provinciale et bourgeoise fut l'ambition de ses années professionnelles. D'ailleurs la religion n'intervient pratiquement pas dans son théâtre. Un véritable tour de force quand on pense à la scène sur laquelle il se produit ! Les guerres de Religion, en Angleterre, battent en effet leur plein depuis 1531. Catholiques, protestants réformistes et puritains se succèdent sur le trône jusqu'en 1690. Cette année-là, sur les bords d'une toute petite rivière au centre de l'Irlande, la Boyne, le Néerlandais Guillaume d'Orange, qui en d'autres temps ouvrit les digues de son pays pour noyer Louis XIV et ses armées seulement habitués à de maigres jets d'eau versaillais, mettra fin une fois pour toutes au conflit civil anglais. Considérons le tumulte religieux de ces cent cinquante années comme la toile de fond contre quoi se déroule la geste de l'individu Donne. Il naît catholique, meurt anglican. Pas n'importe quel anglican. Doyen de la cathédrale Saint-Paul à Londres, s'il vous plaît ! Qui dit mieux pour un poète ? Pourtant le plus érotique de tous à ses commencements. Car joignant le geste à la parole, la caresse à la rhétorique, il vient d'enlever une jeune fille de qua-

*torze ans qu'il épouse clandestinement. A-t-il bien choisi ? Oui, c'est la descendante du prestigieux Thomas More, catholique réformiste et ami humaniste d'Érasme, dont Henri VIII s'attachera les services avant de l'envoyer à l'échafaud. Non, elle est la nièce du ministre de la Justice (Lord Keeper) dont John se trouve être alors le secrétaire. Les deux amoureux se rencontrent en 1601. C'est l'année d'*Hamlet. *Ann est sans doute plus jeune qu'Ophélie, John a quasiment l'âge du héros de Shakespeare, vingt-neuf ans. L'amour qu'il exprime dans ses sonnets et ses élégies est le plus bouillant de toute la littérature anglaise. Voyez avec quelle impatience il fait monter sa jeune maîtresse dans son lit ! L'affaire tourne vite mal. On le jette en prison. Il avançait à grandes enjambées dans une carrière politique. On le casse. On l'exile. Pas géographiquement, mais socialement. Il passera les treize années suivantes à tenter de rentrer en grâce auprès de la Cour. Jacques Ier, qui a succédé à Élisabeth, est intraitable. Ironiquement intraitable. Donne ne pourra revenir que* via *l'Église. Il est ordonné prêtre en 1614. Ann, qui lui a donné douze enfants, meurt fort à propos, en 1617. Suivent quatorze années de prédication au sommet de l'État. D'abord aumônier du roi, Donne reçoit la chaire de Saint-Paul en 1621. Ses* Sermons, *ses* Dévotions, *ses* Méditations *sont écrits dans une prose absolument splendide qui fait accourir le tout-Londres comme pour une distraction. Lui l'amoureux embrasseur, embrasse désormais la mort à pleines mains, à pleine voix. Entrez dans Saint-Paul aujourd'hui, vous entendrez vibrer encore les ondes. Donne fait une guerre constante à la mort. C'est un combat personnel sans répit qui ne récuse aucune obscénité. Ne pose-t-il pas dans son suaire, quelques mois avant sa fin, pour son monument funéraire ? Baroque, si vous voulez. Mélange déchiré, déchirant de catholicisme et de réformisme royal. Du conflit religieux européen il fait débat interne. Adhérant aux dogmes de l'incarnation et de la résurrection, il aiguillonne la chair au-delà de la chair. Jamais platonicien, comme les humanistes, quoique utopiste pour deux. Le deux essentiel de l'amour. Car pour John Donne, le Paradis est la seule utopie qui vaille. Quand il meurt en 1631, les colonies puritaines américaines sont difficilement à pied d'œuvre depuis dix ans. Donne est un explorateur autrement plus radical qu'eux. Il travaille sur sa vie avec son âme et son corps, son propre laboratoire. On imagine, à cinq ans près, le dialogue avec le métaphysicien Descartes. Reprenons-le ?*

À SA MAÎTRESSE
ALLANT AU LIT (ÉLÉGIE XIX)

Vite, Madame, vite venez, mes forces n'auront répit,
Tant que je ne travaille, dans le travail je suis.
L'ennemi qui souvent l'ennemi a en vue,
Se lasse d'être debout si la guerre n'est son but.
Quittez votre ceinture, brillante Zone du ciel
Quoiqu'elle ceigne dans ses bras un monde plus réel.
Dégraffez la cuirasse qui vous comprime les seins,
Et qui n'arrêtera que des regards malsains.
Délacez-la vous-même, l'harmonie que j'entends
Qui carillonne sur vous me dit qu'au lit elle tend.
Débusquez ce bustier, il excite mon envie
De coller d'aussi près sans en être ravi.
Votre robe en tombant révèle une telle beauté
Que c'est ombre des collines glissant aux fleurs d'un pré.
Cette couronne métallique ôtez-la puis montrez
Le Diadème chevelu que vous arborez :
Au sol gisent vos chaussures, et maintenant montez
Dans ce saint temple d'amour, ce lit capitonné.
C'est dans leurs robes blanches que les hommes
accueillaient

Les Anges du Ciel, jadis ; toi mon Ange, tu nous fais
Cadeau du Paradis céleste mahométan ;
Les diables allassent-ils, eux-mêmes, tout en blanc,
Nous saurions facilement dissocier la paire,
Ceux-là dressent nos cheveux, ceux-ci raidissent nos chairs.
Donne licence à mes mains d'errer, d'aller partout,
Devant, derrière ou entre, au-dessus, au-dessous.
Oui sois mon Amérique ! sois ma Terre Nouvelle,
Gouvernée au plus sûr par un seul homme en elle,
Ma Mine de pierres précieuses, Mon empire, me voici
De t'avoir découverte, des hommes le plus béni !
Pénétrer dans ces liens c'est être libéré ;
Là où je pose la main, mon sceau sera scellé.
Plénitude dénudée, toutes les joies te sont dues,
Comme l'âme désincarnée, le corps devra être nu,
Pour jouir de ces joies. Les pierres dont les femmes usent
Sont cailloux d'Atalante, aux pieds des hommes ils fusent,
Et font que l'idiot confine son œil aux bijoux,
Plutôt que grossièrement son âme se voue à vous.
Couvertures de livres ou images façonnées
Pour les mains du profane toutes les femmes sont parées.
Ce texte mystique qu'elles sont, nous seuls devons avoir
(Par leur grâce présumée, montant en dignité)
Sa révélation. Donc pour que j'aie la clé
Comme à une sage-femme, montre ton entièreté :
Rejette vite la blancheur de cette lingerie,
L'innocence n'a pas la pénitence pour prix.
Regarde pour t'enseigner, je suis nu, le premier ;
Pourquoi devrais-tu plus qu'un homme avoir d'effets ?

POINT DU JOUR

C'est le matin, d'accord ; eh bien oui, alors quoi ?
Est-ce suffisant pour te lever et me laisser au lit ?
Pourquoi quitter son lit, sous prétexte qu'il fait jour ?
Sommes-nous allés au lit hier parce que c'était nuit ?
L'amour qui dans le noir nous a menés ici,
Devrait dans le plein jour nous garder à part lui !

La lumière est sans langue, elle n'a que des yeux ;
Si elle pouvait parler aussi clair qu'elle espionne,
Le pire qu'elle pourrait dire résonnerait comme suit,
Que me sentant si bien, j'aimerais ne plus bouger,
Que mon cœur mon honneur m'importent à ce point
Que je ne quitterai plus quiconque les a en mains.

Sont-ce donc les affaires qui te détachent de moi ?
La plus grave maladie dont l'amour soit la proie !
Les pauvres, les tricheurs, les faux tout aussi bien,
L'amour s'en accommode, jamais du « business man ».
Celui qui fait affaire tout en faisant l'amour
Est criminel comme un mari qui fait la cour.

L'APPARITION

Le jour où, Assassine, ton mépris m'aura tué,
Et que tu te croiras enfin libre
D'aucune de mes sollicitations,
Mon fantôme s'approchant de ton lit, feinte Vestale,
Te verra dans les bras d'un autre pire que moi ;
Lors ta petite mèche, très vite, de vaciller

Et ton maître du moment, déjà fort fatigué,
Pour peu que tu t'agites ou d'un pinçon l'éveilles,
Pensant que tu veux plus,
Dans la feinte du sommeil du coup s'amoindrira,
Et toi, pauvre petit Tremble, lâchement délaissée,
Dans tes sueurs mercuriales marinant, pâliras
Fantôme plus vrai que moi;
Ce qu'alors je dirai, je ne te le dis pas
Tu pourrais y gagner; mon amour est éteint,
Il veut ton repentir et que cela fasse mal,
Plutôt que des menaces confortent ton innocence.

LA PUCE

Avise cette puce et remarque en cela
L'infimité de ce rien que tu me refuses;
Après qu'elle m'a sucé, te suçant en second,
Nos deux sangs, dans cette puce, se sont vus mélangés;
Personne ne prétendra, tu le sais, qu'un tel acte
Puisse être dit péché, honte ou défloraison,
Bien qu'elle n'ait fait sa cour avant de consommer,
Et s'être enflée d'un sang sucé à deux sangs autres,
Ce qui est plus, hélas, que ce que nous faisons.

Arrête, préserve, veux-tu, en cette seule puce trois vies,
Puisque nous sommes tous deux déjà plus que mariés.
Cette puce c'est nous deux, toi et moi sur ce lit
Notre lit d'épousailles, notre temple d'hyménée;
Tes parents auront beau, comme toi, protester,
Nous sommes liés vifs aux parois d'un cloître de jais.
L'usage t'accorde le droit, il est vrai, de me tuer,
Mais n'ajoute pas ce meurtre à celui que sur toi
Tu ferais, pécheresse triple par triple assassinat.

Oh ! cruelle, oh ! brutale, regarde comme tu viens
D'empourprer ton index du sang de l'innocence !
De quoi peux-tu donc dire cette puce coupable
Hormis d'avoir sucé une goutte de ton sang ?
Tu triomphes pourtant, tu déclares ne pas
Nous trouver affaiblis, dis-tu, ni toi ni moi ;
C'est vrai, vois comme nos peurs peuvent parfois être vaines ;
Lorsque tu me céderas, ton honneur n'aura pas
Perdu plus que cette puce, morte, ne te diminua.

SONNET SUR LA MORT (HOLY SONNETS)

Rabaisse ton orgueil, mort, quand bien même on te clame
Puissante et redoutable, parce que tu ne l'es pas,
Et parce que ceux-là mêmes que tu crois renverser
Ne meurent pas : faible mort, tu ne me tueras pas !
Du sommeil, du repos, qui sont à ton image,
Provient le plaisir, donc de toi plus encore
Découlera tantôt, les meilleurs au plus tôt
T'accompagnent, âme libre os en paix.
Destin, Hasard, Monarques ou bien Désespérés
Sont tes maîtres, tu abrites le poison la maladie la guerre
Plus subtils que tes coups le pavot et les charmes
Nous donnent sommeil égal ; donc pourquoi te gonfler ?
Au terme d'un petit somme, c'est réveil éternel,
La mort aura pris fin ; mort, tu auras péri !

L'EXTASE

Tel l'oreiller dessus un lit
Sur un talus étions assis
Dont la courbure accueillait
La violette qui s'y inclinait.
L'un de l'autre étant amoureux,
Nos mains fermement cimentées
Par un baume qui de là sourdait,
Nos rayons d'yeux entortillés,
Regards doubles sur un fil tressés ;
Entregreffer nos mains était
Le seul moyen de ne faire qu'un,
Et les images dedans nos yeux
La seule voie pour nous propager.
Comme le Destin, à deux armées,
Suspend le choix de la victoire,
Nos âmes (qui pour gagner la gloire
Étaient sorties) flottaient entre elle
Et moi. Pendant qu'elles négociaient
Telles deux statues funèbres étions ;
De la journée, ne bougeâmes pas,
Sans rien nous dire de la journée,
Quiconque d'amour si raffiné
Qu'il eût compris la langue de l'âme,
Et que l'amour eût fait esprit,
Et qui se fût tenu tout près
Lui (sans savoir quelle âme parlait,
Toutes deux parlant d'un même sens)
Eût pu faire concoction nouvelle
Et nous quitter plus pur qu'avant.
Car cette Extase (pensâmes-nous)
Nous fait sur l'amour moins perplexe,
Voyant que ce n'est pas le sexe,

Qui nous mouvait, ne sachant quoi :
Mais comme plusieurs âmes contenant
Mixture de choses inconnues,
L'amour remixe ces âmes mixtes
Et les fait unes, unes et chacune.
Une violette que l'on transplante,
Sa force, sa taille et sa couleur
(Naguère plutôt pâles et médiocres)
Redoubleront, multipliées.
Lorsque l'amour procède ainsi
Et qu'il interanime deux âmes,
L'âme plus puissante qui en découle,
Surmonte les défauts singuliers.
Nous qui sommes donc l'âme nouvelle
Savons de quoi nous sommes faits
Car les Atomes dont nous venons
Sont âmes plus jamais altérées.
Pourquoi avoir été si longs
À prétendre supporter nos corps ?
Ils sont à nous mais ne sont nous,
Nous l'Intellect et eux la Sphère.
Remercions-les de nous avoir
Fait voyager vers nous d'abord,
Donné nos forces et notre sens,
Nos alliages de si riche valeur.
Sur l'homme le ciel n'influe pas tel
Qu'il imprimerait d'abord l'air
Pour que les âmes puissent confluer,
Aux corps elles s'en vont en premier.
Comme notre sang travaille nos flammes
Aussi proches de l'âme qu'il le peut,
Parce que nos doigts doivent ouvrager
Le nœud subtil qui nous fait hommes :
De même les âmes des purs amants
Vont aux affects, aux facultés
Que les sens savent appréhender,
Sinon le Prince reste prisonnier.

Donc, hommes infirmes, allons aux corps,
Y lire l'Amour Révélé,
Car ses Mystères croissent dans l'âme
Mais c'est le corps qui est son livre,
Aussi l'amant qui comme nous
Comprend ce dialogue d'un seul,
Qu'il sache que rien n'aura changé
Quand à nos corps serons ramenés.

MÉDITATION XVII

Il peut fort bien se produire que la personne pour qui sonne le glas soit si malade qu'elle ne sache pas qu'il sonne pour lui. Il peut d'ailleurs se faire que moi qui crois aller tellement mieux que ne l'estiment mes proches, je ne sache pas qu'ils auront peut-être fait sonner le glas à mon intention. L'Église étant catholique et universelle, ses actions ne le sont pas moins. Tout ce qu'elle fait est propriété commune. Quand elle confère le baptême à un enfant, cette action me concerne aussi, car l'enfant est alors relié à cette Tête qui est aussi la Mienne et enté dans le Corps dont je suis membre. Quand elle porte tel autre en terre, cette action ne me concerne pas moins : l'humanité est l'œuvre d'un seul Auteur et tient en un unique volume. Si un homme meurt, nul chapitre ne se voit déchiré au livre. Il est traduit dans une langue meilleure ; chaque chapitre connaissant à son tour semblable traduction. Dieu emploie plusieurs traducteurs. Certains passages se voient traduits par l'âge, d'autres la maladie, d'autres la guerre, d'autres la justice. Dieu met la main à chaque traduction et par sa main rassemblera à la fin toutes les feuilles éparses dans la bibliothèque où nous serons livres ouverts les uns aux autres. De même que la cloche qui appelle au Sermon n'appelle pas le seul prédicateur mais l'assemblée entière ; de même la sonnerie de ce glas nous convoque tous ; or combien plus encore moi-même, que la maladie a placé si près du seuil ! Naguère se fit une querelle dégénérant en procès (dans lequel se confondaient piété, honneur, religion et interprétation) pour savoir à quel ordre religieux reviendrait le droit de sonner Matines en premier : il fut décidé que ce droit reviendrait à ceux qui seraient les premiers levés. Donc, si nous entendons correctement la dignité de cette cloche qui nous somme à la prière du soir, nous serons heureux de la faire nôtre en nous levant de bonne heure, considérant qu'elle pourrait nous être aussi bien destinée qu'à celui qu'elle concerne. La cloche sonne pour quiconque pense qu'elle lui est destinée. Depuis la minute où la sonnerie l'aura ébranlé et quand bien même elle cessera, lui sera uni à Dieu. Qui ne lève pas les yeux vers le soleil à son lever ? Qui détache ses regards d'une Comète faisant irruption ? Qui ne tend pas l'oreille vers la cloche sonnant en telle ou telle circonstance ? Qui peut se déprendre du glas qui fait transiter une parcelle de lui-même hors de ce bas monde ? Nul homme n'est une île, à elle-même entière. Chacun est un morceau du continent, un morceau de l'Ensemble. Dès lors qu'une motte de terre a été arrachée par l'océan, l'Europe s'en voit diminuée, autant que si ce fût Promontoire, ou Manoir appartenant à tes amis ou les tiens. La première mort venue m'affaiblit, car j'ai part à l'Humanité entière. Aussi n'envoie jamais personne demander pour qui sonne le glas. Car c'est pour toi. N'appelons pas cela non plus demande d'aumône ou d'emprunt soumise au malheur, comme si n'étant pas suffisamment malheureux de nous-même nous devions aller quémander les malheurs du voisin et nous en charger. En vérité ce serait chose hautement enviable si nous le faisions ; l'affliction est un trésor, dont rares sont ceux qui le possèdent en quantité suffisante. Nul homme n'éprouvera sa part d'affliction tant qu'elle ne l'aura pas totalement mûri et rendu apte pour Dieu. Si un homme transporte son trésor sous forme de lingots ou de buse d'or sans vouloir le faire battre en monnaies courantes, son Trésor ne défraiera pas son transport. Ce trésor demeurera virtualité de Tribulations naturelles mais pas de commerce courant, aussi longtemps que nous ne l'emploierons pas pour nous rapprocher de notre demeure, le Ciel. Tel autre pourra bien être malade, malade à mourir et thésauriser son affliction à l'intérieur de son ventre comme l'or au fond d'une mine, quoique sans aucun profit pour lui ; en revanche le glas qui m'annonce son affliction, sort son or de la mine et le met à mon usage ; puisque par la considération du danger qu'un autre encourt, j'en viens à contempler le mien et donc, recourant à mon Dieu notre unique assurance, m'assurer moi-même.

Traduit de l'anglais par Jacques Darras.

BASHÔ
(1644-1694)

par Albane Gellé

Matsuo Kinsaku est né en 1644 au Japon. Dès l'enfance, il se passionne pour la poésie et particulièrement le haïkaï, en plein essor à cette époque. Avec son maître Kitamura Kigin, il fréquente les cercles littéraires d'Ueno, puis de Kyôto, poursuit son étude de la poésie japonaise, s'initie à la philosophie taoïste de Lao-Tseu et de Tchouang-Tseu, et, avec un moine, à la calligraphie chinoise. Entre vingt-trois et vingt-huit ans, il publie un grand nombre de poèmes dans des anthologies, puis se fixe à Edo, ville qui est alors en train de devenir le principal centre du haïkaï, supplantant Osaka. Il y exerce divers petits métiers et surtout, déjà reconnu comme un maître du haïkaï, y dispense des leçons à des personnes fortunées. À trente-six ans, il s'installe à Fugakawa. Un bananier est planté devant sa petite maison, de là vient son pseudonyme, Bashô. Quelques années plus tard, sa demeure ayant été détruite par un incendie, il se met à voyager à travers le Japon. Dans la même période sont publiés Jours d'hiver, Jours de printemps, *puis* La Calebasse *et* Le Manteau de pluie du singe. *Après s'être fixé quelque temps près d'Edo, la ville de son enfance, il entreprend un dernier voyage et meurt à la fin de l'année 1694. Sur sa tombe, ses disciples planteront un bananier.*

« Le haïkaï n'est pas dans la lettre, mais dans le cœur. »

Je connais si peu du Japon, de sa civilisation, de sa géographie. Je n'ai jamais vraiment non plus étudié la poésie japonaise et n'ai lu des haïku que tardivement, de façon éparse, dans des anthologies ou des récits. Pourtant, je sens qu'il y a chez Bashô quelque chose qui m'est proche, moi qui vis en France en ce début de XXIe *siècle. Quelque chose dans le regard sur le monde peut-être, dans l'*attention *à ce qui existe autour, comme si les seules exigences de poser là le réel, et de trouver la forme qui conviendra pour ces mots-cailloux sur la page, suffisaient à justifier le poème. Lisant les haïku, j'ai parfois le même sentiment qu'en écrivant moi-même : il s'agit bien d'entrer à l'intérieur des choses pour qu'elles s'écrivent.*

« En matière de haïkaï, il est des choses qui ne se peuvent enseigner. Il faut les pénétrer par soi-même. » Voilà pourquoi ces petits poèmes brefs sont « dans le cœur ». Et cela ne veut pas dire qu'il suffise d'écrire avec des sentiments ou de ressentir une émotion. Le regard du poète sur le monde, dans les haïku de Bashô, semble débarrassé de l'interprétation mentale — et c'est sans doute loin d'être facile —, comme si l'être vivant et humain qu'est le poète faisait partie intégrante de son environnement. Plus qu'un observateur ou un témoin des mouvements et immobilités qui l'entourent, Bashô paraît se fondre dans cette nature qu'il regarde et dont il n'est plus qu'un élément parmi d'autres, herbes, animaux… La simplicité du vocabulaire et la facilité de compréhension des poèmes cachent un travail subtil et minutieux, consistant à se désencombrer de toutes sortes de « parasites cérébraux », tels que le goût pour la chute finale d'un poème au dernier vers, la séduction de certains mots, la propension à vouloir donner du sens à tout prix, l'interprétation systématique de ce qui se déroule sous les yeux. Il n'y a pas à proprement parler de symbolique dans les haïkus de Bashô, les mots ne désignent que les choses, éléments, objets, animaux, et ils les désignent dans une extrême nudité. En effet, ce qui est nommé ne se lit pas dans un contexte particulier, ni aux lumières d'une certaine histoire. Les mots sont comme extraits des choses regardées, et s'adressent à ce que le lecteur possède lui-même de plus humble — ce qui ne l'empêchera pas de lire plus large *les images qui lui sont suggérées.*

Peut-être ces petits poèmes du XVIIe *siècle auraient-ils pu être écrits aujourd'hui. En tout cas ils me touchent et me concernent, moi qui vis dans une société si différente de la société japonaise de l'époque. Des détails essentiels — contenant l'essence même — de la nature ou d'un sentiment sont* saisis *en très peu de mots, et apparaissent comme les noyaux d'un tout, très vaste.*

Ce saisissement *en quelques vers d'un paysage, d'un état intérieur, a pourtant une portée plus grande que le paysage évoqué ou l'individu dont il est question, et semble ouvrir sur l'immensité de l'univers.*

J'aime sentir qu'il y a vivre juste derrière écrire, et que les livres que je lis ont été habités *par quelqu'un, pas seulement construits, ou pensés. Par ailleurs, j'aime quand l'écriture est directement en prise avec le réel. C'est vrai quand il s'agit d'expériences liées à un contexte social ou historique, mais c'est vrai aussi avec Bashô, attentif à ce qui existe autour de lui* et *à ce qui bouge en lui. Lisant ses haïku dans différentes traductions, on se rend compte qu'ils évoquent des constantes, à la fois de l'âme humaine et de l'ordre naturel. Pas d'allusions à des événements pouvant être datés ni de références à un climat social ou culturel, mais plutôt le rappel incessant de ce qui, au-dehors comme au-dedans, demeure : arbres, bruit de l'eau, mémoire oubliée du cœur…*

Ah le vieil étang
une grenouille y plonge
et le bruit de l'eau

★

Premier jour de l'an
je pense à la solitude
des soirées d'automne

★

Au milieu du champ
et libre de toute chose
l'alouette chante

★

Avec chaque souffle
le papillon se déplace
sur le saule

★

Au bord du chemin
un hibiscus — le cheval
vient de le manger

★

Cette solitude
viendrais-tu la partager
feuille de paulownia

★

Elle rampe en bas
lorsque je suis à cheval
mon ombre glacée

★

Une libellule
essayant en vain de se poser
sur une tige d'herbe...

★

Première pluie d'hiver
les singes ont envie
des manteaux de paille

★

Pleine lune
j'ai fait le tour de l'étang
toute la nuit

★

L'eau est si froide
qu'elle ne peut s'y endormir
la mouette

★

Les cigales vont mourir —
mais leur cri
n'en dit rien

★

Les sangliers eux-mêmes
sont emportés
par la tempête d'automne

★

De temps en temps les nuages
nous reposent
de tant regarder la lune

Sources : 1 à 7 : Cent onze haïku, *trad. Joan Titus-Carmel, Verdier. 8 à 10 :* Le haïkaï — les épigrammes du Japon, *trad. Paul-Louis Couchoud, La Table Ronde. 11 :* Anthologie de la poésie japonaise classique, *trad. G. Renondeau, Poésie / Gallimard. 12 :* Haiku, *trad. Zéno Bianu et Corinne Atlan, Poésie / Gallimard. 13 et 14 :* Anthologie de la poésie japonaise classique, *trad. G. Renondeau, Poésie / Gallimard.*

ÉVARISTE PARNY

(1753-1814)

par Bruno Grégoire

Le bel esprit n'est plus, son empire est fini.
Qui donc l'a détrôné ? La nature et Parny.

Si le fabuliste Pierre-Louis Ginguené s'en lamente de la sorte, en revanche Voltaire saura gré à ce « Tibulle » de son temps d'avoir introduit un peu de fraîcheur dans la prétention et la médiocrité ambiantes. Chateaubriand à son tour, puis Lamartine furent également sensibles à l'art avec lequel le poète élégiaque sut suivre « ces ruisseaux différents, / Qui, changés tout à coup en rapides torrents, / Traversent à grand bruit les ravines profondes, / Roulent avec leurs flots le ravage et l'horreur, / Fondent sur le rivage, et vont avec fureur / Dans l'océan troublé précipiter leurs ondes ».

Évariste Désiré de Forges, vicomte de Parny, voit le jour à l'île Bourbon, au sein d'une riche famille de Saint-Paul. Il est âgé d'une douzaine d'années lorsque ses parents l'envoient poursuivre ses études en France. Son passage au séminaire de Saint-Firmin tournera court, ce qui ne saurait qu'étonner moyennement les lecteurs de ses Poésies érotiques *(1778). Et c'est finalement pour l'École militaire qu'il optera en 1772. Cinq ans plus tard,* L'Almanach des Muses *allait accueillir ses premiers poèmes.*

L'île natale qu'il y chante, Parny la retrouvera à plusieurs reprises, jusqu'à ce qu'en 1785 le drame de sa vie l'en éloigne à jamais, en la personne d'une jeune créole que son père l'empêcha d'épouser. Précurseur du romantisme, il lui consacrera de nombreux vers qui disent à quel point « Ce cœur, hélas ! que le chagrin dévore, / Ce cœur malade et surchargé d'ennui, / Dans le passé veut ressaisir encore / De son bonheur la fugitive aurore »... À défaut d'en guérir vraiment, il tentera d'oublier ce chagrin dans les plaisirs d'une existence épicurienne. Ainsi fait-il bientôt l'acquisition, dans les environs de Saint-Germain-en-Laye, d'une demeure baptisée « La Caserne », où se réunira régulièrement une bande de viveurs ne jurant que par Dionysos ou Éros. Son ami le chevalier Bertin, originaire lui aussi de l'île Bourbon, en dresse ce tableau : « Représentez-vous une douzaine de jeunes militaires, dont le plus âgé ne compte pas encore cinq lustres, transplantés pour la plupart d'un autre hémisphère, unis entre eux par la plus tendre amitié, passionnés pour tous les arts et pour tous les talents, faisant de la musique, griffonnant quelquefois des vers, paresseux, délicats et voluptueux par excellence. »

Après que la Révolution l'eut laissé pratiquement ruiné, ce jouisseur mélancolique publia encore divers ouvrages dont certains, comme Le Portefeuille volé *(1805), connurent la censure. Mais sans doute est-ce avec son adaptation des* Chansons madécasses *(1787), dont Ravel s'inspirera et qui sont désormais tenues pour inauguratrices d'un genre — celui du poème en prose —, qu'Évariste Parny nous laisse ses pages les plus précieuses... Oui, c'est peut-être cela qu'il nous lègue par-dessus tout, plus d'un siècle avant que Victor Segalen ne transcrive à son tour le testament maori des* Immémoriaux *: une faille radieuse dans l'obscurantisme colonialiste, autrement dit cette chance inouïe qui ne cessera jamais de nous faire signe dans la rencontre de l'Autre.*

AVERTISSEMENT

L'Île de Madagascar est divisée en une infinité de petits territoires qui appartiennent à autant de princes. Ces princes sont toujours armés les uns contre les autres, et le but de toutes ces guerres est de faire des prisonniers pour les vendre aux Européens. Ainsi, sans nous, ce peuple serait tranquille et heureux. Il joint l'adresse à l'intelligence. Il est bon et hospitalier. Ceux qui habitent les côtes se méfient avec raison des étrangers, et prennent dans leurs traités toutes les précautions que dicte la prudence, et même la finesse. Les Madécasses sont naturellement gais. Les hommes vivent dans l'oisiveté, et les femmes travaillent. Ils aiment avec passion la musique et la danse. J'ai recueilli et traduit quelques chansons qui peuvent donner une idée de leurs usages et de leurs mœurs. Ils n'ont point de vers; leur poésie n'est qu'une prose soignée : leur musique est simple, douce, et toujours mélancolique.

CHANSON PREMIÈRE

Quel est le roi de cette terre ? — Ampanani. — Où est-il ? — Dans la case royale. — Conduis-moi devant lui. — Viens-tu la main ouverte ? — Oui, je viens en ami. — Tu peux entrer.

Salut au chef Ampanani. — Homme blanc, je te rends ton salut, et je te prépare un bon accueil : Que cherches-tu ? — Je viens visiter cette terre. — Tes pas et tes regards sont libres. Mais l'ombre descend, l'heure du souper approche. Esclaves, posez une natte sur la terre, et couvrez-la des larges feuilles du bananier. Apportez du riz, du lait et des fruits mûris sur l'arbre. Avance, Nélahé ; que la plus belle de mes filles serve cet étranger. Et vous, ses jeunes sœurs, égayez le souper par vos danses et vos chansons.

CHANSON II

Belle Nélahé, conduis cet étranger dans la case voisine ; étends une natte sur la terre et qu'un lit de feuilles s'élève sur cette natte ; laisse tomber ensuite la *pagne* qui entoure tes jeunes attraits. Si tu vois dans ses yeux un amoureux désir ; si sa main cherche la tienne, et t'attire doucement vers lui ; s'il te dit : Viens, belle Nélahé, passons la nuit ensemble ; alors assieds-toi sur ses genoux. Que sa nuit soit heureuse, que la tienne soit charmante ; et ne reviens qu'au moment où le jour renaissant te permettra de lire dans ses yeux tout le plaisir qu'il aura goûté.

CHANSON III

Quel imprudent ose appeler aux combats Ampanani? Il prend sa zagaie armée d'un os pointu, et traverse à grands pas la plaine. Son fils marche à ses côtés; il s'élève comme un jeune palmier sur la montagne. Vents orageux, respectez le jeune palmier de la montagne. Les ennemis sont nombreux. Ampanani n'en cherche qu'un seul, et le trouve. Brave ennemi, ta gloire est brillante : le premier coup de ta zagaie a versé le sang d'Ampanani. Mais ce sang n'a jamais coulé sans vengeance; tu tombes, et ta chute est pour tes soldats le signal de l'épouvante; ils regagnent en fuyant leurs cabanes; la mort les y poursuit encore : les torches enflammées ont déjà réduit en cendres le village entier.

Le vainqueur s'en retourne paisiblement, et chasse devant lui les troupeaux mugissants, les prisonniers enchaînés, et les femmes éplorées. Enfants innocents, vous souriez, et vous avez un maître!

CHANSON IV

AMPANANI : Mon fils a péri dans le combat... Ô mes amis! pleurez le fils de votre chef; portez son corps dans l'enceinte habitée par les morts. Un mur élevé la protège; et sur ce mur sont rangées des têtes de bœufs aux cornes menaçantes. Respectez la demeure des morts; leur courroux est terrible, et leur vengeance est cruelle. Pleurez mon fils.

LES HOMMES : Le sang des ennemis ne rougira plus son bras.

LES FEMMES : Ses lèvres ne baiseront plus d'autres lèvres.
LES HOMMES : Les fruits ne mûrissent plus pour lui.
LES FEMMES : Ses mains ne presseront plus un sein élastique et brûlant.
LES HOMMES : Il ne chantera plus étendu sous un arbre à l'épais feuillage.
LES FEMMES : Il ne dira plus à l'oreille de sa maîtresse : Recommençons, ma bien-aimée !
AMPANANI : C'est assez pleurer mon fils ; que la gaîté succède à la tristesse : demain peut-être nous irons où il est allé.

CHANSON V

Méfiez-vous des blancs, habitants du rivage. Du temps de nos pères, des blancs descendirent dans cette île ; on leur dit : Voilà des terres ; que vos femmes les cultivent. Soyez justes, soyez bons, et devenez nos frères.

Les blancs promirent, et cependant ils faisaient des retranchements. Un fort menaçant s'éleva ; le tonnerre fut renfermé dans des bouches d'airain : leurs prêtres voulurent nous donner un Dieu que nous ne connaissons pas ; ils parlèrent enfin d'obéissance et d'esclavage : plutôt la mort ! le carnage fut long et terrible ; mais, malgré la foudre qu'ils vomissaient, et qui écrasait des armées entières, ils furent tous exterminés. Méfiez-vous des blancs.

Nous avons vu de nouveaux tyrans, plus forts et plus nombreux, planter leur pavillon sur le rivage : le ciel a combattu pour nous ; il a fait tomber sur eux les pluies, les tempêtes et les vents empoisonnés. Ils ne sont plus, et nous vivons, et nous vivons libres. Méfiez-vous des blancs, habitants du rivage.

CHANSON VI

AMPANANI : Jeune prisonnière, quel est ton nom ?
VAÏNA : Je m'appelle Vaïna.
AMPANANI : Vaïna, tu es belle comme le premier rayon du jour. Mais pourquoi tes longues paupières laissent-elles échapper des larmes ?
VAÏNA : Ô roi ! j'avais un amant.
AMPANANI : Où est-il ?
VAÏNA : Peut-être a-t-il péri dans le combat, peut-être a-t-il dû son salut à la fuite.
AMPANANI : Laisse-le fuir ou mourir ; je serai ton amant.
VAÏNA : Ô roi ! prends pitié des pleurs qui mouillent tes pieds !
AMPANANI : Que veux-tu ?
VAÏNA : Cet infortuné a baisé mes yeux, il a baisé ma bouche, il a dormi sur mon sein ; il est dans mon cœur, rien ne peut l'en arracher...
AMPANANI : Prends ce voile et couvre tes charmes. Achève.
VAÏNA : Permets que j'aille le chercher parmi les morts, ou parmi les fugitifs.
AMPANANI : Va, belle Vaïna ; périsse le barbare qui se plaît à ravir des baisers mêlés à des larmes !

CHANSON VII

Zanhar et Niang ont fait le monde. Ô Zanhar ! nous ne t'adressons pas nos prières : à quoi servirait de prier un Dieu bon ? C'est Niang qu'il faut apaiser. Niang, esprit malin et puissant, ne fais point rouler le tonnerre sur nos têtes ; ne dis plus à la mer de franchir ses bornes ; épargne les fruits naissants ; ne dessèche pas le riz dans sa fleur ; n'ouvre plus le sein de nos femmes pendant les jours malheureux, et ne force point une mère à noyer ainsi l'espoir de ses vieux ans. Ô Niang ! ne détruis pas tous les bienfaits de Zanhar. Tu règnes sur les méchants ; ils sont assez nombreux : ne tourmente plus les bons.

CHANSON VIII

Il est doux de se coucher durant la chaleur sous un arbre touffu, et d'attendre que le vent du soir amène la fraîcheur.

Femmes, approchez. Tandis que je me repose ici sous un arbre touffu, occupez mon oreille par vos accents prolongés, répétez la chanson de la jeune fille, lorsque ses doigts tressent la natte, ou lorsqu'assise auprès du riz, elle chasse les oiseaux avides.

Le chant plaît à mon âme ; la danse est pour moi presque aussi douce qu'un baiser. Que vos pas soient lents, qu'ils imitent les attitudes du plaisir et l'abandon de la volupté.

Le vent du soir se lève ; la lune commence à briller au travers des arbres de la montagne. Allez, et préparez le repas.

CHANSON IX

Une mère traînant sur le rivage sa fille unique, pour la vendre aux blancs.

« Ô ma mère ! ton sein m'a portée ; je suis le premier fruit de tes amours : qu'ai-je fait pour mériter l'esclavage ? J'ai soulagé ta vieillesse ; pour toi j'ai cultivé la terre ; pour toi j'ai cueilli des fruits ; pour toi j'ai fait la guerre aux poissons du fleuve ; je t'ai garantie de la froidure ; je t'ai portée durant la chaleur sous des ombrages parfumés ; je veillais sur ton sommeil, et j'écartais de ton visage les insectes importuns. Ô ma mère, que deviendras-tu sans moi ? L'argent que tu vas recevoir ne te donnera pas une autre fille ; tu périras dans la misère, et ma plus grande douleur sera de ne pouvoir te secourir. Ô ma mère ! ne vends point ta fille unique. »

Prières infructueuses ! elle fut vendue, chargée de fers, conduite sur le vaisseau, et elle quitta pour jamais la chère et douce patrie.

CHANSON X

Où es-tu belle Yaouna ? le roi s'éveille, sa main amoureuse s'étend pour caresser tes charmes : où es-tu, coupable Yaouna ? Dans les bras d'un nouvel amant, tu goûtes des plaisirs tranquilles, des plaisirs délicieux. Ah ! presse-toi de les goûter ; ce sont les derniers de ta vie.

La colère du roi est terrible. « Gardes, volez, trouvez Yaouna et l'insolent qui reçoit ses caresses. »

Ils arrivent nus et enchaînés : un reste de volupté se mêle dans leurs yeux à la frayeur.

« Vous avez tous deux mérité la mort, vous la recevrez tous deux. Jeune audacieux, prends cette zagaie, et frappe ta maîtresse. »

Le jeune homme frémit ; il recula trois pas, et couvrit ses yeux avec ses mains. Cependant la tendre Yaouna tournait sur lui des regards plus doux que le miel du printemps, des regards où l'amour brillait au travers des larmes. Le roi furieux saisit la zagaie redoutable, et la lance avec vigueur. Yaouna frappée chancelle ; ses beaux yeux se ferment, et le dernier soupir entr'ouvre sa bouche mourante. Son malheureux amant jette un cri d'horreur. J'ai entendu ce cri ; il a retenti dans mon âme, et son souvenir me fait frissonner. Il reçoit en même temps le coup funeste, et tombe sur le corps de son amante.

Infortunés ! dormez ensemble, dormez en paix dans le silence du tombeau.

CHANSON XI

Redoutable Niang ! pourquoi ouvres-tu mon sein dans un jour malheureux ?

Qu'il est doux le sourire d'une mère lorsqu'elle se penche sur le visage de son premier-né ! Qu'il est cruel l'instant où cette mère jette dans le fleuve son premier-né, pour reprendre la vie qu'elle vient de lui donner ! Innocente créature ! le jour que tu vois est malheureux ;

il menace d'une maligne influence tous ceux qui le suivront. Si je t'épargne, la laideur flétrira tes joues; une fièvre ardente brûlera tes veines, tu croîtras au milieu des souffrances; le jus de l'orange s'aigrira sur tes lèvres; un souffle empoisonné desséchera le riz que tes mains auront planté; les poissons reconnaîtront et fuiront tes filets; le baiser de ton amante sera froid et sans douceur; une triste impuissance te poursuivra dans ses bras; meurs, ô mon fils! meurs une fois, pour éviter mille morts. Nécessité cruelle! redoutable Niang!

CHANSON XII

Nahandove, ô belle Nahandove! l'oiseau nocturne a commencé ses cris, la pleine lune brille sur ma tête, et la rosée naissante humecte mes cheveux. Voici l'heure : qui peut t'arrêter, Nahandove, ô belle Nahandove? Le lit de feuilles est préparé; je l'ai parsemé de fleurs et d'herbes odoriférantes, il est digne de tes charmes, Nahandove, ô belle Nahandove!

Elle vient. J'ai reconnu la respiration précipitée que donne une marche rapide; j'entends le froissement de la pagne qui l'enveloppe : c'est elle, c'est Nahandove, la belle Nahandove!

Reprends haleine, ma jeune amie; repose-toi sur mes genoux. Que ton regard est enchanteur! que le mouvement de ton sein est vif et délicieux sous la main qui le presse! Tu souris, Nahandove, ô belle Nahandove!

Tes baisers pénètrent jusqu'à l'âme; tes caresse brûlent tous mes sens : arrête, ou je vais mourir. Meurt-on de volupté, Nahandove, ô belle Nahandove?

Le plaisir passe comme un éclair; ta douce haleine s'affaiblit, tes yeux humides se referment, ta tête se penche mollement, et tes transports s'éteignent dans la langueur. Jamais tu ne fus si belle, Nahandove, ô belle Nahandove !

Que le sommeil est délicieux dans les bras d'une maîtresse ! moins délicieux pourtant que le réveil. Tu pars, et je vais languir dans les regrets et les désirs ; je languirai jusqu'au soir ; tu reviendras ce soir, Nahandove, ô belle Nahandove !

KOBAYASHI ISSA

(1763-1827)

par Zéno Bianu

Il y a un secret chez Issa, un secret qui m'a toujours émerveillé. Par l'éclat d'un seul et unique poème, qui semble coïncider sur-le-champ avec notre exacte intimité, il nous en apprend plus que dix mille traités. Non seulement il touche en plein cœur, mais il s'arrête à temps, au plus juste. Ce qui est sans doute le secret de l'art, et peut-être bien celui de la vie. Oui, cet homme-là sait, me semble-t-il, ce que vivre veut dire. Il sait que la vie se révèle bien plus sûrement lorsqu'on ne s'y accroche pas, lorsqu'on la laisse fuser dans son émerveillante *banalité. Il révèle sans discourir, préférant toujours l'énigme éclairante à la précision bornée. Il célèbre — un escargot, une mouche, une grenouille, une luciole, une coupe de saké, un sourire, un baiser, un sanglot. Il ne nous raconte jamais d'histoires, mais fait soudain rayonner notre cœur comme un espace d'intensité absolue.*

Quel défi, pourtant! Faire vibrer l'univers dans un poème à la fois bref et ouvert, restituer ces instants que la prose ou la logique échouent à décrire, enregistrer spontanément un éclair dans toute sa beauté violente. Il s'agit encore et toujours, comme le note Hekigodô, un maître contemporain du genre, d'« atteindre une exigence d'expression absolue, où l'on ne puisse ni ajouter une syllabe ni retirer un caractère ».

Exercices des plus spirituels — puisqu'ils visent à éveiller en nous une conscience quasi miraculeuse de la vie vivante *—, les haïkus d'Issa sont comme imprégnés de ce « réveil devant l'évidence » cher au zen. Spirituels, mais aussi formidablement charnels, en ce qu'ils donnent à lire un sentiment* exacerbé *de la réalité, qui se fonde à la fois sur une compassion pour toutes* *les créatures et un humour proprement libérateur. Je repère toujours dans ces poèmes (dont les plus chavirés m'étreignent la gorge) une forme de pressentiment — peut-être central dans toute vision artistique digne de ce nom : il existe un point de vue ultime où « tout se vaut », où — comme le dit Yun-men dans un fameux kôan — « chaque journée est bonne ». Au fond, Issa ne cesse de nous dire — par tous les moyens — que l'univers est* aussi *une facétie, et qu'il convient de percevoir à chaque instant son sérieux non-sens.*

La solitude, les petits ou grands malheurs de chaque jour, les bonheurs transperçants, Issa en fait un herbier d'éveil. Il nous rappelle, avec une indispensable légèreté de ton, que vivre est une grâce, même si nous sommes et demeurons les passants d'un « monde qui souffre / sous / un manteau de fleurs ».

Matin de printemps —
mon ombre aussi déborde de vie !

★

On vieillit —
même la longueur des jours
est source de larmes

★

Pour le mont Fuji
elles coassent
les grenouilles aux culs alignés

★

Papillon qui bats des ailes
je suis comme toi —
poussière d'être !

★

Couvert de papillons
l'arbre mort
est en fleur !

★

Aux fleurs de prunier
je parsème de sardines
la tombe de mon chat

★

Puisqu'il le faut
entraînons-nous à mourir
à l'ombre des fleurs

★

Tous en ce monde
sur la crête d'un enfer
à contempler les fleurs !

★

Rien qui m'appartienne —
sinon la paix du cœur
et la fraîcheur de l'air

★

Je m'assoupis
un nuage de canicule
sur les genoux

★

Nu
sur un cheval nu
à travers l'averse !

★

Par cette bouche
qui a croqué une puce
je chante le Bouddha

★

Épargne-la
cette mouche qui prie
mains jointes et pieds joints !

★

Tuant une mouche
j'ai blessé
une fleur

★

Par un pet de cheval
éveillé
j'ai vu des lucioles voler

★

Sous la lune du soir
l'escargot
torse nu

★

Ma coupe de saké —
je la dépose un instant
au cœur des pivoines

★

Un coquelicot à la main
je traverse
la foule

★

Ce matin c'est l'automne —
à dire ces mots
je me sens vieillir

★

Dans la rosée blanche
je m'exerce
au paradis

★

Monde de rosée
rosée du monde —
et pourtant

★

Des érables d'automne
je m'approche —
la solitude me prend

★

Ce trou parfait
que je fais en pissant
dans la neige à ma porte !

★

La voilà
ma demeure ultime —
cinq pieds de neige !

Traduit du japonais par Corinne Atlan et Zéno Bianu.

FRIEDRICH HÖLDERLIN

(1770-1843)

par Jean-Paul Michel

Friedrich Hölderlin, né en 1770, à Lauffen (Souabe). Ami de Hegel et de Schelling, ses condisciples au Stift *protestant de Tübingen, avec qui il fêtera la Révolution française. Précepteur à Bordeaux en janvier 1802, après avoir traversé la France à pied, par Strasbourg, Lyon et le Massif central.* « Comme on le rapporte des héros, je peux bien dire qu'Apollon m'a frappé. » *Mort en 1843, à Tübingen, après un séjour de trente-six années dans le retrait, chez le menuisier Zimmer, devant le Neckar. —* Œuvres, *Gallimard, Pléiade.*

Pour un lecteur de langue française, la poésie de Friedrich Hölderlin est d'abord un objet de la plus haute étrangeté *poétique. Elle procède de possibilités inexploitées dans la tradition dans laquelle s'est produite à ce jour la poésie dans notre langue :* une pensée sensible qui se pense *et, dans le mouvement de sa découverte du monde, de sa langue et de soi, produit les formes d'art efficaces que réclame son affirmation — formes des plus sobres comme des plus libres.*

Le mode particulier de ces chants est celui d'une cascade de mouvements évocatifs vivants, coupés de méditations, elles-mêmes traversées et comme surprises par le surgissement imprévisible de choses concrètes. Le poème est aimanté par un mouvement tâtonnant très pur vers le dicible, chargé d'une prégnante teneur existentielle. Les voies de l'élan subjectif y deviennent les voies de l'exploration objective à ce point que paraît s'abolir ici la distinction de ces catégories. La poésie retrouve des enjeux d'être. Ce qui aurait pu n'être qu'un pathos s'élève avec feu à la formulation de vérités saisissantes.

L'audace des ruptures logiques, la vivacité, toujours, de l'attaque sentie, les ébranlements qui en suivent, du tout de l'existence, portent ces pages au degré le plus élevé du ressaisissement des puissances, ici connues infiniment finies, mais jamais renoncées, *du poétique moderne.*

Une confiance ancienne dans les possibles de la parole porte le poème. Son phrasé musical, plutôt parlé que « chanté », module des tonalités du cœur *personnel-non personnel très loin des conflits d'enjeux partiels dans lesquels la « poésie » européenne officielle aura si souvent compromis ses pouvoirs.*

La perte de la « belle unité » de la parole et de l'être, idéalement nourrie, dans le jadis « Grec », *l'*« Orient », *l'*« Indus », « notre mère, l'Asie ! », *par la présence multiforme, substantielle,* « paternelle » *du divin contraint les modernes à mesurer* leur *art à son « retrait ».* « Le Dieu, si proche » *est maintenant devenu le plus* « difficile » *à* « saisir ». *Cet acte de conscience engage un mouvement de parole décisivement tourné vers* le présent *de l'histoire et du monde. Il donne au « parlé-chanté » hölderlinien un ton d'humanité unique, irrécusablement « classique » comme « absolument moderne ».*

La grande poésie a les qualités physiques d'un feu : puissance calorique, intensité lumineuse, valeur de signe. Ces qualités lui confèrent, relativement au discours conceptuel, une nécessité propre. Nourrie des significations les plus amples, forte d'une hauteur de visée, d'une noblesse de ton comme d'une unité sensible des plus rares, la poésie de Friedrich Hölderlin possède au plus haut point ces pouvoirs de consumation des « évidences » du trop connu, cette valeur d'accès, de violent déport. *Elle suscite durablement chez le lecteur attachement et reconnaissance.*

Il faudra attendre Hopkins et Rimbaud pour trouver une autre fois rassemblées avec pareille intensité, pareille densité, pareille nécessité *les puissances d'une attaque décidée du grand réel de face, bousculant décisivement « sens » et « hors sens ».*

Nous avons tout à attendre d'elles, encore.

L'ISTER

Arrive, feu!
Nous sommes avides
D'assister au jour,
Et, l'épreuve aussitôt
À travers nos genoux accomplie,
Se devine le vacarme dans la forêt.
Mais nous
                    chantons, dès l'Indus
Arrivés ici enfin, et
De l'Alphée aussi,
                                        avons, longuement,
Le Lieu, nous, recherché.
Nul, sans ailes, n'a le pouvoir
De saisir ce qui est proche,
De plain-pied,
Passer à l'autre bord.
Mais nous voulons ici même bêcher.
Car des fleuves vouent cette terre
Au labour. Oui, lorsque l'herbe pousse,
Et que viennent à leurs bords,
Pour boire, les bêtes en été,
Viennent aussi des hommes.

Celui-ci, mais on le nomme l'Ister.
À même la beauté il habite. Et brûle à des colonnes ce feuillage,
Et il s'agite. Sauvages, elles sont dressées,
Les unes sous les autres, d'un jet ; par-dessus,
Deuxième envergure, avance
La toiture du rocher. Aussi je vois
L'accueil maintenant
Qu'à Hercule il dut offrir, de loin
Miroitant, jusqu'à l'Olympe en bas,
Lorsque lui, cherchant l'ombre
Remonta de l'Isthme torride ;
Certes, jamais le cœur ne leur eût, à eux, manqué
Là-bas, mais il fallait, pour le souffle,
De la fraîcheur aussi. Et il choisit de venir, plutôt,
Aux sources, ici, des eaux, et jaunes berges,
Qui, plus haut, embaument, et noires
De sapinaies, où, dans les vals,
Un chasseur, ravi, erre
À midi, alors que l'on entend grandir
Les arbres résineux de l'Ister,

Mais il a l'air, presque,
Lui, d'aller en reculant, et
Il me semble qu'il doit venir
De l'Est.
Il y aurait beaucoup
À dire de choses là-dessus. Et pourquoi reste-t-il accroché
À ces montagnes, et roide ? L'autre,
Le Rhin, s'est éloigné,
Latéralement. En pure perte jamais ne vont
Dans l'aride les fleuves. Mais comment ? Un signe est nécessaire,
Rien qu'un signe, net et clair, qui soleil
Et lune porte dans son cœur, sans que jamais ils se séparent,

Et en avant persévère, le jour comme la nuit, et
Les Célestes, à telle chaleur, entre eux retrouvent la vie.
C'est pourquoi ils sont également
La joie du Très-Haut. Comment, Lui, sinon,
descendrait-il
Ici ? Et tels que Hertha, verte,
Ils sont les enfants du ciel. Mais trop placide
M'apparaît celui-ci, jamais
Élargi, presque une risée. Oui, à l'heure où

Doit, dans sa jeunesse,
Survenir le jour,
où, à grandir
Il se prépare,
un autre pousse haut déjà
Sa splendeur, et, comme les poulains,
Écume sur le mors, et dans le lointain peuvent avoir
bruit
De sa poussée les airs —
Lui se suffit.
Mais la roche appelle l'entame,
Et la terre le sillon ;
Tout serait impraticable, sans nul répit ;
Mais ce qu'il fait, lui, le fleuve,
On ne sait.

Traduit de l'allemand par André du Bouchet.

LA PROMENADE À LA CAMPAGNE

À Landauer.

Viens dans l'Ouvert, ami! bien qu'aujourd'hui peu de lumière
Scintille encore, et que le ciel nous soit prison.
Les cimes des forêts à notre gré ni les montagnes
N'ont pu s'épanouir, et l'air reste sans voix.
Il fait sombre, allées et ruelles dorment, et pour un peu
Je nous croirais à l'âge du plomb revenus.
Pourtant un vœu s'exauce, la juste foi n'est point troublée
Par un moment : ce jour soit voué à la joie!
Car ce n'est maigre aubaine que nous arrachons au ciel,
Comme ces dons aux enfants longtemps refusés.
Que seulement, de tels propos, de nos pas, de nos peines,
Le gain soit digne, et sans mensonge l'agrément!
C'est pourquoi je garde l'espoir, quand nous aurons risqué
Le pas rêvé, et d'abord délié nos langues
Et trouvé la parole, et notre cœur épanoui,
Quand du front ivre une autre raison jaillira,
Que notre floraison hâte la floraison du ciel,
Qu'ouverte soit au regard ouvert la lumière.

Car ce n'est pas affaire de puissance, mais de vie,
Notre désir : joie et convenance à la fois.
Des favorables hirondelles, néanmoins, toujours
L'une ou l'autre prévient l'été dans les campagnes.
Aussi, pour consacrer d'un juste dire la hauteur
Où l'avisé bâtit une auberge à ses hôtes,

Afin que le plus beau les comble : cette riche vue,
    Qu'au gré du cœur, tout ouverts et selon l'esprit,
Danse, festin, chants et joie de Stuttgart soient
                                                                couronnés,
    Nous gravirons, pleins d'un tel désir, la colline.
Que la lumière de mai, la bienveillante, là-haut dise
    Propos meilleurs, par qui les écoute éclairés,
Ou que, s'il plaît à d'autres, selon le rite très ancien,
    (C'est que les dieux plus d'une fois nous ont souri !)
Le charpentier prononce au faîte du toit la sentence,
    Pour nous, chacun aura, de son mieux, fait sa part.

Mais le lieu est très beau, quand la vallée s'épanouit
    Aux fêtes du printemps, quand au long du Neckar
Des saules verdissants, la forêt, la foule des arbres
    Aux fleurs blanches flottent dans le berceau de l'air
Et qu'embrumée du haut en bas des collines la vigne
    Gonfle et tiédit sous les parfums ensoleillés.

Traduit de l'allemand par Philippe Jaccottet.

MNÉMOSYNE
(DEUXIÈME VERSION)

Un signe, tels nous sommes, et de sens nul,
Morts à toute souffrance, et nous avons presque
Perdu notre langage en pays étranger.
Car lorsqu'un débat règne au ciel
À propos des humains et que les lunes
Vont leur cours, imposantes, la mer
Elle aussi parle et les fleuves doivent
Se chercher une voie. Mais Quelqu'un demeure
Indubitable. Il peut, chaque jour, changer

Le cours des choses. À peine lui faut-il
Un décret. Et la feuille bruit alors et, près des glaciers, les chênes
Agitent leurs rameaux. Car les Maîtres du ciel n'ont point
Toute-puissance. Oui, les mortels avant eux atteignent
Le bord du gouffre. Ainsi l'écho change
Avec eux. Le temps
Est long, mais voici paraître
Le vrai.

Mais ce qu'on aime ? Un éclat de soleil
Au sol, c'est ce que voient nos yeux, et la poussière desséchée,
Et les ombreuses forêts de la patrie ; et voici fleurir aux toits
Les fumées paisiblement vers l'antique couronne
Des tours, et perdues au cœur de l'air les alouettes
Jubilent et sous la voûte du jour paissent en belle ordonnance
Les brebis du ciel.
Et la neige comme des muguets de mai qui signifie
Noblesse d'âme, où
Qu'elle soit, brille de moitié avec le vert
Des prairies au flanc des Alpes,
Là-bas où s'en va sur la haute route, parlant
De cette croix au bord du chemin plantée
En souvenir des morts,
Un voyageur avec
L'autre. Mais qu'est-ce donc ?

Achille sous le figuier, mon Achille
Est mort,
Et près des grottes marines, des ruisseaux
Voisins du Scamandre,
Le corps d'Ajax est étendu.

Téméraire par le génie aux bruissements du vent,
selon la douce
Coutume de Salamine sa patrie, sur
Une terre étrangère,
Ajax est mort,
Mais Patrocle sous la cuirasse royale. Et
Bien d'autres encore ont péri. De leur propre main
Nombre de désespérés d'impétueuse bravoure, et
pourtant qui cédèrent
Enfin à quelque divine contrainte, mais les autres debout
Dans la bataille, au cœur de leur destin. Car les Maîtres
du ciel
Sont irrités quand un homme n'a pu sur son âme
garder emprise
Et l'épargner, mais il doit cependant tenter son acte, et
du même
Coup, le deuil lui faut.

Traduit de l'allemand par Gustave Roud.

ALPHONSE DE LAMARTINE

(1790-1869)

par Jean Métellus

Ma première rencontre avec Lamartine remonte à mon adolescence. À l'occasion d'un concours d'histoire organisé dans les lycées d'État d'Haïti, j'ai obtenu un prix dont la récompense comportait entre autres les œuvres choisies de Lamartine. En dehors du prénom Graziella et du poème « Le Lac », qu'un cousin de ma mère déclamait volontiers, j'ignorais tout de ce poète.

C'est bien plus tard que j'ai découvert sa pièce de théâtre consacrée à Toussaint-Louverture et cette célèbre phrase malheureusement peu comprise et parfois raillée : « Cet homme est une nation[1]*. » La plupart des historiens et essayistes qui la citent la mettent au passé et font dire à Lamartine : « Cet homme fut une nation. » La question à la vérité dépasse le cadre passé-présent mais concerne l'identification à la nation de Toussaint-Louverture. Pour les détracteurs de Lamartine, dont le flou de la parole poétique est souvent critiqué, et pour ceux de Toussaint-Louverture, qui n'arrive toujours pas à trouver grâce aux yeux d'Européens encore gênés par la défaite de l'armée napoléonienne à Saint-Domingue, cette affirmation n'a pas de sens, et on entend dans des congrès consacrés à Toussaint-Louverture et à Haïti des conférenciers apparemment bien intentionnés en faire des gorges chaudes.*

Pour ma part, ayant pris le plaisir de lire cette fiction écrite en 1839 initialement intitulée Les Noirs, *selon l'auteur de la chronologie des œuvres poétiques de Lamartine*[2]*, j'ai pu suivre le*

1. Paris, Gallimard, « Bibliothèque de la Pléiade », 1977, Acte III, Scène huitième, p. 1339.
2. *Op. cit.*, p. XXXI.

cheminement qui a abouti à cette expression forte et imagee, énoncée par Rochambeau. Comme on le voit dans ce court passage, l'identification d'un homme à la nation n'a rien de confus et s'impose progressivement au cours de la pièce surtout si on regarde en amont les démarches, menées et réflexions qui animent les adversaires de Toussaint. Écoutez encore celui qui l'identifie à la nation penser et argumenter : « Nos revers, nos succès m'ont appris à savoir / Où les noirs ont leur force et les blancs leur espoir. / Du nom de nation c'est en vain qu'il se nomme ; / Ce peuple est un enfant : sa force est dans un homme ! / Ne combattez qu'en lui toute sa nation ! / Mettez un prix sublime à sa défection[1] ! » Lamartine ne parle pas en l'air. Il arrive à son affirmation après avoir bien étudié le sujet.

Contrairement aux remarques aigres lancées à Lamartine en février 1848 — « Tu n'es qu'une lyre ! Va chanter », ce poète était un grand voyant et un dialecticien de haute volée. Pour lui, Haïti, ci-devant Saint-Domingue, était engagé grâce à Toussaint sur la voie de l'universel.

Ce texte poétique mêle constamment l'histoire et la fiction, il pourrait encore de nos jours fonctionner comme un spectacle merveilleux. Mais les préjugés et les partis pris sont là, qui veillent à ce que le héros noir reste peu connu. Car ce Toussaint de Lamartine a été lancé comme un vrai défi à l'opinion française.

On fera remarquer qu'il s'agit là d'une poésie politique avant même les grands engagements du poète qui, déjà mêlé à la vie citoyenne, sera réélu député de Mâcon en 1848 puis nommé ministre des Affaires étrangères et enfin chef du gouvernement provisoire. Le texte est énergique, extraverti, contrairement au repli sur soi des Méditations.

On assiste vraiment à la naissance d'une poésie irriguée par une certaine idée de l'homme et qui peut expliquer la position politique de 1848. Les envolées de la Marseillaise noire *n'ont rien d'une voix convenue ou contenue d'un orateur ou d'un diplomate. Après les* Méditations poétiques *(1820) et les* Nouvelles Méditations poétiques *(1823), après* Les Harmonies poétiques et religieuses *de 1830 et* Les Recueillements poétiques *de 1839, la pièce* Toussaint-Louverture *(représentée vingt-cinq fois dans une mise en scène de Frédéric*

1. *Op. cit.*, p. 1338.

Lemaître) a créé la surprise ; loin d'être attendu, ce texte apparaît comme une fulgurance.

Mais c'est avec une lenteur et une réticence extrêmes, excessives, peut-être calculées, qu'on finit par se résigner à considérer comme une vraie réalité ce cri des Haïtiens de 1804 (que Bonaparte appelait criailleries) qui osèrent proclamer leur indépendance et leur volonté de vivre libres.

TOUSSAINT-LOUVERTURE

(extraits)

ACTE I, SCÈNE PREMIÈRE

LA MARSEILLAISE NOIRE

Enfants des noirs, proscrits du monde,
Pauvre chair changée en troupeau,
Qui de vous-mêmes, race immonde,
Portez le deuil sur votre peau !
Relevez du sol votre tête,
Osez retrouver en tout lieu,
Des femmes, des enfants, un Dieu :
Le nom d'homme est votre conquête !

ACTE II, SCÈNE PREMIÈRE

TOUSSAINT

Dans un pauvre vieux noir, cependant, quelle audace !
De prendre seul en main la cause de sa race ;
De se dire : Selon que j'aurai résolu,

Il en sera d'eux tous ce que j'aurai voulu!...
Dans mes réflexions, du mot fatal suivies,
Je pèse avec la mienne un million de vies!...
Si j'ai mal entendu... si j'ai mal répété
Le sens de Dieu!... Malheur à ma postérité!
Dieu ne sonne qu'une heure à notre délivrance,
Opprobre à qui la perd! Mort à qui la devance!
[...]
Ah! Combien j'ai besoin d'intercéder celui
Dont l'inspiration sur tous mes pas a lui.
Crucifié pour tous! Symbole d'agonie
Et de rédemption!...
Quelle amère ironie!
Où se heurte mon cœur lorsque je veux prier?
Quoi! C'est le Dieu des blancs qu'il nous faut supplier?
Ces féroces tyrans, dont le joug nous insulte,
Nous ont donné le Dieu que profane leur culte;
En sorte qu'il nous faut, en tombant à genoux,
Effacer leur image entre le ciel et nous!
Eh bien, leur propre Dieu contre eux est mon refuge!
Il fut leur rédempteur, mais il sera leur juge!
La justice à ses yeux n'aura plus de couleur,
Puisqu'il choisit la croix, il aima le malheur.
[...]
Toi qui donnas ton sang pour racheter ta race,
Donne-moi par ta mort le courage et la grâce!
Avec quelle bonté du bas de mon chemin,
Jusqu'à cette puissance, il m'a pris par la main!
La force du Seigneur ne connaît pas d'obstacles :
C'est de notre néant qu'il tire les miracles!
Mais, lorsque je dois seul l'écouter aujourd'hui,
Qui donc vient se placer entre mon âme et lui?

ACTE II, SCÈNE DEUXIÈME

TOUSSAINT

Je me disais : Qui ? toi ? pauvre vieux vermisseau,
De ta main sur le peuple oser mettre le sceau !
Répondre à Dieu là-haut, et de cette île au monde,
D'une race de plus qui se perd ou se fonde ?
Être à moi seul un jour leur bras et leur dessein,
Dans mon front leur pensée et leur cœur dans mon sein ?
C'est trop pour un mortel, c'est démence ou blasphème,
C'est usurper sur eux, sur l'homme et sur Dieu même !
Sur Dieu ?... Puis sur mes pas revenant un moment,
Sur Dieu ?... si par hasard j'étais son instrument ?
Il agit seul, c'est vrai, mais il agit par l'homme :
Nul ne sait par quel nom dans un peuple il se nomme !
Moïse, Romulus, Mahomet, Washington !
Qui sait si dans les noirs il n'aura pas mon nom ?

ACTE II, SCÈNE HUITIÈME

TOUSSAINT

Vous étiez un troupeau, je vous fais nation !
. . . .
Que toute âme de noir aboutisse à mon âme !
Toute grande pensée est une seule trame
Dont les milliers de fils, se plaçant à leur rang,
Répondent, comme un seul, aux doigts du tisserand.
Mais si chacun résiste et de son côté tire,
Le dessin est manqué, la toile se déchire !
Ainsi d'un peuple, enfants !... Je pense : obéissez !
Pour des milliers de bras, une âme, c'est assez !

PÉTION

Toussaint sur Haïti ! Comme Dieu sur le monde !

ACTE II, SCÈNE NEUVIÈME

TOUSSAINT

Haïti sera noir, c'est moi qui vous le dis.
Allez ! et laissez-moi penser pour la patrie.

ACTE III, SCÈNE QUATRIÈME

ALBERT

Le noir civilisé, devenu citoyen,
Confondra de Toussaint le nom avec le sien.
Ah ! Que sa volonté dans son sort soit bénie !
Comprendre un grand dessein, c'est s'unir au génie !

ACTE III, SCÈNE HUITIÈME

ROCHAMBEAU

Profitez du moment où ce cœur double hésite,
Atteignez à tout prix ce chef qui vous évite,
Rassasiez ses sens d'attraits, d'ambition ;
Il vaut cela ! Cet homme est une nation.
. . . .
Nos revers, nos succès m'ont appris à savoir
Où les noirs ont leur force et les blancs leur espoir.
Du nom de nation c'est en vain qu'il se nomme ;
Ce peuple est un enfant : sa force est dans un homme !
Ne combattez qu'en lui toute sa nation !
Mettez un prix sublime à sa défection !

ACTE V, SCÈNE TROISIÈME

TOUSSAINT

Conquérez aujourd'hui le ciel des hommes libres !
L'arme est dans votre main, faites-vous votre sort.

PÉTION

Liberté pour nos fils et pour nous mille morts !

TOUSSAINT

Mille morts pour les blancs et pour vous mille vies !
Les voici, je les tiens. Leurs cohortes impies
Sur nos postes cachés vont surgir tout à coup.
Silence jusque-là, puis, d'un seul bond, debout !
Qu'au signal attendu du premier cri de guerre,
Un peuple sous leurs pieds semble sortir de terre !...

GIACOMO LEOPARDI

(1798-1837)

par Yves Bonnefoy

Sonavan le quiete
Stanze, e le vie dintorno,
Al tuo perpetuo canto...

A Silvia

Le bien que font les grandes œuvres, je sais qu'il peut être d'au moins deux sortes. Il y a celles qui incitent à l'exigence et celles qui donnent confiance. Deux dons auprès desquels toutes leurs autres offres sont secondaires : oui, même cette clef qu'il arrive que des récits ont laissée brillante à nos pieds, dans l'enfance ou l'adolescence. Nous l'avons ramassée, avec émotion, elle a ouvert à des salles souterraines, nous les avons traversées, vers toujours d'autres encore, et il y avait çà et là, tombant des voûtes, de beaux rayons de lumière. Mais l'imagination n'aide pas à vivre, bien au contraire. Elle nous dépossède des quelques biens que nous pourrions préserver, d'époque en époque dans notre vie.

Assurément je dois beaucoup, et comme chacun de nous, aux livres qui enseignent l'exigence : et au premier rang de ceux-ci il y a eu pour moi, quand j'eus à peu près seize ans, Les Fleurs du mal. *Quelle leçon que de voir un si grand et subtil artiste, «parfait chimiste», sacrifier ce bonheur des sens à sa recherche de vérité ! D'autant que de ce déni de la tentation esthétique le poète des «Petites Vieilles», du «Cygne», mais aussi des «Bijoux», du «Balcon», doit sans cesse redécouvrir la nécessité, reprendre le long effort. À aucun moment de son existence Baudelaire n'aura pu penser qu'il avait gagné la partie. Son œuvre enseigne que la poésie est obstination, est recommencement, rien de plus.*

J'évoque Les Fleurs du mal *pour maintenant caractériser l'autre don, tout aussi grand, qui est d'apprendre à être confiant, en dépit des preuves que s'ingénie à nous opposer le dangereux pessimisme qui quelquefois nous submerge. Ce don, lui, n'a besoin d'aucune sorte de preuve. Il est là, devant nous, mystérieux comme la touffe de genêt qui s'obstine seule, battue des vents, au flanc du Vésuve « sterminator ».*

Je dois beaucoup à Leopardi. Cela peut surprendre. Quelle confiance, dans la vie, dans l'avenir de la vie sur terre, peut bien apporter le poète par excellence du pessimisme métaphysique ? Il n'y a rien de plus désolé que la parole du « Soir du jour de fête », sinon les mots accablés du dernier poème, « À soi-même ». « Mon ultime illusion est morte », écrit Leopardi. Il s'assigne de mépriser « l'infinie vanité de tout ce qui est ».

Et pourtant ! Du fond de ce désespoir, d'où peut bien monter cette musique des mots qui, en sa fragilité, semble à la merci du moindre souffle de l'histoire et pourtant s'établit en nous et demeure comme, exquise, infinie, l'évidence qu'il y a de la beauté en ce monde, et qu'elle naît de l'amour ? De quoi naît, dans la profondeur de l'être souffrant, l'extraordinaire tendresse qui donne à cet « arguto canto *» d'âme brodant l'infini à sa petite fenêtre ses résonances sans fin ? Dans le « Soir », par exemple, ce «* Dolce e chiara è la notte e senza vento *» qui prend l'entière nature jugée mauvaise dans une paix qui semble augurale d'une réconciliation de l'esprit et de son destin sur la terre ?*

Mais justement la confiance, comme le genêt du désert, n'a besoin pour être de rien d'autre que soi, comme la lumière ; et cette évidence n'est nulle part aussi forte, aussi rayonnante — aussi bénéfique par conséquent — que dans le « Chant nocturne du pasteur errant de l'Asie », que je ne puis dire que sublime, et qui fut un des plus grands bienfaits que j'aie reçus de la poésie. Ce « Canto notturno *», si évidemment mon besoin que le jour où je me suis décidé à le traduire, ce fut comme, d'emblée, porté, sans rencontrer presque de ratures, sinon pour une seconde, par mon crayon qui me jetait en avant : à peine commencé le travail était fini, j'avais bu, avec avidité, à la coupe offerte.*

Quelle magnifique métaphore de l'irréductible espérance que cette lune jeune fille que le pauvre berger imagine marchant près de lui, main diaphane dans sa main rude, par les vallons et les *dunes de la steppe d'Asie centrale ! La lune qui paraissait et disparaissait dans l'immense amas des étoiles au-dessus de lui, autour de lui, la voici devenue l'amitié pensive par quoi le temps cyclique du ciel consent au temps recru de hasards, et brisé par la mort, de la vie humaine. Ce bloc de matière qui reflète un éclat venu du dehors de la nuit donne à comprendre au «*pastore errante*» que la source de cet éclat est en lui, qui lève vers les constellations son regard. Lui, l'esprit inquiet qui ne sait à son horizon que la montagne infertile, comme Leopardi n'ignore pas qu'est le monde. Lui, le poète, qui désire pourtant parfois qu'une étoile en plus bouge dans l'immobilité de toutes les autres, le guidant vers une naissance ; et qui peut aussi, et c'est bien plus vrai puisque sans besoin d'un miracle, faire que ce qui pourrait se détourner de la vie pour reprendre sa course dans la matière descende ici, près de lui, pose son pied nu sur le sable, cherchant son pas incertain et l'assurant peu à peu parmi les pierres.*

CHANT D'UN PASTEUR ERRANT, EN ASIE, LA NUIT

Que fais-tu dans le ciel, ô lune ? Que fais-tu,
Dis-moi, silencieuse lune ?
Tu te lèves le soir, tu vas
Contemplant les déserts, puis tu te reposes.
N'es-tu pas fatiguée de suivre ainsi
Ces chemins éternels ? N'est-tu pas lasse
De tout cela ? Aurais-tu encore
Désir de regarder dans ces vallées ?
Bien semblable à ta vie
La vie du pasteur. Il se lève
Aux premiers feux de l'aube, il pousse
Son troupeau à travers les prairies, il voit
D'autres troupeaux, des fontaines, de l'herbe,
Puis, fatigué, il se repose quand vient le soir
Et n'espère rien d'autre. Dis-moi, ô lune,
Que vaut, pour un pasteur, sa vie ; et pour vous les astres,
Que valent vos propres vies ? Dis-moi, où vont
Soit cette brève errance qui est mienne,
Soit ta course, qui ne sait pas qu'il y a la mort ?

Vois ce vieil homme, ses cheveux blancs,
Son pas incertain, ses pieds nus,
Les loques qui le couvrent, le fardeau
Si lourd qu'il a sur les épaules
Par les monts et les pentes,
Heurtant d'âpres rochers, enfonçant dans le sable
De ravin en ravin. Le vent l'assaille,
La tempête, et l'heure qui brûle
Autant que celle qui glace. Et lui, il court,
Il court, tout essoufflé, il traverse
Des torrents, des marais, il tombe,
Il se relève, il se hâte de plus en plus,
Ne se repose pas, ne se nourrit pas,
Déchiré qu'il est, et sanglant. Jusqu'au soir
Où il arrive là où menaient sa route
Et tant de peine : un gouffre
Immense, horrible,
Où il se jette et va tout oublier. Ô lune,
Ô vierge, telle
Est l'existence mortelle.

Dans la souffrance
L'homme naît, et déjà ce naître
Est un risque de mort. Douleur, tourment,
Sont sa première expérience ; à peine né,
Et son père et sa mère
S'emploient à le consoler d'être né.
Il grandit. Et l'un et l'autre le portent,
Et sans cesse et toujours ils s'évertuent
Par leurs actions, leurs paroles,
À lui donner du cœur et le consoler
De ce que c'est que d'être homme.
De plus satisfaisant, non, rien,
Ils ne peuvent faire offre à leur enfant,
Mais pourquoi lui donner ainsi le jour
Et le garder en vie
S'il faut le consoler qu'il soit en vie ?

Si c'est une infortune que vivre, pourquoi faut-il
Que vivre ainsi s'acharne en nous ? Ô lune,
Impolluée, telle est
La condition mortelle. Mais toi,
Non, tu n'es pas mortelle ; et ne te soucies
Peut-être que bien peu de mes paroles.

Et pourtant, solitaire
Voyageuse éternelle, et qui médites,
Peut-être comprends-tu
Ce qu'est la vie terrestre. Ce que sont
Sa souffrance, ses plaintes, ce que c'est
Que mourir, cette ultime
Couleur qui disparaît sur le visage,
Et la terre qu'on quitte, et s'arracher
À tous les êtres proches ou aimants.
Certes, tu sais
La raison d'être des choses, tu vois
Ce que mûrissent le matin, le soir,
Les fruits de l'éternelle et silencieuse
Avancée de fleuve du temps. Tu sais,
Ô toi, assurément,
Ce qu'il est de douceur dans cet amour
Auquel pense en riant l'heure d'avril,
Et à qui profite l'ardeur, et à quoi pourvoient
Les glaces de l'hiver.
Mille choses tu sais, mille tu découvres
Qui sont cachées à un simple berger,
Et bien souvent, quand je te vois muette
Au-dessus des pays déserts qui se déroulent
De toutes parts jusqu'à toucher le ciel,
Ou me suivre, main dans ma main près du troupeau,
Partout au firmament brillant, brûlant l'étoile,
Je me dis, à part moi réfléchissant,
Pourquoi toutes ces torches ?
Et à quoi tend l'air infini, à quoi
Le ciel profond, le ciel sans borne, et que veut dire

Cette solitude, à jamais, et que suis-je, moi?
Ainsi je m'interroge. Et de cette salle
Du ciel, illimitée, superbe, de la famille
Innombrable des astres, de tant
D'affairement, de tant
De mouvements dans tous les corps célestes
Comme aussi bien dans ces choses terrestres
Qui vont de toutes parts et sans repos
Pour revenir d'où elles sont parties,
Je ne puis discerner nulle fonction,
Anticiper nul bien. Toi, il est vrai,
Ô immortelle adolescente, tu as compris
Tout ce qu'il faut comprendre; et je vois bien
Que des révolutions incessantes du ciel
Et de ma propre existence précaire
D'autres peuvent tirer bien ou profit.
Pour moi pourtant la vie n'est que misère.

Ô mon troupeau qui te reposes, heureux troupeau
Qui ne sais pas ton infortune, j'imagine,
Que d'envie je te porte!
Non seulement parce que tu vas libre
D'aucun souci ou presque : oubliant à l'instant
Les fatigues, les coups, même les peurs
Les plus terribles, mais parce que, surtout,
Jamais tu ne connais la tristesse d'être.
T'arrêtes-tu à l'ombre, dans des herbes,
Tu es heureux, paisible, et sans ennui.
Se passe ainsi presque toute l'année,
Alors que moi, assis dans l'herbe sous l'ombrage
Et l'esprit absorbé par le souci,
C'est comme si un dard me taraudait
Au point que cette halte est plus loin que jamais
De me donner la paix ou un refuge.
Je ne désire rien, pourtant; et jusqu'à présent
Je n'ai pas eu vrai motif à me plaindre.
Ce dont tu jouis, toi, et à quel point,

Je ne saurais le dire. Mais tu es fortuné
Et moi si peu j'éprouve de plaisirs,
Ô mon troupeau, et là n'est même pas
Ma seule cause de plainte. Saurais-tu
Parler : Dis-moi, te demanderais-je,
Pourquoi n'est-il de bête qui ne s'étende
À son gré, en quiétude, en toute paix,
Quand moi, qui me suis étendu pour le repos,
C'est la tristesse d'être qui m'assaille ?

Ah, si j'avais des ailes pour m'envoler
Plus haut que les nuages, pour une à une
Dénombrer les étoiles, ou pour errer
Comme fait le tonnerre, de cime en cime,
Peut-être bien serais-je
Plus heureux, mon tendre troupeau, peut-être, blanche lune,
Serais-je plus heureux. Mais c'est peut-être
Ma pensée qui s'égare, quand je contemple
Ainsi la destinée des autres ; et ai-je à croire :
Quelles que soient sa nature, sa condition,
Qu'il soit dans un terrier ou son berceau,
Funeste est pour qui naît le jour natal.

MAURICE DE GUÉRIN
(1810-1839)

par Pierre Oster

Des lignes parmi les plus simples. J'y suis cent fois revenu. Pourtant, aujourd'hui, me voici comme enveloppé et tout ensemble envahi par le sentiment qu'une personnalité en quelque sorte étrangère se substitue à moi dans la reconnaissance du mouvement universel. Les eaux mêmes de la mer, leur étendue m'est restituée à travers une sensibilité supérieure. La phrase du poète remue dans mon esprit une symbolique à proprement parler captivante. *Certes, il n'y est question que de vagues, de nuages, d'escarpements drapés d'écume, etc. (paysage qui m'est beaucoup plus qu'intime).*

Oui, me voici aux mains d'un très jeune homme des années 1830. D'un cadet par l'âge — il a vingt-deux, vingt-trois ans — et d'un aîné par le pouvoir d'appropriation des choses. Sous sa coupe. Intégré dans un réseau d'images dont je n'ai nullement lieu de vouloir me déprendre : quoiqu'il y ait excès ; quoique je doive m'interroger sur mon sort de lecteur contraint de plier devant plus fort que soi, dépossédé et possédé, incapable au vrai d'infléchir sa situation morale dans le sens de l'équilibre où je tends néanmoins.

D'un gardien sublime je ne chercherai pas à me jouer. La magie qui l'entoure ajoutera peut-être un élément nouveau au peu qui m'appartient. Sa grandeur limitera ma faiblesse. L'idée qu'il existe des voies intermédiaires entre les êtres, que nous ne demeurons pas distincts dans notre quête d'une unité à jamais féconde, que l'art favorise et permet une forme de perception pure d'autrui, cette idée-là m'accompagne. Je me dis que la présence de pareil guide est un enseignement ; que je saurai encore courir avec lui dans les prairies de Cybèle ; que je suis libre de m'enfoncer à son exemple dans l'antre du Centaure.

LE CAHIER VERT

(extraits)

Le 21 [mars 1833]. — [...] Mon Dieu, que nous plaignons-nous de notre isolement ? J'ai été longtemps possédé de cette folie. C'est qu'alors je vivais mal ; j'avais établi de faux rapports entre les créatures et mon âme, et je souffrais beaucoup, car la création me refusait ses trésors de jouissances et me repoussait de son intimité à raison de ces faux rapports. Je me désolais dans une solitude profonde, la terre me semblait pire qu'une île déserte et toute nue au sein d'un océan sauvage. C'était un silence à faire peur. Folie, pure folie ! Il n'y a pas d'isolement pour qui sait prendre sa place dans l'harmonie universelle et ouvrir son âme à toutes les impressions de cette harmonie. Alors on va jusqu'à sentir presque physiquement que l'on vit de Dieu et en Dieu : l'âme s'abreuve, à perdre haleine, de cette vie universelle ; elle y nage comme le poisson dans l'eau.

Abjurons le culte des idoles, tournons le dos à tous les dieux de l'art, chargés de carmin et de fausses parures, à tous ces simulacres qui ont des bouches et ne parlent pas. Adorons la nature franche, naïve et point du tout exclusive. Mon Dieu, peut-on faire des poétiques en face de l'ample poésie de l'univers ? Le Seigneur vous l'a faite, votre poétique ! C'est la création. [...]

Le 15 [avril 1833]. — Enfin j'ai vu l'Océan. C... et moi nous sommes mis en route, jeudi, à 1 heure, par un beau temps et un vent frais. Nous avions sept lieues à faire ; mais nous étions tellement ravis de nous voir en marche vers la mer que nous avions peu de souci de la longueur du chemin. C..., lui, a poussé un cri de joie : cette course à pied lui rappelait son voyage dans le midi de l'Allemagne et la Suisse, qu'il a fait pédestrement. Il goûte beaucoup cette façon d'aller : « Dans cet humble équipage, me disait-il, le voyageur se mêle au peuple ; il entre dans les hôtelleries pour se rafraîchir ou se délasser, il couche dans les chaumières, il accoste les voyageurs comme lui, et ces rencontres fortuites sur la poudre d'un grand chemin, ces hommes qui s'en vont chacun où Dieu le mène, entraînent quelquefois des confidences touchantes. » Puis il me parlait avec ravissement des beaux lacs et des grandes montagnes. À Chateauneuf, charmant petit village, une belle vue se déploya : d'un côté, au nord-ouest, c'étaient des étages de collines chargées de bois et portant chacune sa maison blanche, et, aux défauts des collines, la Rance, qui s'épanchait largement, éblouissante comme une glace au soleil ; de l'autre, à l'est, une plaine bien cultivée et assez découverte allait se perdre à l'horizon. Quelques points de verdure précoce reluisaient par-ci par-là, et, à la couleur rouge et animée des bois, on reconnaissait que la vie et la chaleur montaient au front de la nature, et qu'elle était toute prête à s'épanouir. Ce grand spectacle, embelli de tous les prestiges du soleil, amena notre conversation sur l'étude et l'adoration de la nature. Je fus ravi d'entendre C... exprimer précisément ce que j'ai au fond de l'âme sur ce sujet. Il ajouta : « Ce grand mystère de la bonté de Dieu qui se manifeste à tous, bons et méchants, par ce déploiement des beautés et des richesses naturelles, est, à mon avis, un grand motif d'espérance pour la destinée des hommes dans l'autre vie. » La pensée de la mort qui nous apparut à travers ces réflexions nous sembla si douce et si consolante, que nous nous prîmes à désirer de mourir. Nous avions ôté à la mort ce masque hideux que la peur des mauvaises consciences lui a plaqué sur le visage, et elle nous souriait. N'en serait-il pas de même pour tous, si l'on était ému d'un brin d'amour pour les choses célestes ou même seulement d'un peu de curiosité ? Il me disait encore : « J'ai été comblé des plus grandes grâces, j'en ai abusé prodigieusement, et j'ai cependant une telle confiance en Dieu que je me tiens sûr de mon salut. » Nous poussâmes notre conversation bien avant dans ce champ. Puis nous vînmes à nous conter notre vie intérieure, nos luttes, notre manière de prendre la vie, etc. Peu à peu la causerie s'en alla vers les poètes et l'amour. C... sait bien des choses sur Lamartine, il a le bonheur d'être son ami ; il en sait long sur l'amour, il a longtemps et beaucoup aimé, et il aime encore, mais avec un commencement de désenchantement. Lamartine, Hugo, Nodier et le reste nous menèrent aux portes de Saint-Malo, endormant à moitié la cruelle souffrance de mes pieds pressurés et déchirés dans des bottes trop étroites. Un peu après le coucher du soleil, nous nous trouvâmes en face de la ville. Elle nous apparut tout à coup au détour d'une rue de Saint-Servan. Ce qui me frappa d'abord, ce fut une rangée de vaisseaux dont les corps énormes présentaient un front noir et de formes à peine saisissables dans l'ombre, mais dont la mâture et les cordages s'élevant dans le ciel dessinaient comme des broderies dans la lumière vespérale. Derrière ces vaisseaux nous apercevions une masse noire cerclée de remparts. C'était Saint-Malo, vrai nid d'oiseaux de mer ; et plus loin, sans que nous puissions rien découvrir, une grande voix monotone : c'était l'Océan. [...]

Le 25 [avril 1833]. — Il vient de pleuvoir. La nature est fraîche, rayonnante ; la terre semble savourer avec volupté l'eau qui lui apporte la vie. On dirait que le gosier des oiseaux s'est aussi rafraîchi à cette pluie : leur chant est plus pur, plus vif, plus éclatant, et vibre à merveille dans l'air devenu extrêmement sonore et retentissant. Les rossignols, les bouvreuils, les merles, les grives, les loriots, les pinsons, les roitelets, tout cela chante et se réjouit. Une oie, qui crie comme une trompette, ajoute au charme par le contraste. Les arbres immobiles semblent écouter tous ces bruits. D'innombrables pommiers fleuris paraissent au loin comme des boules de neige ; les cerisiers aussi tout blancs se dressent en pyramides ou s'étalent en éventails de fleurs. Les oiseaux semblent viser parfois à ces effets d'orchestre où tous les instruments se confondent en une masse d'harmonie. Si l'on pouvait s'identifier au printemps, forcer cette pensée au point de croire aspirer en soi toute la vie, tout l'amour qui fermentent dans la nature, se sentir à la fois fleur, verdure, oiseau, chant, fraîcheur, élasticité, volupté, sérénité ! Que serait-ce de moi ? Il y a des moments où, à force de se concentrer dans cette idée et de regarder fixement la nature, on croit éprouver quelque chose comme cela.

Le 1er mai. — Dieu, que c'est triste ! du vent, de la pluie et du froid. Ce 1er mai me fait l'effet d'un jour de noces devenu jour de convoi. Hier au soir c'était la lune, les étoiles, un azur, une limpidité, une clarté à vous mettre aux anges. Aujourd'hui je n'ai vu autre chose que les ondées courant dans l'air les unes sur les autres par grandes colonnes qu'un vent fou chasse à outrance devant lui. Je n'ai entendu autre chose que ce même vent gémissant tout autour de moi avec ces gémissements lamentables et sinistres qu'il prend ou apprend je ne sais où : on dirait d'un souffle de malheur, de calamité, de toutes les afflictions que je suppose flotter dans notre atmosphère, ébranlant nos demeures et venant chanter à toutes nos fenêtres ses lugubres prophéties. Ce vent, quel qu'il soit, en même temps qu'il agitait si tristement mon âme par sa puissance mystérieuse, ébranlait au-dehors la nature par son action matérielle, et peut-être aussi par quelque chose de plus : car qui sait si nous savons toute l'étendue des rapports et des entretiens des éléments entre eux ? J'ai vu ce vent, à travers mes vitres, faisant rage contre les arbres, les désespérant. Il s'abattait parfois sur la forêt avec une telle impétuosité qu'il la bouleversait comme une mer, et que je croyais voir la forêt tout entière pivoter et tournoyer sur ses racines comme un immense tourbillon. Les quatre grands sapins, derrière la maison, recevaient de temps à autre de si rudes coups qu'ils semblaient prendre l'épouvante et poussaient comme des hourras de terreur à faire trembler. Les oiseaux qui s'aventuraient à voler étaient emportés comme des pailles ; je les voyais, marquant à peine leur faible lutte contre le courant et pouvant tout au plus tenir leurs ailes étendues, s'en aller à la dérive la plus rapide. Ceux qui restent cachés donnent à peine quelques signes de vie en commençant leur chant qu'ils n'achèvent pas. Les fleurs sont ternies et comme chiffonnées, tout est affligé. Je suis plus triste qu'en hiver. Par ces jours-là, il se révèle au fond de mon âme, dans la partie la plus intime, la plus profonde de sa substance, une sorte de désespoir tout à fait étrange ; c'est comme le délaissement et les ténèbres hors de Dieu. Mon Dieu, comment se fait-il que mon repos soit altéré par ce qui se passe dans l'air, et que la paix de mon âme soit ainsi livrée au caprice des vents ? Oh ! c'est que je ne sais pas me gouverner, c'est que ma volonté n'est pas unie à la vôtre et, comme il n'y a pas autre chose où elle puisse se prendre, je suis devenu le jouet de tout ce qui souffle sur la terre.

[...]

Le 8 [décembre 1833]. — Hier, le vent d'ouest soufflait avec furie. J'ai vu l'Océan agité, mais ce désordre, quelque sublime qu'il soit, est loin de valoir, à mon gré, le spectacle de la mer sereine et bleue. Mais pourquoi dire que l'un ne vaut pas l'autre ? Qui pourrait mesurer ces deux sublimités et dire : « La seconde dépasse la première » ? Disons seulement : « Mon âme se complaît mieux dans la sérénité que dans l'orage. »

Hier, c'était une immense bataille dans les plaines humides. On eût dit, à voir bondir les vagues, ces innombrables cavaleries de Tartares qui galopent sans cesse dans les plaines de l'Asie. L'entrée de la baie est comme défendue par une chaîne d'îlots de granit : il fallait voir les lames courir à l'assaut et se lancer follement contre ces masses avec des clameurs effroyables ; il fallait les voir prendre leur course et faire à qui franchirait le mieux la tête noire des écueils. Les plus hardies ou les plus lestes sautaient de l'autre côté en poussant un grand cri ; les autres plus lourdes ou plus maladroites, se brisaient contre le roc en jetant des écumes d'une éblouissante blancheur, et se retiraient avec un grondement sourd et profond, comme les dogues repoussés par le bâton du voyageur. Nous étions témoins de ces luttes étranges, du haut d'une falaise où nous avions peine à tenir contre la furie du vent ; nous étions le corps incliné et les jambes écartées pour élargir notre base et résister avec plus d'avantage, et les deux mains cramponnées à nos chapeaux pour les assurer sur nos têtes. Le tumulte immense de la mer, la course bruyante des vagues, celle non moins rapide, mais silencieuse, des nuages, les oiseaux de marine qui flottaient dans le ciel et balançaient leur corps grêle entre deux ailes arquées et d'une envergure démesurée, tout cet ensemble d'harmonies sauvages et retentissantes qui venaient toutes converger à l'âme de deux êtres de cinq pieds de hauteur, plantés sur la crête d'une falaise, secoués comme des feuilles par l'énergie du vent, et qui n'étaient guère plus apparents dans cette immensité que deux oiseaux perchés sur une motte de terre. Oh! c'était quelque chose d'étrange et d'admirable, un de ces moments d'agitation sublime et de rêverie profonde tout ensemble, où l'âme et la nature se dressent de toute leur hauteur l'une en face de l'autre. [...]

Le 9 [décembre 1833]. — [...] Le bruit de la mer était calme et rêveur comme aux plus beaux jours; seulement il avait quelque chose de plus plaintif. Notre oreille suivait ce bruit qui se développait sur toute la longueur de la côte, et nous ne reprenions haleine qu'après que la lame qui l'avait épanché s'était retirée pour faire place à celle qui suivait. C'est, je crois, de la voix grave et profonde que roule la lame qui déferle et du bruit grêle et pierreux de la lame qui s'en va en froissant légèrement le sable et les coquillages, que naît ce timbre extraordinaire du chant de la mer. Mais pourquoi décomposer cette musique? Je ne dirai jamais rien qui vaille là-dessus, car je n'entends rien à l'analyse; revenons donc au sentiment.

L'ombre s'épaississait autour de nous et nous ne songions pas à partir, car l'harmonie de la mer allait s'agrandissant à mesure que tout se taisait sur la terre et que la nuit déployait ses mystères. Semblables à ces statues que les anciens plaçaient sur les promontoires, nous demeurions immobiles, comme fascinés et liés par le charme de l'Océan et de la nuit. Nous ne donnions d'autre signe de vie que de lever la tête lorsque nous entendions passer l'aile sifflante des canards sauvages. [...]

Le 21 [décembre 1833]. — [...] Tous les bruits de la nature : les vents, ces haleines formidables d'une bouche inconnue, qui mettent en jeu les innombrables instruments disposés dans les plaines, sur les montagnes, dans le creux des vallées, ou réunis en masse dans les forêts ; les eaux, qui possèdent une échelle de voix d'une étendue si démesurée, à partir du bruissement d'une fontaine dans la mousse jusqu'aux immenses harmonies de l'Océan ; le tonnerre, voix de cette mer qui flotte sur nos têtes ; le frôlement des feuilles sèches, s'il vient à passer un homme ou un vent follet ; enfin, car il faut bien s'arrêter dans cette énumération qui serait infinie, cette émission universelle de bruits, cette rumeur des éléments toujours flottante, dilatent ma pensée en d'étranges rêveries et me jettent en des étonnements dont je ne puis revenir. La voix de la nature a pris un tel empire sur moi que je parviens rarement à me dégager de la préoccupation habituelle qu'elle m'impose, et que j'essaye en vain de faire le sourd. Mais s'éveiller à minuit, aux cris de la tempête, être assailli dans les ténèbres par une harmonie sauvage et furieuse qui bouleverse le paisible empire de la nuit, c'est quelque chose d'incomparable en fait d'impressions étranges ; c'est la volupté dans la terreur.

[20 janvier 1834] 10 heures du soir. — Dernière promenade, dernière visite à la mer, aux côtes, à tout ce magnifique paysage qui m'enchante depuis deux mois. L'hiver nous sourit avec toute la grâce du printemps, et nous donne des jours qui font chanter les oiseaux et pousser la verdure aux rosiers dans les jardins, aux églantiers dans les bois et aux chèvrefeuilles le long des murs et des rochers où ils grimpent. Sur les 2 heures, nous avons pris ce sentier qui circule avec tant de grâce parmi les ajoncs fleuris et les rudes gazons des falaises, longe les champs de blé, s'incline vers les ravines, s'insinue entre les haies et s'élance hardiment vers les roches les plus hautaines. Le but de la promenade était un promontoire qui domine la baie de Quatre-Vaux. La mer brillait de tout son éclat et brisait à cent pieds au-dessous de nous avec des bruits qui passaient par nos âmes en montant vers le ciel. Vers l'horizon, des barques de pêcheurs épanouissaient sur l'azur leurs voiles d'une blancheur éclatante, et nos regards allaient alternativement de cette petite flotte à une autre plus nombreuse qui se balançait avec des chants, plus près de nous ; c'était une foule innombrable d'oiseaux de marine qui faisaient gaiement leur pêche et nous réjouissaient la vue par l'éclat de leur plumage et l'élégance de leur port sur les flots. Ces oiseaux, ces voiles, la beauté du jour, la sérénité universelle, donnaient un air de fête à l'Océan et remplissaient mon âme d'un enthousiasme joyeux, malgré le fond d'idées tristes que j'avais apporté sur notre promontoire. Cependant je me livrais de toute la force de mon regard à la contemplation des caps, des rochers, des îles, m'efforçant d'en lever comme une empreinte et de la transporter dans mon âme. Au retour, j'ai foulé religieusement, et avec un regret à chaque pas, ce sentier qui m'a mené si souvent à de si belles contemplations et en si douce compagnie. Il est si plein de charmes, ce sentier, quand il arrive dans le taillis et qu'il s'avance entre des coudriers qui le dominent et une haie de buis qui croît librement en broussailles ! Là, la joie que m'avait communiquée la nature a expiré et j'ai été pris de la mélancolie du départ.

WALT WHITMAN

(1819-1892)

par Charles Juliet

J'étais jeune, ignorant, inculte, et je commençais à écrire. Avec avidité, je lisais tout et n'importe quoi. Je ne possédais que quelques livres, et ceux que je lisais, je les louais dans une antique librairie où j'effectuais de fréquentes stations. Je ne sais trop ce qu'à l'époque je demandais à mes lectures. Je suppose que je cherchais surtout à m'oublier et à éprouver des émotions. Aux prises avec toutes sortes de problèmes, j'étais dans une grande confusion, et incapable de porter le moindre regard critique sur un texte. Je ne me rendais même pas compte que ces livres que j'absorbais avec boulimie ne pouvaient qu'aggraver mon désordre intérieur. Parfois, j'étais à ce point perdu que le dégoût me prenait de tous ces livres, et je restais des jours sans en ouvrir un. C'est au terme d'une de ces périodes de rejet que le hasard a mis entre mes mains quelques extraits de Feuilles d'herbe, *ce vaste poème que Walt Whitman a composé, puis n'a cessé d'enrichir pendant la seconde partie de son existence.*

Je me souviens encore de l'ébranlement éprouvé à la lecture de ces pages. Bien sûr, je n'aurais pas su en analyser les causes, mais aujourd'hui, après être revenu à cette œuvre en plusieurs occasions, je devrais être en mesure de dire pourquoi elle m'a si fortement secoué.

Ce poète américain qui s'adressait à moi usait d'une langue simple, d'un ton direct. Avec naturel, sincérité, bonhomie, il me parlait de choses proches et quotidiennes sur lesquelles mon regard ne s'était jamais posé. Tant qu'on ne s'est pas défait des illusions, des idées fausses, on s'imagine que ce qu'on cherche se situe en un lointain inaccessible. Ce poète qui précisait qu'il n'était pas venu pour « broder », il me montrait le monde, m'en dévoilait les richesses, me persuadait qu'on pouvait l'aimer. Tout ce qu'il affirmait avait l'allure d'une évidence. « Voir, entendre, toucher sont des miracles. » Pris dans mes tourments, enfoui dans ma détresse, je maudissais la vie. Lui, il s'émerveillait de ce qui en permanence nous est donné. Il parlait du corps et du désir sexuel avec une fraîcheur et une transparence que je n'avais encore jamais rencontrées. « Qu'ai-je à faire avec les lamentations ? » Il ne se souciait que du présent et de l'avenir. À celui qui était en guerre contre lui-même, il offrait des mots qui l'obligeaient à reconsidérer ce qu'il était, à réviser ce qu'il pensait. « Je ne savais pas que je contenais tant de bonnes choses. » Il portait sur lui-même et sur l'homme en général un regard plein de confiance et de bienveillance. Il n'établissait aucune hiérarchie entre les êtres. Il aimait indistinctement les mendiants, les prostituées, les paumés, les exclus, tous ceux qui bataillent pour ne pas se laisser engloutir. Si j'avais croisé sa route, il m'aurait tendu la main, et m'en convaincre était pour moi de la première importance.

Lors de la guerre de Sécession, il s'était rendu sur les champs de bataille et dans les hôpitaux. Il avait réconforté des centaines et des centaines de blessés, assisté des mourants, donné de l'espoir à ceux qui n'avaient plus de raisons de vivre. Sa force, son charme, les mots d'amitié qu'il prodiguait, avaient le pouvoir de vitaliser ceux qu'il approchait.

Réel était l'amour qu'il portait aux hommes, à la nature, à l'univers. De l'insecte à l'étoile, du brin d'herbe au firmament, il lui fallait tout nommer, tout embrasser, tout célébrer.

Son poème nous fait également découvrir un pays neuf, un pays où affluaient les immigrants, où les villes s'édifiaient, où l'on construisait des ponts, des routes, de voies de chemin de fer. Ce barde qui ignorait le doute et la peur était à la dimension du continent qu'il a chanté. Mais l'enthousiasme avec lequel il a vécu cette épopée ne l'a pas empêché de dénoncer l'ignominie de l'esclavage. « Comment osez-vous faire passer quoi que ce soit avant un homme ? » De remarquables proses sur Lincoln et la démocratie pourraient avoir cette conclusion : « Formez de grands Individus, le reste suivra. » Autrement dit, que l'homme travaille à se réformer, à juguler ses avidités, sa soif de pouvoir et de puissance, et nombre de problèmes ne se poseront plus.

Je comprends maintenant pourquoi cette lecture de Feuilles d'herbe *m'avait tant remué : avec sa liberté, sa sérénité, sa vitalité, sa totale adhésion à la vie, leur auteur incarnait l'exact contraire de ce que j'étais. Dans la mesure où je ne pouvais que révérer ce grand exemple, il a été de ceux qui m'ont tiré en avant.*

Moi, Walt Whitman, un cosmos, de Manhattan le fils,
Turbulent, bien en chair, sensuel, mangeant, buvant et procréant,
Pas sentimental, pas dressé au-dessus des autres ou à l'écart d'eux
Pas plus modeste qu'immodeste.

Arrachez les verrous des portes !
Arrachez les portes mêmes de leurs gonds !

Qui dégrade autrui me dégrade
Et rien ne se dit ou se fait, qui ne retourne enfin à moi.

À travers moi le souffle spirituel s'enfle et s'enfle, à travers moi c'est le courant et c'est l'index.

Je profère le mot des premiers âges, je fais le signe de démocratie [...]

Traduit par André Gide.

★

Une femme m'attend, elle contient tout, rien ne
manque
Mais tout manquerait si le sexe manquait, ou si le
liquide de l'homme qu'il faut manquait.
Le sexe contient tout, corps, âmes,
Significations, preuves, puretés, délicatesses, résultats,
promulgations,
Chants, ordres, santé, orgueil, le mystère maternel, le
lait séminal,
Tous espoirs, bienfaits, dons, toutes les passions,
amours, beautés, délices de la terre,
Tous les gouvernements, juges, dieux, dirigeants de la
terre,
Tous sont contenus dans le sexe comme parts et
justifications de lui-même.

Sans honte l'homme que j'aime connaît et avoue
l'exquisité de son sexe,
Sans honte la femme que j'aime connaît et avoue le
sien [...]

★

Toujours, toujours je continue (ouvrez-vous, portes du
temps ! ouvrez-vous, portes d'hôpital !)
La tête fracassée, je la panse (pauvre main affolée,
n'arrache pas ce bandage),
Le cou du soldat de cavalerie avec sa balle de part en
part, je l'examine,
Difficile se fait le râle, l'œil déjà vitreux, pourtant la vie
se bat dur.
(Viens, douce mort ! laisse-toi persuader, ô belle
mort !
Par pitié, viens vite.)

Du moignon d'un bras, de la main amputée,
Je défais la charpie coagulée, enlève la croûte, lave le pus et le sang
Sur son oreiller le soldat penche le cou, la tête pendue au côté,
Ses yeux sont clos, son visage est pâle, il n'ose regarder le moignon sanglant,
Et ne l'a pas encore regardé.
[...]
Ainsi en silence dans les prolongements des rêves,
Je retourne, je reviens, je reprends le chemin des hôpitaux
Les meurtris et les blessés je les conforte d'une main calmante,
Je m'assois près des insomnieux toute la nuit sombre, il en est de si jeunes,
Il en est qui souffrent tant, je me souviens de l'épreuve douce et triste
[...]

★

Et quant à toi, Mort, et toi, amère étreinte de la mortalité, il est vain de vouloir m'alarmer.
À son travail l'accoucheur vient sans sourciller,
Je vois la main la plus adroite presser, tenir, porter,
Je m'appuie au seuil des portes exquises et flexibles,
Et observe la sortie, et observe le soulagement et la délivrance.

Et quant à toi, Cadavre, je pense que tu es bon fumier, mais cela ne me choque pas,
Je sens les roses blanches au doux parfum, épanouies,
Je touche les lèvres en feuilles, je touche le sein poli des melons,

Et quant à toi, Vie, je suppose que tu es le reste de
nombreuses morts.
(Sans aucun doute, moi je suis déjà mort dix mille
fois.)

Traduit par Alain Bosquet.

EMILY DICKINSON

(1830-1886)

par Christian Bobin

« Attention, ne la croque pas, Emily Dickinson est à l'intérieur ! » dis-je à l'enfant qui devant moi s'apprêtait à mordre la petite baie de cuir rouge d'une fleur d'églantier.

Plus une âme est grande, moins elle prend de place. Un silence fait sa maison forestière, une larme lui tient lieu de chambre royale, et un soupir est son jardin anglais. Plus discret encore, son cœur était l'unique résidence sur terre d'Emily — « le plus petit salon du monde », disait-elle, s'effaçant sur le seuil pour vous laisser entrer.

En 1830, pour ne pas se perdre dans l'Amérique omnipotente, l'ange des heures faibles enfonça — comme le grain de sénevé de l'Évangile — la petite âme pure d'Emily Dickinson dans la terre d'Amherst, dans le Massachusetts. Il la tassa avec ses pieds de lumière, de façon qu'elle ne s'échappât point : et de fait, Emily ne sortit jamais de chez elle. Captive du jardin de son père, elle devint la sainte des libellules et du ciel pauvre, passant ses journées dans un dé à coudre, à tutoyer Dieu : on n'avait jamais vu de vie plus aventureuse. Elle ne publia que sept poèmes de son vivant. Joliment accoudée à sa mort, elle s'adressait aux lecteurs à venir, les invitant à desserrer l'étau de leur cœur pour s'abandonner à la lumière de chaque jour passant.

Emily Dickinson qui n'a pas eu d'enfants est la mère que les anges ont dépêchée sur terre pour que les rouges-gorges et les orphelins n'y soient plus tout à fait seuls.

Le phare de son cœur rouge illumine les nuits des agonisants que nous sommes tous — signalant la terrible proximité du paradis.

Il est pour tous un honneur en sursis,
Un après-midi mitré,
Dont nul ne peut éviter la pourpre,
Nul esquiver la couronne !

Il nous vaut voiture et valets,
Salons, pompe et multitude,
Cloches aussi, dans le village
Que nous traversons, magnifiques !

Que de tenue dans ce cortège !
Quel service lorsque l'on s'arrête !
Que de loyauté quand on part
Et que cent chapeaux se soulèvent !

Quel faste surpassant l'hermine
Lorsque vous et moi, simplement,
Présentons notre humble blason,
Postulant l'honneur de mourir !

★

Je goûte un nectar encore inconnu,
Dans des pots de perle creusée ;
Nul tonneau, sur les bords du Rhin,
Ne produirait pareil alcool !

Enivrée d'air — mais oui !
Faisant des orgies de rosée,
Je zigzague au long de l'été
Entre les cabarets de bleu fondu.

Le « patron » de la Digitale
Jettera dehors l'abeille ivre ?
Le papillon laissera sa « goutte » ?
Je n'en boirai que davantage !

Les anges brandiront leur chapeau de neige
Et les Saints courront aux fenêtres,
Pour voir la menue poivrote
Adossée contre — le soleil !

★

J'étais mort pour le Beau, mais à peine
Installé dans ma tombe,
Un autre, mort pour le Vrai, fut mis
Dans une pièce adjacente.

Il murmura « pourquoi es-tu tombé ? »
« Pour la Beauté », répondis-je,
« Et moi, pour la Vérité — c'est tout un,
Nous sommes frères », dit-il.

Ainsi que parents réunis la nuit,
Nous conversions, chacun chez soi ;
Et puis la mousse atteignit nos lèvres
Et recouvrit notre nom.

★

Dans mon jardin va un oiseau
Sur une route dont les rayons

Font une musique entêtante
Ainsi qu'un moulin vagabond.

Jamais d'arrêt : il ralentit
Sur la plus mûre des roses,
Se sert, mais sans se poser,
Et complimente en repartant.

Quand tous les sucs sont goûtés,
Son féerique cabriolet
Va tournoyer dans les lointains.
Alors je rejoins mon chien

Et nous nous demandons tous deux
Si la vision était réelle
Ou si nous avons rêvé le jardin
Et cette curiosité.

Mais lui, meilleur logicien,
Renvoie mes yeux incertains
Aux fleurs et à leur vibration :
Réponse délicieuse !

★

Publier, c'est mettre à l'encan
Un esprit humain.
La pauvreté justifierait
Une aussi basse action,

Peut-être — mais nous préférons
De notre mansarde aller
Toute blanche — au blanc Créateur
Au lieu d'investir notre neige.

La pensée appartient à Qui nous l'a donnée,
Puis à celui qui incarne

Sa charnelle image — qu'on vende
L'air du Roi des Cieux —

En paquets ! — qu'on négocie
La Grâce du Ciel,
Mais qu'on n'inflige à nul esprit humain
Le déshonneur du prix !

★

Heureux le petit caillou
Vagabondant seul sur la route
Sans se soucier des carrières
Ni craindre les exigences.
Son habit brun élémentaire,
L'univers l'emprunte au passage.
Indépendant, tel le soleil,
Il luit sociable ou solitaire
Et remplit le décret divin
En toute simplicité.

STÉPHANE MALLARMÉ

(1842-1898)

par Jean-Michel Maulpoix

*L'œuvre poétique de Stéphane Mallarmé m'est longtemps restée lointaine. Son intellectualisme obscur la rendait étrangère aux élans et aux turbulences du lyrisme. Son abord inhospitalier me paraissait en réserver l'entente à une brigade de critiques ayant fait de l'auteur d'*Igitur *le fossoyeur raffiné de l'Espérance et le parangon de tous les formalismes. L'intimidante figure du Maître, sa réputation de lettré décadent, me découragèrent de le lire…*

Mais les grandes œuvres ont ceci de singulier qu'elles semblent nous attendre. Elles disposent d'une réserve infinie de patience. Et pour peu que de loin en loin nous continuions de lorgner de leur côté, on peut dire qu'elles espèrent *notre heure : celle où nous saurons enfin leur faire une place dans notre biographie même.*

C'est ainsi que bien tard, au milieu des années 1980, je rencontrai enfin Stéphane Mallarmé, avec l'aide d'un nouveau venu, Bertrand Marchal, jeune universitaire dont les travaux critiques et les éditions méticuleuses des Poésies *m'initièrent pas à pas à la cohérence subtile d'une écriture où jusqu'alors je n'avais su voir que des gouffres soudains ou des bifurcations brutales… Et c'est encore en découvrant le choix de lettres que ce lecteur scrupuleux avait réalisé pour la collection « Folio » que je pus me familiariser avec la voix de l'auteur d'*Hérodiade. *Je découvris ainsi, parmi poèmes, proses et fragments de biographie, la galerie de ses successives figures : le très baudelairien jeune homme épris d'un impossible Azur et qui s'en vient coller les poils de sa pauvre figure contre le carreau d'une chambre* *d'hôpital, l'endeuillé de Maria — la jeune sœur trop tôt disparue — regardant mélancoliquement sur ces mêmes carreaux pendre d'inquiétantes toiles d'araignées, enfin le Maître de la rue de Rome, accueillant ses hôtes du mardi, un châle pied-de-poule sur les épaules, la cervelle emmitouflée de tabac, adossé à la cheminée ou contre un grand poêle de faïence blanche, comme ceux qui savent qu'ils vont mourir.*

En ses poèmes comme en son existence, le Stéphane Mallarmé que je révère est d'une extrême courtoisie. Il tresse étrangement les raretés lexicales et les bizarreries syntaxiques parmi tentures, crédences et miroirs. Joueur ironique et lapidaire, il engage volontiers avec son lecteur une partie de cache-cache et garde certaines pages assez fermées pour que ce visiteur dépité, ayant donné sa langue au chat, ne puisse rien espérer d'autre que d'y revenir.

Y revenir, c'est ce que firent Claudel, Valéry et tant d'autres. En Stéphane Mallarmé, c'est la poésie tout entière qui réclame et qui insiste. *De sorte que parfois il me semble être tout près d'en découvrir enfin chez lui une définition qui résiste et qui tienne : l'idée qu'elle pourrait après tout n'être qu'un* soin*! De l'âme et d'autrui, du langage et des vingt-six lettres de l'alphabet…*

APPARITION

La lune s'attristait. Des séraphins en pleurs
Rêvant, l'archet aux doigts, dans le calme des fleurs
Vaporeuses, tiraient de mourantes violes
De blancs sanglots glissant sur l'azur des corolles.
— C'était le jour béni de ton premier baiser.
Ma songerie aimant à me martyriser
S'enivrait savamment du parfum de tristesse
Que même sans regret et sans déboire laisse
La cueillaison d'un Rêve au cœur qui l'a cueilli.
J'errais donc, l'œil rivé sur le pavé vieilli
Quand avec du soleil aux cheveux, dans la rue
Et dans le soir, tu m'es en riant apparue
Et j'ai cru voir la fée au chapeau de clarté
Qui jadis sur mes beaux sommeils d'enfant gâté
Passait, laissant toujours de ses mains mal fermées
Neiger de blancs bouquets d'étoiles parfumées.

LE PITRE CHÂTIÉ

Yeux, lacs avec ma simple ivresse de renaître
Autre que l'histrion qui du geste évoquais
Comme plume la suie ignoble des quinquets,
J'ai troué dans le mur de toile une fenêtre.

De ma jambe et des bras limpide nageur traître,
À bonds multipliés, reniant le mauvais
Hamlet ! c'est comme si dans l'onde j'innovais
Mille sépulcres pour y vierge disparaître.

Hilare or de cymbale à des poings irrité,
Tout à coup le soleil frappe la nudité
Qui pure s'exhala dans ma fraîcheur de nacre,

Rance nuit de la peau quand sur moi vous passiez,
Ne sachant pas, ingrat ! que c'était tout mon sacre,
Ce fard noyé dans l'eau perfide des glaciers.

LES FENÊTRES

Las du triste hôpital, et de l'encens fétide
Qui monte en la blancheur banale des rideaux
Vers le grand crucifix ennuyé du mur vide,
Le moribond sournois y redresse un vieux dos,

Se traîne et va, moins pour chauffer sa pourriture
Que pour voir du soleil sur les pierres, coller
Les poils blancs et les os de la maigre figure
Aux fenêtres qu'un beau rayon clair veut hâler.

Et la bouche, fiévreuse et d'azur bleu vorace,
Telle, jeune, elle alla respirer son trésor,
Une peau virginale et de jadis ! encrasse
D'un long baiser amer les tièdes carreaux d'or.

Ivre, il vit, oubliant l'horreur des saintes huiles,
Les tisanes, l'horloge et le lit infligé,
La toux ; et quand le soir saigne parmi les tuiles,
Son œil, à l'horizon de lumière gorgé,

Voit des galères d'or, belles comme des cygnes,
Sur un fleuve de pourpre et de parfums dormir
En berçant l'éclair fauve et riche de leurs lignes
Dans un grand nonchaloir chargé de souvenirs !

Ainsi, pris du dégoût de l'homme à l'âme dure
Vautré dans le bonheur, où ses seuls appétits
Mangent, et qui s'entête à chercher cette ordure
Pour l'offrir à la femme allaitant ses petits,

Je fuis et je m'accroche à toutes les croisées
D'où l'on tourne l'épaule à la vie et, béni,
Dans leur verre, lavé d'éternelles rosées,
Que dore le matin chaste de l'Infini

Je me mire et me vois ange ! et je meurs, et j'aime
— Que la vitre soit l'art, soit la mysticité —
À renaître, portant mon rêve en diadème,
Au ciel antérieur où fleurit la Beauté !

Mais hélas ! Ici-bas est maître : sa hantise
Vient m'écœurer parfois jusqu'en cet abri sûr,
Et le vomissement impur de la Bêtise
Me force à me boucher le nez devant l'azur.

Est-il moyen, ô Moi qui connais l'amertume,
D'enfoncer le cristal par le monstre insulté

Et de m'enfuir, avec mes deux ailes sans plume
— Au risque de tomber pendant l'éternité ?

TOMBEAU ANNIVERSAIRE — JANVIER 1897

Le noir roc courroucé que la bise le roule
Ne s'arrêtera ni sous de pieuses mains
Tâtant sa ressemblance avec les maux humains
Comme pour en bénir quelque funeste moule.

Ici presque toujours si le ramier roucoule
Cet immatériel deuil opprime de maints
Nubiles plis l'astre mûri des lendemains
Dont un scintillement argentera la foule.

Qui cherche, parcourant le solitaire bond
Tantôt extérieur de notre vagabond —
Verlaine ? Il est caché parmi l'herbe, Verlaine

À ne surprendre que naïvement d'accord
La lèvre sans y boire ou tarir son haleine
Un peu profond ruisseau calomnié la mort.

FRISSON D'HIVER

Cette pendule de Saxe, qui retarde et sonne treize heures parmi ses fleurs et ses dieux, à qui a-t-elle été ? Pense qu'elle est venue de Saxe par les longues diligences autrefois.

(De singulières ombres pendent aux vitres usées.)

Et ta glace de Venise, profonde comme une froide fontaine, en un rivage de guivres dédorées, qui s'y est miré ? Ah ! je suis sûr que plus d'une femme a baigné dans cette eau le péché de sa beauté ; et peut-être verrais-je un fantôme nu si je regardais longtemps.

— Vilain, tu dis souvent de méchantes choses.

(Je vois des toiles d'araignées au haut des grandes croisées.)

Notre bahut encore est très vieux : contemple comme ce feu rougit son triste bois ; les rideaux amortis ont son âge, et la tapisserie des fauteuils dénués de fard, et les anciennes gravures des murs, et toutes nos vieilleries ? Est-ce qu'il ne te semble pas, même, que les bengalis et l'oiseau bleu ont déteint avec le temps ?

(Ne songe pas aux toiles d'araignées qui tremblent au haut des grandes croisées.)

Tu aimes tout cela et voilà pourquoi je puis vivre auprès de toi. N'as-tu pas désiré, ma sœur au regard de jadis, qu'en un de mes poèmes apparussent ces mots « la grâce des choses fanées » ? Les objets neufs te déplaisent ; à toi aussi, ils font peur avec leur hardiesse criarde, et tu te sentirais le besoin de les user, ce qui est bien difficile à faire pour ceux qui ne goûtent pas l'action.

Viens, ferme ton vieil almanach allemand, que tu lis avec attention, bien qu'il ait paru il y a plus de cent ans et que les rois qu'il annonce soient tous morts, et, sur l'antique tapis couché, la tête appuyée parmi tes genoux charitables dans ta robe pâlie, ô calme enfant, je te parlerai pendant des heures ; il n'y a plus de champs et les rues sont vides, je te parlerai de nos meubles... Tu es distraite ?

(Ces toiles d'araignées grelottent au haut des grandes croisées.)

TRISTAN CORBIÈRE

(1845-1875)

par Patrice Delbourg

Au manoir de Coat-Congar, près de Morlaix, vint au jour un crapaud qui toujours dédaigna de geindre. Né «par aucun bout», de maman Aspasie, dix-neuf ans, et de papa Édouard, cinquante-deux ans, officier de marine, bourgeois rangé, romancier reconnu, modèle de réussite littéraire. Pension au lycée impérial de Saint-Brieuc. Externe au collège de Nantes. Deux cages d'ennui plombé. Enfance douce ne vous en déplaise.

Très tôt squelette déformé. Tourments des segments. La souffrance de la jeune vertèbre. Dans le cocon rocailleux de Roscoff, vaine cure contre la phtisie galopante, rhumatisme tuberculeux plus exactement. Ah! naître avec son posthume sur mesure pour tout viatique!

Sous son chapeau de corsaire, «l'An Ankou», le spectre de la mort, bouffonne, histrionne, grince des mots de mauvaise vie, préciosité et style canaille au bouche-à-bouche. Dans l'amer des sarcasmes, il s'ébroue sous le vol des cormorans croûtés de givre. Sourd comme un bassin de radoub. La pipe en terre donne de la gîte. Juillet 1845-mars 1875. Avoir trente ans dans la géhenne. Salut, l'écorché veuf, «mélange adultère de tout»!

Dans un décor médiéval, digne du père Bruegel, le bourreau et le bossu font du trapèze. Tristan le dépossédé claudique dans le bastringue de sa cour des miracles. Solos d'ombres à voussures. Touchez ma gibbosité gothique, braves gens de mer! Bâtard breton à truffe froide. Pauvre Bitor. Malaise à l'état brut. Chien crevé dans la fosse commune.

Déguisé en évêque devant le môle de Saint-Tupetu, il croque à la sanguine ses semblables androgynes, ses gargouilles. Se rêve idole des houles devant les fantômes des trépassés qui hantent les promontoires. Son insigne laideur, propre à faire tarer une couvée de babouins par correspondance, glisse inaperçue, tel un pet de Noël, un rot de Pentecôte, dans l'atroce bordel de l'existence.

Un seul ami, Le Gad, propriétaire de l'unique auberge de Roscoff. Il lui lit des trognons de son livre monstre. Publié en 1873 à compte d'auteur chez les frères Glady à Paris, qui s'étaient fait une réputation sulfureuse d'éditeurs pornographiques. Rictus jaune. Crampe ocre. Douleur citron. Le soleil du cornard. Couleur de Judas, du cocuage. De cette Armida Josefina Cuchiani, dite Herminie, petite actrice italienne qui lui fait grisou sous l'occiput.

À bord du Négrier, *son cotre fracassé par les lames de la «grande tasse salée», en cuissardes fauves, Tristan éructe des saillies et des invectives d'une verdeur toute villonesque en embarquant la belle et son comte Rodolphe de Battine aux mains si blanches, aux manières si douces. Drôle de peinture du trio. Entre les sifflets de gabier et les madrépores du débarcadère que se passait-il donc à bord de la coque de noix? Nul témoin.*

Quête d'un peu de tendresse qui ne soit pas tarifée. Caresses inédites dans un grand ricanement ébréché au rythme des marées. «Mon amour à moi n'aime pas qu'on l'aime.» Besoin de consolation impossible à rassasier. Jouissance par brefs esquimautages quand on annonce gros temps au sémaphore. De guerre lasse, l'absolu à rebours. Déréliction et goguenardise à touche-touche, pure commedia dell'arte.

En bohème hauturière, la voile cingle, la pointe-sèche aussi. Un corde de viole se brise. Du barouf dans la syntaxe. Du boucan dans les haubans. Le miroir d'Orphée se macule de limon.

«Rafalé» de chagrin, aplati au pied du phare borgne, sa patrie ce sont les vers. Pas le lyrisme aimable, non. Les asticots. Naufragé de la vie, naufragé de la langue. Tiret à tire-larigot, hémorragie de points de suspension, exclamations à profusion. Estafette des temps modernes, le chant de Tristan déchante.

La rime persiste comme par inadvertance sous une pluie de concetti. *Insolite caverne d'Ali Baba, aiguille creuse où s'entassent les larcins de plusieurs générations de monte-en-l'air. Aucun clinquant. Aucune complaisance esthétique. Les martyrs sont raillés, les académismes sont rayés. Toute afféterie dynamitée. Lamartine, Vigny, Hérédia tournés en dérision, renvoyés à leurs moutons. Pionnier de la dissonance. Le mot net, la vie vite en rupture et renouveau. De la bile, du fiel, de la fièvre. La poésie à la godille. Rythmes boiteux ainsi que la carcasse qui les accouche. Incatalogable Corbière. Consacré maudit par ce Pauvre Lélian. Maudit, quelle hérésie ! Lui, si turlupin, tout sauf mesquin, perclus de croque-mitaineries, dédaigneux de toute pose.*

L'oiseau décharné, « rossignol de la boue », meurt à l'hôpital Dubois, celui « dont on fait des cercueils ». Un dernier calembour adressé à sa mère dans l'odeur du varech rejeté sur le sable. Son corps « déshabillé de la vie » était déjà depuis longtemps mis en bière. En guise de soupir extrême, le farfadet d'Armor demanda que l'on remplît sa chambre de bruyère. Sans doute pour une ultime pipe.

LE CRAPAUD

Un chant dans une nuit sans air…
— La lune plaque en métal clair
Les découpures du vert sombre.

Un chant ; comme un écho, tout vif
Enterré, là, sous le massif…
— Ça se tait : Viens, c'est là, dans l'ombre…

— Un crapaud ! — Pourquoi cette peur,
Près de moi, ton soldat fidèle ?
Vois-le, poète tondu, sans aile,
Rossignol de la boue… — Horreur ! —

— Il chante. — Horreur ! ! — Horreur pourquoi ?
Vois-tu pas son œil de lumière…
Non : il s'en va, froid, sous sa pierre.
. . . .
Bonsoir — ce crapaud-là c'est moi.

Ce soir, 20 juillet.

PARIA

Qu'ils se payent des républiques,
Hommes libres ! — carcan au cou —
Qu'ils peuplent leurs nids domestiques !...
— Moi je suis le maigre coucou.

— Moi, — cœur eunuque, dératé
De ce qui mouille et ce qui vibre...
Que me chante leur Liberté,
À moi : toujours seul. Toujours libre.

— Ma Patrie... elle est par le monde ;
Et, puisque la planète est ronde,
Je ne crains pas d'en voir le bout...
Ma patrie est où je la plante :
Terre ou mer, elle est sous la plante
De mes pieds — quand je suis debout.

— Quand je suis couché : ma patrie
C'est la couche seule et meurtrie
Où je vais forcer dans mes bras
Ma moitié, comme moi sans âme ;
Et ma moitié : c'est une femme...
Une femme que je n'ai pas.

— L'idéal à moi : c'est un songe
Creux ; mon horizon — l'imprévu —
Et le mal du pays me ronge...
Du pays que je n'ai pas vu.

Que les moutons suivent leur route,
De Carcassonne à Tombouctou...
— Moi, ma route me suit. Sans doute
Elle me suivra n'importe où.

Mon pavillon sur moi frissonne,
Il a le ciel pour couronne :
C'est la brise dans mes cheveux…
Et dans n'importe quelle langue
Je puis subir une harangue ;
Je puis me taire si je veux.

Ma pensée est un souffle aride :
C'est l'air. L'air est à moi partout.
Et ma parole est l'écho vide
Qui ne dit rien — et c'est tout.

Mon passé : c'est ce que j'oublie.
La seule chose qui me lie
C'est ma main dans mon autre main.
Mon souvenir — Rien — C'est ma trace.
Mon présent, c'est tout ce qui passe,
Mon avenir — Demain… demain.

Je ne connais pas mon semblable ;
Moi, je suis ce que je me fais.
— *Le moi humain est haïssable…*
— Je ne m'aime ni ne me hais.

— Allons ! la vie est une fille
Qui m'a pris à son bon plaisir…
Le mien, c'est : la mettre en guenille,
La prostituer sans désir.

— Des dieux ?… — Par hasard j'ai pu naître ;
Peut-être en est-il — par hasard…
Ceux-là, s'ils veulent me connaître,
Me trouveront bien quelque part.

— Où que je meure, ma patrie
S'ouvrira bien, sans qu'on l'en prie,

Assez grande pour mon linceul…
Un linceul encor : pour que faire ?…
Puisque ma patrie est en terre
Mon os ira bien là tout seul…

AU VIEUX ROSCOFF

BERCEUSE EN NORD-OUEST MINEUR

Trou de flibustiers, vieux nid
À corsaires ! — dans la tourmente,
Dors ton bon somme de granit
Sur tes caves que le flot hante…

Ronfle à la mer, ronfle à la brise ;
Ta corne dans la brume grise,
Ton pied marin dans les brisans…
— Dors : tu peux fermer ton œil borgne
Ouvert sur le large, et qui lorgne
Les Anglais, depuis trois cents ans.

— Dors, vieille coque bien ancrée ;
Les margats et les cormorans,
Tes grands poètes d'ouragans,
Viendront chanter à la marée…

— Dors, vieille fille à matelots ;
Plus ne te soûleront ces flots
Qui te faisaient une ceinture
Dorée, aux nuits rouges de vin,
De sang, de feu ! — Dors… Sur ton sein
L'or ne fondra plus en friture.

— Où sont les noms de tes amants ?…
— La mer et la gloire étaient folles ! —

Noms de lascars! noms de géants!
Crachés des gueules d'espingoles...

Où battaient-ils, ces pavillons,
Écharpant ton ciel en haillons!...
— Dors au ciel de plomb sur tes dunes...
Dors : plus ne viendront ricocher
Les boulets morts sur ton clocher
Criblé — comme un prunier — de prunes...

— Dors : sous les noires cheminées,
Écoute rêver tes enfants,
Mousses de quatre-vingt-dix ans,
Épaves des belles années...
. . . .
Il dort ton bon canon de fer,
À plat-ventre aussi dans sa souille,
Grêlé par les lunes d'hiver...
Il dort son lourd sommeil de rouille.

— Va : ronfle au vent, vieux ronfleur,
Tiens toujours ta gueule enragée
Braquée à l'Anglais!... et chargée
De maigre jonc-marin en fleur.

Roscoff. — Décembre.

PETIT MORT POUR RIRE

Va vite, léger peigneur de comètes!
Les herbes au vent seront tes cheveux;
De ton œil béant jailliront les feux
Follets, prisonniers dans les pauvres têtes...

Les fleurs de tombeau qu'on nomme Amourettes
Foisonneront plein ton tire terreux...
Et les myosotis, ces fleurs d'oubliettes...

Ne fais pas le lourd : cercueils de poètes
Pour les croque-morts sont de simples jeux,
Boîtes à violon qui sonnent le creux...
Ils te croiront mort — Les bourgeois sont bêtes —
Va vite, léger peigneur de comètes !

BOHÊME DE CHIC

Ne m'offrez pas un trône !
À moi tout seul je fris,
Drôle, en ma sauce jaune
De *chic* et de mépris.

Que les bottes vernies
Pleuvent du paradis,
Avec des parapluies...
Moi, va-nu-pieds, j'en ris !

— Plate époque râpée,
Où chacun a du bien ;
Où, cuistre sans épée,
Le vaurien ne vaut rien !

Papa, — pou, mais honnête, —
M'a laissé quelques sous,
Dont j'ai fait quelque dette,
Pour me payer des poux !

Son habit, mis en perce,
M'a fait de beaux haillons

Que le soleil traverse;
Mes trous sont des rayons.

Dans mon chapeau, la lune
Brille à travers les trous,
Bête et vierge comme une
Pièce de cent sous!

— Gentilhomme!... à trois queues:
Mon nom mal ramassé
Se perd à bien des lieues
Au diable du passé!

Mon blason, — pas bégueule —
Est, comme moi, faquin:
— *Nous bandons à la gueule,*
Fond troué d'arlequin. —

Je pose aux devantures
Où je lis: — DÉFENDU
DE POSER DES ORDURES —
Roide comme un pendu!

Et me plante sans gêne
Dans le plat du hasard,
Comme un couteau sans gaine
Dans un plat d'épinard.

Je lève haut la cuisse
Aux bornes que je vois:
Potence, pavé, suisse,
Fille, priape ou roi!

Quand, sans tambour ni flûte,
Un servile estafier
Au violon me culbute,
Je me sens libre et fier!...

Et je laisse la vie
Pleuvoir sans me mouiller,
En attendant l'envie
De me faire empailler.

— Je dors sous ma calotte,
La calotte des cieux ;
Et l'étoile pâlotte
Clignote entre mes yeux.

Ma Muse est grise ou blonde...
Je l'aime et ne sais pas ;
Elle est à tout le monde...
Mais — moi seul — je la bats !

À moi, ma Chair-de-Poule !
À toi ! Suis-je pas beau,
Quand mon baiser te roule
À cru dans mon manteau !...

Je ris comme une folle
Et sens mal aux cheveux,
Quand ta chair fraîche colle
Contre mon cuir lépreux !

Jérusalem. — Octobre.

ARTHUR RIMBAUD

(1854-1891)

par Michel Butor

pour André Velter

C'était avant la guerre, à la Villeterte, à l'occasion de son anniversaire, une photographie de ma grand-mère maternelle entourée de tous ses descendants. J'avais le menton sur mon poing, l'air un peu farouche (aucune idée de la raison). Mes sœurs aînées dirent en me voyant : « Il se prend pour Arthur Rimbaud », ce qui n'était sûrement pas de leur part un compliment. Elles utilisaient à leur école secondaire le manuel de littérature française de Desgranges, dans lequel il y avait le fameux détail du Coin de table *de Fantin-Latour. J'y suis allé voir ; il y avait deux échantillons de la production de l'enfant terrible :* Ma bohème *et* Le dormeur du val. *J'ai trouvé que ce n'était pas si mal. Et depuis il est devenu pour moi un de ces cousins aberrants comme on en trouve heureusement dans les familles, et dont on parle lors des retrouvailles :*

« Savez-vous ce qu'est devenu le jeune Arthur ?

— Celui qui connaissait des écrivains parisiens.

— Quel souci pour sa mère !

— Je crois qu'il est toujours en Afrique.

— Les siens ont-ils encore de ses nouvelles ?

— Mais oui, il leur écrit de temps en temps. »

Pendant longtemps il n'était pas question pour moi de l'imiter, en aucune façon, puisqu'il était l'inimitable, l'exemple même de l'inspiration, celui à qui les textes étaient donnés par les dieux ou par les démons. Puis j'ai compris quel immense travail enfantin il y avait derrière ces textes ; et en cela je pouvais le suivre. Il est devenu comme un grand frère, compagnon de misère mentale et d'errance, me remontant le moral chaque fois qu'il en était besoin.

Longtemps plus tard les éditions Traversières *qui avaient en projet un ouvrage collectif d'hommage à Rimbaud, lequel n'a jamais pu paraître, m'ont proposé de m'y associer. C'est alors que j'ai écrit* Hallucinations simples *publié par la suite sous bien des formes. Les lectures et relectures que j'avais dû faire m'ont engagé à proposer un cours l'année suivante à l'université de Genève ; c'est ce qui est devenu après transcription et maintes corrections les* Improvisations sur Arthur Rimbaud.

Jean-Marie Le Sidaner était alors professeur à Charleville, dans la classe même d'Izambard et de son élève surdoué. Au vu d'une photographie ancienne de la place ducale, nous nous sommes dit qu'il y avait quelque chose à faire avec ce site. Il en est résulté le film Le Fantôme de l'enfant marcheur.

Une de mes belles-sœurs avait épousé un Éthiopien, disparu dans les geôles du régime précédant celui-ci, et avait décidé de s'installer à Addis-Abeba, comme professeur au lycée français, pour pouvoir aider quelque peu sa belle-famille. Nous n'étions jamais allés la voir, aucune occasion de conférences ne s'étant présentée pour payer le voyage. Mais j'avais pris ma retraite, ma belle-sœur allait bientôt prendre la sienne, et même si elle avait le projet de continuer de travailler dans ce pays, il était temps d'y aller voir.

Or une des filles du musicien Henri Pousseur avait adopté, grâce à son entremise, une petite Éthiopienne. À l'occasion du centenaire de la mort de Rimbaud, en 1991 (l'année où j'ai pris ma propre retraite à l'université de Genève), il avait créé à l'Arsenal de Metz ses Leçons d'enfer, *pour lesquelles, non seulement il avait utilisé des textes du poète et des passages de mes* Hallucinations simples, *mais il avait étudié quelque peu l'ethnomusicologie éthiopienne. Nous avons réussi à le persuader de quitter quelque temps ses multiples obligations pour venir découvrir le pays de sa petite-fille. Une fois là, il se trouve que la région de Harar était à peu près pacifique. Nous en avons profité pour louer un quatre-quatre avec chauffeur et suivre à peu de choses près le chemin décrit par le journal envoyé du Caire à Alfred Bardey le 25 août 1887. Nous avons mis deux jours alors qu'il a mis deux semaines. Équipée aussi passionnante que risquée. C'est ce qui a donné naissance à mon* Dialogue avec

Arthur Rimbaud sur l'itinéraire d'Addis-Abeba à Harar, *qui m'a permis d'approfondir un peu l'épisode de la livraison des fusils liégeois sur lequel j'étais passé bien trop vite dans mon livre antérieur.*

Inutile de dire que nous nous attendions à le rencontrer au coin de chaque ruelle, cachant sa bonne humeur derrière son « terrible masque d'homme horriblement sévère », selon l'expression d'Alfred Ilg. Puisse le fantôme de l'enfant marcheur qui voulait être un des premiers poètes français, et y a si bien réussi presque sans s'en douter, nous guider quelque peu vers les pistes d'une saison, d'une raison meilleures !

LES POÈTES DE SEPT ANS

Et la mère fermant le livre du devoir,
S'en allait satisfaite et très fière, sans voir,
Dans les yeux bleus et sous le front plein d'éminences,
L'âme de son enfant livrée aux répugnances.

Tout le jour il suait d'obéissance; très
Intelligent; pourtant des tics noirs, quelques traits
Semblaient prouver en lui d'âcres hypocrisies.
Dans l'ombre des couloirs aux tentures moisies,
En passant il tirait la langue, les deux poings
À l'aine, et dans ses yeux fermés voyait des points.
Une porte s'ouvrait sur le soir : à la lampe
On le voyait, là-haut, qui râlait sur la rampe,
Sous un golfe de jour pendant du toit. L'été
Surtout, vaincu, stupide, il était entêté
À se renfermer dans la fraîcheur des latrines :
Il pensait là, tranquille et livrant ses narines.

Quand, lavé des odeurs du jour, le jardinet
Derrière la maison, en hiver, s'illunait,
Gisant au pied d'un mur, enterré dans la marne,
Et pour des visions écrasant son œil darne,

Il écoutait grouiller les galeux espaliers.
Pitié ! Ces enfants seuls étaient ses familiers
Qui, chétifs, fronts nus, œil déteignant sur la joue,
Cachant de maigres doigts jaunes et noirs de boue
Sous des habits puant la foire et tout vieillots,
Conversaient avec la douceur des idiots !
Et si, l'ayant surpris à des pitiés immondes,
Sa mère s'effrayait ; les tendresses profondes,
De l'enfant se jetaient sur cet étonnement.
C'était bon. Elle avait le bleu regard, — qui ment !

À sept ans, il faisait des romans, sur la vie
Du grand désert, où luit la Liberté ravie,
Forêts, soleils, rives, savanes ! — Il s'aidait
De journaux illustrés où, rouge, il regardait
Des Espagnoles rire et des Italiennes.
Quand venait, l'œil brun, folle, en robe d'indiennes,
— Huit ans, — la fille des ouvriers d'à côté,
La petite brutale, et qu'elle avait sauté,
Dans un coin, sur son dos, en secouant ses tresses,
Et qu'il était sous elle, il lui mordait les fesses,
Car elle ne portait jamais de pantalons ;
— Et par elle meurtri des poings et des talons,
Remportait les saveurs de sa peau dans sa chambre.
Il craignait les blafards dimanches de décembre,
Où, pommadé, sur un guéridon d'acajou,
Il lisait une Bible à la tranche vert-chou ;
Des rêves l'oppressaient chaque nuit dans l'alcôve.
Il n'aimait pas Dieu ; mais les hommes, qu'au soir fauve,
Noirs, en blouse, il voyait rentrer dans le faubourg
Où les crieurs, en trois roulements de tambour,
Font autour des édits rire et gronder les foules.
— Il rêvait la prairie amoureuse, où des houles
Lumineuses, parfums sains, pubescences d'or,
Font leur remuement calme et prennent leur essor !
Et comme il savourait surtout les sombres choses,

Quand, dans la chambre nue aux persiennes closes,
Haute et bleue, âcrement prise d'humidité,
Il lisait son roman sans cesse médité,
Plein de lourds ciels ocreux et de forêts noyées,
De fleurs de chair aux bois sidérals déployées,
Vertige, écroulements, déroutes et pitié !
— Tandis que se faisait la rumeur du quartier,
En bas, — seul, et couché sur des pièces de toile
Écrue, et pressentant violemment la voile !

CE QU'ON DIT AU POÈTE À PROPOS DE FLEURS

(extrait)

Quelqu'un dira le grand Amour,
Voleur des sombres indulgences :
Mais ni Renan, ni le chat Murr
N'ont vu les bleus thyrses immenses !

Toi, fais jouer dans nos torpeurs,
Par les parfums les hystéries ;
Exalte-nous vers des candeurs
Plus candides que des Maries...

Commerçant ! colon ! médium !
Ta rime sourdra rose ou blanche,
Comme un rayon de sodium,
Comme un caoutchouc qui s'épanche !

De tes noirs Poèmes, — Jongleur !
Blanc, verts et rouges dioptriques,
Que s'évadent d'étranges fleurs
Et des papillons électriques !

Voilà ! c'est le Siècle d'enfer !
Et les poteaux télégraphiques
Vont orner, — lyre aux chants de fer,
Tes omoplates magnifiques !

Surtout rime une version
Sur le mal des pommes de terre !
— Et, pour la composition
De poèmes pleins de mystère

Qu'on doive lire de Tréguier
À Paramaribo, rachète
Des tomes de Monsieur Figuier,
— Illustrés ! — chez Monsieur Hachette !

MATIN

N'eus-je pas *une fois* une jeunesse aimable, héroïque, fabuleuse, à écrire sur des feuilles d'or, — trop de chance ! Par quel crime, par quelle erreur, ai-je mérité ma faiblesse actuelle ? Vous qui prétendez que des bêtes poussent des sanglots de chagrin, que des malades désespèrent, que des morts rêvent mal, tâchez de raconter ma chute et mon sommeil. Moi, je ne puis pas plus m'expliquer que le mendiant avec ses continuels *Pater* et *Ave Maria. Je ne sais plus parler !*

Pourtant, aujourd'hui, je crois avoir fini la relation de mon enfer. C'était bien l'enfer ; l'ancien, celui dont le fils de l'homme ouvrit les portes.

Du même désert à la même nuit, toujours mes yeux las se réveillent à l'étoile d'argent, toujours, sans que s'émeuvent les Rois de la vie, les trois mages, le cœur, l'âme, l'esprit. Quand irons-nous, par-delà les grèves et les monts, saluer la naissance du travail nouveau, la sagesse nouvelle, la fuite des tyrans et des démons, la fin de la superstition, adorer — les premiers ! — Noël sur la terre !

Le chant des cieux, la marche des peuples ! Esclaves, ne maudissons pas la vie.

ENFANCE

(extrait)

Au bois il y a un oiseau, son chant vous arrête et vous fait rougir.

Il y a une horloge qui ne sonne pas.

Il y a une fondrière avec un nid de bêtes blanches.

Il y a une cathédrale qui descend et un lac qui monte.

Il y a une petite voiture abandonnée dans le taillis, ou qui descend le sentier en courant, enrubannée.

Il y a une troupe de petits comédiens en costumes, aperçus sur la route à travers la lisière du bois.

Il y a enfin, quand l'on a faim et soif, quelqu'un qui vous chasse.

LETTRE À M. BAUTIN

Aden, le 30 janvier 188[1]

Monsieur,

désirant m'occuper de placer des instruments de précision en général dans l'Orient, je me suis permis de vous écrire pour vous demander le service suivant :

Je désire connaître l'ensemble de ce qui se fabrique

de mieux en France (ou à l'étranger) en instruments de mathématiques, optique, astronomie, électricité, météorologie, pneumatique, mécanique, hydraulique et minéralogie. Je ne m'occupe pas d'instruments de chirurgie. Je serais très heureux qu'on pût me rassembler tous les catalogues formant cet ensemble, et je me rapporte de ce soin à votre bienveillante compétence. On me demande également des catalogues de fabriques de jouets physiques, pyrotechnie, prestidigitation, modèles mécaniques et constructions en raccourci, etc. S'il existe en France des fabriques intéressantes en ce genre, ou si vous connaissez mieux à l'étranger, je vous serai plus obligé que je ne puis dire de vouloir bien me procurer adresses ou catalogues.

Vous adresseriez vos communications dans ce sens à l'adresse ci-dessous : « Rimbaud, Roche, par Attigny, Ardennes, France. » Ce correspondant se charge naturellement de tous frais à encourir, et les avancera immédiatement sur votre observation.

Envoyez également, s'il en existe de sérieux et tout à fait modernes et pratiques, un *Manuel complet du fabricant d'instruments de précision.*

Vous remerciant cordialement.

RIMBAUD

AUX SIENS

Aden, le 15 janvier 1885

[...]

Mon travail ici consiste à faire des achats de cafés. J'achète environ deux cent mille francs par mois. En 1883, j'avais acheté plus de 3 millions dans l'année, et mon bénéfice là-dessus n'est rien de plus que mes malheureux appointements, soit trois, quatre mille francs par an : vous voyez que les emplois sont mal payés partout. Il est vrai que l'ancienne maison a fait une faillite de neuf cent mille francs, mais non attribuable aux affaires d'Aden, qui, si elles ne laissaient pas de bénéfice, ne perdaient au moins rien. J'achète aussi beaucoup d'autres choses : des gommes, encens, plumes d'autruche, ivoire, cuirs secs, girofles, etc., etc.

Je ne vous envoie pas ma photographie ; j'évite avec soin tous les frais inutiles. Je suis d'ailleurs toujours mal habillé ; on ne peut se vêtir ici que de cotonnades très légères ; les gens qui ont passé quelques années ici ne peuvent plus passer l'hiver en Europe, ils crèveraient de suite par quelque fluxion de poitrine. Si je reviens, ce ne sera donc jamais qu'en été ; et je serai forcé de redescendre en hiver au moins, vers la Méditerranée. En tout cas, ne comptez pas que mon humeur deviendrait moins vagabonde, au contraire, si j'avais le moyen de voyager sans être forcé de séjourner pour travailler et gagner l'existence, on ne me verrait pas deux mois à la même place. Le monde est très grand et plein de contrées magnifiques que l'existence de mille hommes ne suffirait pas à visiter. Mais, d'un autre côté je ne voudrais pas vagabonder dans la misère, je voudrais avoir quelques milliers de francs de rentes et pouvoir passer l'année dans deux ou trois contrées différentes, en vivant modestement et en faisant quelques petits trafics pour payer mes frais. Mais pour vivre toujours au même lieu, je trouverai toujours cela très malheureux. Enfin, le plus probable, c'est qu'on va plutôt où l'on ne veut pas, et que l'on fait plutôt ce qu'on ne voudrait pas faire, et qu'on vit et décède tout autrement qu'on ne voudrait jamais, sans espoir d'aucune espèce de compensation.

Pour les Corans, je les ai reçus il y a longtemps, il y a juste un an, au Harar même. Quant aux autres livres, ils ont dû en effet être vendus. Je voudrais bien vous faire envoyer quelques livres, mais j'ai déjà perdu de l'argent à cela. Pourtant, je n'ai aucune distraction, ici, où il n'y a ni journaux, ni bibliothèques, et où l'on vit comme des sauvages.

Écrivez cependant à la librairie Hachette, je crois, et demandez quelle est *la plus récente édition* du *Dictionnaire de Commerce et de Navigation*, de Guillaumin. — S'il y a une édition récente, d'après 1880, vous pouvez me l'envoyer : il y a deux gros volumes, ça coûte cent francs, mais on peut avoir cela au rabais chez Sauton. Mais s'il n'y a que de vieilles éditions, je n'en veux pas. — Attendez ma prochaine lettre pour cela.

Bien à vous

RIMBAUD

JULES LAFORGUE
(1860-1887)

par Franck Venaille

Blocus sentimental ! Messageries du Levant !...
Oh, tombée de la pluie ! Oh ! tombée de la nuit !
Oh le vent !...

L'homme qui a écrit ce poème est mort à vingt-sept ans. Si je parle de lui c'est évidemment pour des raisons qui me sont personnelles. Et j'ai envie de préciser que ce texte — lu pour la première fois, dès mes quinze ans, dans l'anthologie à couverture bleue de Georges Emmanuel Clancier, Panorama critique de Rimbaud au surréalisme, *chez Seghers — est pour moi l'archétype de ce que l'on peut attendre de la poésie : une langue neuve, des horizons géographiques et mentaux propices au doute, je ne sais quel bonheur d'écriture menacé. Dans ces moments-là, il annonce le Rilke parisien meurtri des* Cahiers de Malte Laurids Brigge *ou —* « J'ai marché jusqu'au soir par la ville, oh Paris ! » *— nous fait revivre Baudelaire. En fait, pour Laforgue, tout est poétique et je ne suis pas sûr qu'il fasse sienne la sentence mallarméenne :* « le vers est partout dans la langue où il y a rythme, partout excepté dans les affiches et à la quatrième page des journaux ». *Toute l'œuvre de Laforgue, au contraire, sent le plomb du marbre où se composent les journaux disant la vie trépidante, la solitude dans les trains, la familiarité avec la maladie, le calembour, l'inquiétude d'un enfant qui a peur dans le noir. Mais qu'est-ce que le ton chez un poète ? Sa signature ! Une manière personnelle de prendre l'écriture à son compte, soit en l'étirant soit en la morcelant, en inventant sa langue avec ses règles et sa syn-*

taxe. Le ton laforguien, le voilà encore : « C'était l'autre soir. Je vaquais par le boulevard avec les allures graves qui me caractérisent. Huit heures venaient de sonner à la Sorbonne. Tout dormait dans le vieux Paris. » *Un tel début fait tout simplement frissonner de bonheur. Il est annonciateur de merveilles vécues et imaginées. Il est le constat d'un bonheur d'écrire juste qui ne s'apprend pas. Avec Laforgue nous pénétrons dans un univers où le langage est réquisitionné à des fins purement pacifiques : celles du poème, et l'on connaît bien la manière joueuse (comme on le dit d'un enfant qui prend plaisir à s'amuser) avec laquelle il aborde l'automne (qui) « s'engrandeuille », les « violuptés à vif », ce temps de « l'éternullité » que l'on passera à souffrir, cette manière qui n'appartient qu'à lui de « boulevarder ». Je ne sais pas si Laforgue se réjouissait tant que cela d'avoir à assumer l'emploi de créateur d'école littéraire. C'est peut-être afin de se sentir seul qu'il invente une langue « Klop, klip, klop, klip, klop », « bim ban, bim ban », langage de timide, d'homme en proie à des peurs abstraites, et c'est encore en cela qu'il est notre contemporain. Autre chose : Laforgue est du côté de ceux qui spleenent. Il porte en lui l'ennui d'être au monde, dandy parmi des boutiquiers que la culture indiffère. Qu'on pense à ce vers :* « Je m'ennuie, natal ! je m'ennuie », *qui résume parfaitement son désarroi. Doit-on le comparer au spleen baudelairien ? Sans doute. Mais chez Laforgue l'ennui est toujours accompagné, voire précédé, de son double, l'humour, véritable force qui propulse le poète vers l'écriture et lui permet, dès lors, de rêver d'autre chose : de la lune, par exemple. Si j'aime tant ce poète, c'est bien parce qu'il assimile tous les infra-langages et langues du dessous qui existent dans les grandes villes et notamment à Paris. La modernité de Laforgue se mesure également là, dans cette manière (j'allais écrire « aristocratique ») avec laquelle il fait entrer l'argot dans le vocabulaire poétique, l'argot et le réel trivial, sans oublier* « L'alcool, les cuivres chauds des alambics ; les bières... L'opale des crachats et le plomb des réveils ». *En même temps, il refuse la béatification qui ferait de lui un maudit officiel sur le destin duquel les femmes pleureraient. Les femmes ! Il va tenter un rapprochement d'abord purement amical avec ces êtres qui le terrorisent, le font ricaner avant qu'il se mette à sangloter. Est-ce pour enfin les comprendre, s'en faire des alliées, qu'il se transforme en Pierrot lunaire, personnage asexué, contemplatif, n'agissant en rien sur la marche d'un monde qui le dépasse ? Lord Pierrot, celui qui, ouvertement, se moque de l'amour, c'est avant tout un Laforgue pudique, ironique et solitaire. Chez lui se conjuguent le soutier, l'humoriste désespéré, l'adulte qui souffre encore de ses peines enfantines, le marchand d'habits, le joueur de ritournelles, l'observateur social implacable. Sa poésie, si légère, si aérienne, si feuille au vent d'automne va, avec une élégance rare, intervenir dans nos vies. C'est bel et bien un tendre que l'existence a durci. Je ne pense pas qu'on puisse l'aimer si, en même temps, on n'est pas amoureux de Paris. Sa ville d'adoption. Celle où il a souffert et aux habitants de laquelle il a emprunté leur gouaille. C'est un homme des trains et des voyages. Mais à part l'Allemagne, l'Angleterre, qu'a-t-il vu ? Rien d'autre que la projection de ses rêves. À l'heure où, à sa fenêtre, il contemple la nuit, surgit chez lui un sentiment cosmique d'autant plus puissant qu'il est lié à la mort. Le ciel, l'espace infini ramènent sans cesse à l'obsession première : celle du cimetière, des corps allongés sous les étoiles. On peut parler d'un matérialisme absolu. Ce n'est pas par hasard qu'il a fait d'Hamlet son héros, son double, son compagnon d'amertume. Le crâne humain est très présent dès* Les Sanglots de la terre, *son premier livre. Crâne shakespearien qu'il fait voyager de poème en poème, hommage burlesque à la mort, au froid de l'éternité. Mais il est plus que temps de rappeler que cette poésie n'est jamais morbide. Elle prend appui sur une immense tendresse, des sarcasmes enfantins adressés au grand absent : le lointain Très Haut, celui qui ne répond jamais aux questions que les humains lui posent.* « Je ne crois pas à l'âme », *nous a prévenus Laforgue en frissonnant.*

SOIR DE CARNAVAL

Paris chahute au gaz. L'horloge comme un glas
Sonne une heure. Chantez ! dansez ! la vie est brève,
Tout est vain, — et, là-haut, voyez, la lune rêve
Aussi froide qu'au temps où l'homme n'était pas.

Ah ! quel destin banal ! Tout miroite et puis passe,
Nous leurrant d'infini par le Vrai, par l'Amour ;
Et nous irons ainsi, jusqu'à ce qu'à son tour
La terre crève aux cieux, sans laisser nulle trace.

Où réveiller l'écho de tous ces cris, ces pleurs,
Ces fanfares d'orgueil que l'histoire nous nomme,
Babylone, Memphis, Bénarès, Thèbes, Rome,
Ruines où le vent sème aujourd'hui des fleurs ?

Et moi, combien de jours me reste-t-il à vivre ?
Et je me jette à terre, et je crie et frémis,
Devant les siècles d'or pour jamais endormis
Dans le néant sans cœur dont nul Dieu ne délivre !

Et voici que j'entends, dans la paix de la nuit,
Un pas sonore, un chant mélancolique et bête

D'ouvrier ivre-mort qui revient de la fête
Et regagne au hasard quelque ignoble réduit.

Oh ! la vie est trop triste, incurablement triste !
Aux fêtes d'ici-bas j'ai toujours sangloté :
« Vanité, vanité, tout n'est que vanité ! »
— Puis je songeais : où sont les cendres du Psalmiste ?

AUTRE COMPLAINTE

DE LORD PIERROT

Celle qui doit me mettre au courant de la Femme !
Nous lui dirons d'abord, de mon air le moins froid :
« La somme des angles d'un triangle, chère âme,
Est égale à deux droits. »

Et si ce cri lui part : « Dieu de Dieu ! que je t'aime ! »
— « Dieu reconnaîtra les siens. » Ou piquée au vif :
— « Mes claviers ont du cœur, tu seras mon seul thème. »
Moi : « Tout est relatif. »

De tous ses yeux, alors ! se sentant trop banale :
« Ah ! tu ne m'aimes pas ; tant d'autres sont jaloux ! »
Et moi, d'un œil qui vers l'Inconscient s'emballe :
« Merci, pas mal ; et vous ? »

— « Jouons au plus fidèle ! » — « À quoi bon, ô Nature ! »
« Autant à qui perd gagne ! » Alors, autre couplet :
— « Ah ! tu te lasseras le premier, j'en suis sûre... »
— « Après vous, s'il vous plaît. »

Enfin, si, par un soir, elle meurt dans mes livres,
Douce ; feignant de n'en pas croire encor mes yeux,

J'aurai un : « Ah ça, mais, nous avions De Quoi vivre !
C'était donc sérieux ? »

COMPLAINTE

DE L'OUBLI DES MORTS

Mesdames et Messieurs,
Vous dont la mère est morte,
C'est le bon fossoyeux
Qui gratte à votre porte.

Les morts
C'est sous terre ;
Ça n'en sort
Guère.

Vous fumez dans vos bocks,
Vous soldez quelque idylle,
Là-bas chante le coq,
Pauvres morts hors des villes !

Grand-papa se penchait,
Là, le doigt sur la tempe,
Sœur faisait du crochet,
Mère montait la lampe.

Les morts
C'est discret,
Ça dort
Trop au frais.

Vous avez bien dîné,
Comment va cette affaire ?
Ah ! les petits mort-nés
Ne se dorlotent guère !

Notez, d'un trait égal,
Au livre de la caisse,
Entre deux frais de bal :
Entretien tombe et messe.

C'est gai,
Cette vie;
Hein, ma mie,
Ô gué?

Mesdames et Messieurs,
Vous dont la sœur est morte,
Ouvrez au fossoyeux
Qui claque à votre porte;

Si vous n'avez pitié,
Il viendra (sans rancune)
Vous tirer par les pieds,
Une nuit de grand'lune!

Importun
Vent qui rage!
Les défunts?
Ça voyage...

L'HIVER QUI VIENT

Blocus sentimental! Messageries du Levant!...
Oh, tombée de la pluie! Oh! tombée de la nuit,
Oh! le vent!...
La Toussaint, la Noël, et la Nouvelle Année,
Oh, dans les bruines, toutes mes cheminées!...
D'usines...

On ne peut plus s'asseoir, tous les bancs sont mouillés ;
Crois-moi, c'est bien fini jusqu'à l'année prochaine,
Tant les bancs sont mouillés, tant les bois sont rouillés,
Et tant les cors ont fait ton ton, ont fait ton taine !...

Ah, nuées accourues des côtes de la Manche,
Vous nous avez gâté notre dernier dimanche.

Il bruine ;
Dans la forêt mouillée, les toiles d'araignées
Ploient sous les gouttes d'eau, et c'est leur ruine.

Soleils plénipotentiaires des travaux en blonds Pactoles
Des spectacles agricoles,
Où êtes-vous ensevelis ?
Ce soir un soleil fichu gît au haut du coteau
Gît sur le flanc, dans les genêts, sur son manteau,
Un soleil blanc comme un crachat d'estaminet
Sur une litière de jaunes genêts,
De jaunes genêts d'automne.
Et les corps lui sonnent !
Qu'il revienne...
Qu'il revienne à lui !
Taïaut ! Taïaut ! et hallali !
Ô triste antienne, as-tu fini !...
Et font les fous !...
Et il gît là, comme une glande arrachée dans un cou,
Et il frissonne, sans personne !...

Allons, allons, et hallali !
C'est l'Hiver bien connu qui s'amène ;
Oh ! les tournants des grandes routes,
Et sans petit Chaperon Rouge qui chemine !...
Oh ! leurs ornières des chars de l'autre mois,
Montant en don quichottesques rails
Vers les patrouilles des nuées en déroute

Que le vent malmène vers les transatlantiques
bercails !...
Accélérons, accélérons, c'est la saison bien connue,
cette fois.
Et le vent, cette nuit, il en a fait de belles !
Ô dégâts, ô nids, ô modestes jardinets !
Mon cœur et mon sommeil ; ô échos des cognées !...

Tous ces rameaux avaient encor leurs feuilles vertes,
Les sous-bois ne sont plus qu'un fumier de feuilles
mortes ;
Feuilles, folioles, qu'un bon vent vous emporte
Vers les étangs par ribambelles,
Ou pour le feu du garde-chasse,
Ou les sommiers des ambulances
Pour les soldats loin de la France.

C'est la saison, c'est la saison, la rouille envahit les
masses,
La rouille ronge en leurs spleens kilométriques
Les fils télégraphiques des grandes routes où nul ne
passe.

Les cors, les cors, les cors — mélancoliques !...
Mélancoliques !...
S'en vont, changeant de ton,
Changeant de ton et de musique,
Ton ton, ton taine, ton ton !...
Les cors, les cors, les cors !...
S'en sont allés au vent du Nord.

Je ne puis quitter ce ton : que d'échos !...
C'est la saison, c'est la saison, adieu vendanges !...
Voici venir les pluies d'une patience d'ange,
Adieu vendanges, et adieu tous les paniers,
Tous les paniers Watteau des bourrées sous les
marronniers,

C'est la toux dans les dortoirs du lycée qui rentre,
C'est la tisane sans le foyer,
La phtisie pulmonaire attristant le quartier,
Et toute la misère des grands centres.

Mais, lainages, caoutchoucs, pharmacie, rêve,
Rideaux écartés du haut des balcons des grèves
Devant l'océan de toitures des faubourgs,
Lampes, estampes, thé, petits-fours,
Serez-vous pas mes seules amours !...
(Oh ! et puis, est-ce que tu connais, outre les pianos,
Le sobre et vespéral mystère hebdomadaire
Des statistiques sanitaires
Dans les journaux ?)

Non, non ! C'est la saison et la planète falote !
Que l'autan, que l'autan
Effiloche les savates que le Temps se tricote !
C'est la saison, Oh déchirement ! c'est la saison !
Tous les ans, tous les ans,
J'essaierai en chœur d'en donner la note.

LE BRAVE, BRAVE AUTOMNE

Quand reviendra l'automne
Cette saison si triste
Je vais m'la passer bonne
Au point de vue artiste.

RENÉ GHIL

(1862-1925)

par Mathieu Bénézet

Et tends tes vides doigts qui tâtonnent de naître

R. G.

René Ghil est de ceux qui ont le plus gravement et définitivement rêvé la poésie. Dix ans après sa disparition, Paul Valéry soulignera une «pensée réfractée dans son homme et portée au plus haut point de cohérence par l'intimité prolongée avec un vaste dessein». Qui fut René Ghil, qui, âgé de vingt-quatre ans, publie en 1886, à Paris, Traité du verbe *avec «Avant-dire de Stéphane Mallarmé», fait unique de la part du maître de la rue de Rome? Celui que Verlaine salua, dans* Les Hommes d'aujourd'hui, *en ces termes: «René Ghil représente la génération levante d'ouvriers en vers, et fortement, par l'exemple et le précepte».... Le «bel oublié» selon les* Chroniques du bel canto *d'Aragon, cité par Breton, Paul Eluard... Ghil, connu de son vivant en Tchécoslovaquie, en Arménie, en Russie où il collabora à la revue* Viessy *(«La balance») dirigée par son ami Konstantin Balmont, Ghil qui aurait «influencé» le poète Aleksandr Blok... Ghil dont la «répercussion des idées» se fit sentir sur le Verhaeren des* Villes tentaculaires, *sur le futurisme de Marinetti, le simultanéisme de Barzun ou le cubisme d'Apollinaire, pour qui André Spire ou le premier Pierre Jean Jouve eurent des affinités... Théoricien dans le* Traité du verbe *de l'instrumentation verbale, auteur de l'*Œuvre-Une, *dont tous les livres — à l'exception de* Légende d'âmes et de sangs *(1885) et du* Pantoun des pantoun *— furent publiés sous le titre générique:* ŒUVRE...

Ghil le Poitevin, passant de longs mois dans la petite cité de Melle, dans sa «vaste maison bourgeoise» du Sablet, que longeait la voie ferrée de Niort à Ruffec :

Un soir de vastités où sourdonnante meuve
sa durée,
le Train qui longtemps stoppa — mut
le stagnant ordre du métal où l'âme existe
tintamarrant en le départ loin alarmiste
de ses deux phares exagérant et la nuit
et le Temps, où sourdonnante et stridente luit
sa durée...

*Telle sera «l'instrumentation verbale» quand, après avoir emprunté au sonnet des «Voyelles» d'Arthur Rimbaud, Ghil tentera de définir une valeur imitative du langage triple : graphique, chromatique et phonétique; corrigeant Rimbaud (!) : «l'erreur d'avoir sous la voyelle si évidemment simple, l'*U*, mis une couleur composée, le vert»; ajoutant aux couleurs les instruments : «*A*, les Orgues; *E*, les harpes...»; continuant par les diphtongues, les voyelles composées : «*IÉ*, *IE* et *IEU* sont pour les violons angoissés»; les consonnes : «pour les Harpes les *T* et *D* stériles», etc., pour que sorte de «l'épreuve l'intuitive ingénuité du poète». Ghil qui vivra en polémique avec les symbolistes (auxquels on ne cessera de l'amalgamer, et aujourd'hui encore!), leur reprochant de cultiver un «faux idéalisme», stigmatisant la duperie du «symbole poétique». Ghil qui recherchera le Grand Poème Architectural — et aujourd'hui son «héritage» semble du côté de la poésie américaine : Pound qui aura connaissance de son œuvre, mais aussi Zukofsky, William Carlos Williams... Ghil, barbare iconoclaste, soumettant la syntaxe à de fortes torsions, usant de néologismes, manifestant une impudence irrémédiable à violer le génie de la langue!... Ghil des évocations d'usines, de temps préhistoriques, Ghil invoquant Shiva «Dieu dans sa roue», Ghil le «cosmique» dont le poème appelle la psalmodie. Poète de l'Humanité, poète «retiré» de la rue Lauriston où il avait ses vendredis (après les mardis de Mallarmé qu'il avait fréquentés...). Ghil, figure terminale du symbolisme dont il porta à l'excès le fonds poétique et prosodique. Par ses hiatus, sans discontinuer, Ghil désaccorde et fausse l'instrument. La «pratique» de l'instrumentation verbale* *dépasse ses propres lois. Il n'y a pas chez Ghil de ces naïvetés fin de siècle qui entachent la lecture de nombre de ses contemporains : une exigence jusqu'à la folie, non pas une rythmique du sens mais une rythmique de l'étrangeté. Une poétique de l'écart qui ouvre sans cesse toute la question poétique. Une aberration prosodique, si souvent, jamais au même titre que celle de Boris Pasternak («Allez-y voir!»). Et cela, définitivement...*

LE GESTE INGÉNU

(extrait)

Quand s'allume en soleil le doute de la moire :

des paresses longtemps permises, qu'on émeuve —
Yeux revenus et doigts agrippant le réel !
le mirage léger en l'immémoire veuve...

Et luisent sous les longs Réveils, des souvenirs
selon l'esseulement splendide d'un seul rêve
loin épars dans la nuit qui de roses griève
dort sur l'étang, entre des rives sans soupirs...

Mainte image se perd en la lumière neuve :
ouïs les mille oiseaux du nid universel...

Inerte vaguement de leurs âmes perplexes :
heurs adelphiques et sourires sororaux
doux élargis du pur néant des vagues sexes
un vœu de gestes monte en vol de ramereaux...

Et se disperse au gré d'aérïenne envie
une âme de miroir, lente et loin prolongeant
un départ simple d'eaux et de saules plongeant
de déliés moments de puérile vie.

Mutuelles, et vers les lèvres sans l'ardeur
triste et sonore du serment qui les rend pâles !
maintes naïves mains de rire et de splendeur
mêlent en le soleil un tendre émoi d'opales :

ouïs les mille oiseaux du nid universel...

Ouïs les mille oiseaux du nid universel :

Voilà que les ruisseaux gazouillent dans les plaines :
tranquilles sous l'heureux mariage des doigts
aux pâturages des matins et des haleines
allez d'un vague et doux déroulement de voix

troupeaux du non-savoir et vos timides laines...

LE VŒU DE VIVRE

(extraits)

Un soir de vastités où sourdonnante meuve
sa durée,
                    le Train qui longtemps stoppa — mut
le stagnant ordre du métal où l'âme existe
tintamarrant en le départ loin alarmiste
de ses deux phares exagérant et la nuit

et le Temps, où sourdonnante et stridente luit
sa durée...

Épandant en départs de la lumière veuve :
il partit sursautant et plaquant, dans l'erreur
parallèle et normale —
véhémentement et sans ventée : et muante
la nuit le prend, et au loin tourne la houlante
haleine avant diluëment, qui lent-parut
l'angoisse d'une aurore attardée en torpeur
que ne meuve et ne rompe ventée, en la nuit...

Et l'Homme des Villages s'en est allé.
Vides
ses rêves, de la voix qui en les longs gaulis
remémore le nom d'Aïeux ensevelis !
il s'en allait, lui grand parmi les plus valides
visage aux nuits, et seul ! et les pas lourd-emplis.

FINALE

(extraits)

Mourez, ô les Mères ! mourez du
cœur !
Aux soirs de l'août par tout ovaire
qui saignent l'être sur les terroirs
entrez tranquilles parmi la terre
de qui aux vôtres les saints devoirs
s'unirent : par les Fils, de l'ovaire
épuisant qui sortirent, et du
cœur,

l'honneur maxime vous est dû!
entrez tranquilles parmi la terre...

Entre les Bâtiments et la Maison, — devant
l'aire sous le hangar où métallique-sourde
sourdonne la Batteuse vite-roulant, dur
qui pleuve l'averse du grain nu : le gars sur
le Manège, hâte d'aiguillon l'une et lourde
allure des tournants Bovins, en un mouvant
vertige de soleil, — et pétille de luire
en tas hispide de lumière allumant les
poussières, la paille neuve : et
ventile et vire
le vent, au loin stellaire des glumes des Blés...

Il n'est Bruit — que roulant-pleuvant, de la Batteuse.
Il n'est Voix — que vitupérant d'instants, l'appel
aux Bovins, endormis dans le tour éternel
dont tourne l'engrenage aux dents entrantes :

creuse
d'Yeux, et narines éteintes,
et, de dans la
chute aux pertes de soi, ouvrant et sur la Vie
crispant les terreurs digitales,
or, la Mère
est en son agonie, la Mère de toute
la Maison! sur le lit haut aux quadrangles hauts
où tant de mères pour mourir ou mettre au monde
plaignirent au milieu des sueurs et des travaux
à lente voix : la Mère est en son agonie
et la nuit de ses Fins,
palpitante l'envoûte —
qui sort et s'étend d'elle vers l'alentour-sphère
où tonnent des orages : nuit, où seule et ronde

lutte de s'éteindre une lueur, qui est son
cœur!...

Mourez, ô les Mères! mourez du
cœur! — Aux soirs de l'août par tout ovaire
qui saignent l'être sur les terroirs
entrez tranquilles parmi la terre...

★

Les vieilles voix sont aux sens des hommes, le soir...

un soir, qu'on entendait plangorer vers l'ouverte
terre des Blés, et aller les trains — doux à voir
épandre dans une suite luisante, à perte!
leurs saluts élongés vers l'azur...

Et, la main
vide d'œuvre, et les Yeux inquiëts de demain :
rêvant le train pareil à l'autre, hors des heures
d'antan qui l'emporta vers les Villes, meilleures
qui l'avait dit, hélas! il vient d'ouïr :
c'est Elle
attirante et qui parle à l'ingrat! immortelle —
elle, des terroirs et plaintes la dense Voix...

[Longs, le long des routes des vieux rouliers adroits...
le long des routes qui s'en vont ailleurs, et aillent!
nos gestes, aux oiseaux automnaux qui tournaillent
que nous levons en espérant, au long (et aillent!)
au long de lents et roux soleils, et de sillons :

quand les herses vont lentes et vont, — pour que vaillent
temps d'épis, ondements murmurants d'épis! aillent
nos gestes de semailles emplissant vallons :
vallons de la patrie, vallons!...

Semons à la Terre qui multiplie (et aillent!
nos gestes de semailles illuminateurs!)
la graine de tous nos sangs latents et meilleurs
qui va naître prenant la vertu nourrissante
des soleils! — Semons à plein vouloir, des hauteurs
pleines de notre espoir à mûre aurore, issante :

de nos gestes de semailles larges et longs
semons en allant!...

Luxurie et nous honore
la nuit, la nuit mouvante où se luit en mouvant
l'énergie resurgissante — en vent de vent
au long des maturités d'or : et
c'est l'aurore
d'épis mûrs, et, d'allégresse où nous ondulons!
temps d'épis, ondements muants d'épis! levant

(et en août houleront au loin d'aoûteurs, les doutes
des trompes appelant au retour par les routes)

levant de nos gestes allants, en nos vallons :
vallons de la patrie, vallons!]

— Des vieux Âges
c'est elle, des terroirs la Voix lui répondant
du dedans de ses veines au grand pouls d'émois :
cependant —
(mais qu'étranger il irait aux soirs des Villages
rentrés, qui de mémoire attentive et distante
environneraient réprouvants, ses haines
comme
Brandons sous les meules! et qu'il deviendrait l'homme
que repoussent les Toits vers les Villes dont il
sort!)

cependant, parmi l'universel exil
dont il rendit désert l'horizon qui le vente —
que l'un après l'autre démarrants, il entend
vers les disques long-ululer, les Trains partant...

MAX ELSKAMP
(1862-1931)

par Guy Goffette

Le port d'Anvers a bien changé en un siècle et demi, et ses matelots, ses petites gens, ses bars à putains aussi, rentabilité oblige. Mais ni l'Escaut qui s'en va toujours voir la mer sans se presser, ni les ciels gris et bas qui accrochent leurs nuages aux mâts des clochers, des beffrois, des navires, nul n'a laissé le temps lui tourner la tête. Et pas plus qu'eux, les poèmes de Max Elskamp qui déclina sa vie et ses rêves d'aventures au fil des jours et des canaux comme un jeu de reflets, un jeu de regrets.

Né au cœur de la vieille ville en 1862, Max Elskamp y mourra en 1931. C'est tout juste s'il s'est permis d'en quitter les murs à deux reprises, la mort dans l'âme. La première fois, embarqué sur un cargo de minerai vers Gênes et Istanbul, pour oublier sa Marie d'amour et se noyer dans les bras de « sirènes de commerce » ; la seconde, pour un exode en Hollande lors de la Première Guerre mondiale. Deux ruptures en tout et pour tout dans une existence solitaire et mélancolique, entièrement vouée à l'artisanat du livre (bois gravés, enluminures), à sa passion pour l'imagerie populaire, les chansons de rue, le folklore, et à ses collections d'outils traditionnels, d'objets de marine, cadrans solaires, astrolabes, et d'estampes japonaises. Deux ruptures productrices de poèmes, deux. Entre elles et après : l'exil comme en un long dimanche. Dans sa langue, dans son pays, dans sa ville, dans sa tête, avec la démence au bout et la conversation muette des masques et des murs.

Sous l'influence conjuguée de Verlaine et de Mallarmé, et parce qu'il aurait aimé chanter dans la langue du peuple, le flamand qu'il ignorait, Max Elskamp s'est inventé un français bien à lui, « puisque le belge n'existe point », un français un peu médiéval par les tournures et les archaïsmes qu'il affectionnait et par son goût pour les Vierges, les saints et les anges enluminés ; un peu baroque aussi par sa façon de bousculer — « byzantiniser », disait-il — une syntaxe française trop classique et trop claironnante à son oreille de « pauvre homme de Flandre ».

Peu lui importera que son expression soit correcte, pourvu qu'elle soit suggestive, comme dans

J'ai triste d'une ville en bois

ou dans

Il fait dimanche, mes femmes
Et ma ville, dormez-vous ?

pourvu que son vers ait le pied marin, épouse la vague ou tangue comme aux jours de kermesse les doux poivrots et les femmes des « maisons mauvaises ».

De là, cette voix comme d'enfant, savamment naïve et souple et poignante quand il chante les heures de sa ville, ses rues, ses quais, ses canaux et quand il célèbre tous ses saints, ceux des matelots, des petits métiers, des servantes et des catins ; cette voix rêveuse et mélancolique de moussaillon à l'ancre qui égrène avant Cendrars et Apollinaire les noms des villes lointaines et des îles imaginaires ; cette voix à la fin comme ciselée dans le sel des larmes par un vieux diamantaire éperdu, voix singulière que rien n'a pu gauchir : ni le succès qui ne vint jamais, ni les salons littéraires qu'il refusa de fréquenter, et qui demeure une des plus rares et sauvagement pures du symbolisme, aussi déchirante que la corne de brume quand elle appelle dans les soirs gris et que le cœur nous fend.

DOMINICAL

(extrait)

Je n'ai plus de ville, Elle est soûle
Et pleine de cœurs renégats,
Aux tavernes de Golgotha,
J'en suis triste jusqu'à la mort;
Je n'ai plus de ville, Elle est soûle.

Mon Dimanche est mort pour de bon;
Dans les armoires de mes torts
Mes robes ont changé de ton,
Vides, les robes de ma mort
Sont mortes et pour tout de bon.

Et sont mortes les bien-aimées;
Et ma seule religion,
Aux huiles d'extrême-onction,
Va mourir loin des bien-aimées;
La mort meurt et les bien-aimées.

Et tout vit, pour que bien s'annule
La chair dans les robes qui brûlent,

Où les baisers même sont mal ;
Et tout vit, pour que bien s'annule
La chair dans les robes qui brûlent.

SIX CHANSONS DE PAUVRE HOMME POUR CÉLÉBRER LA SEMAINE DE FLANDRE

Un pauvre homme est entré chez moi
Pour des chansons qu'il venait vendre,
Comme Pâques chantait en Flandre
Et mille oiseaux doux à entendre,
Un pauvre homme a chanté chez moi,

Si humblement que c'était moi
Pour les refrains et les paroles
À tous et toutes bénévoles,
Si humblement que c'était moi
Selon mon cœur comme ma foi.

Or, pour ces chansons, les voici,
Comme mon âme, la voilà,
Sainte Cécile, entre vos bras ;
Or, ces chansons bien les voici,
Comme voilà bien mon pays

Où les cloches chantent aussi
Entre les arbres qui s'embrassent
Devant les gens heureux qui passent,
Où les cloches chantent aussi
Des Dimanches aux Samedis ;

Et c'est pour toute une semaine
Qu'ici mon cœur, sur tous les tons,
Chante les joies de la saison,
Et c'est dans toute une semaine
Où chaque jour a sa chanson.

ENLUMINURES

(extrait)

ET CONNAIS-TU MARCO LA BELLE ?

Et connais-tu Marco la belle,
et nonne voulez-vous danser,
et c'est le lys de la venelle
que l'on dit ici en été,

et puis encor, quand il fait froid,
les pauvres Deux enfants de Roi
qui s'aimaient tant que c'est vraie croix
les chanter, même à basse voix.

Mais connais-tu la ritournelle
qui fait rues pleines et gens soûls,
en Flandre toute aux hirondelles
quand les Géants sortent en août,

et puis encor la bienheureuse
chanson si douce où c'est, de nuit,
passant sous la fenêtre heureuse
l'eau complice du bon ami ;

or, connais-tu — c'est la plus belle —
Anna-la-lune avec ses pies ?

Mais alors chantent aux ruelles
les enfants autour des bougies.

SOUS LES TENTES DE L'EXODE

(extrait)

Île de Tholen, île en rond,
Sur la mer ainsi qu'en voyage,
Île de Tholen, île en blond,
De tous nos jours ici si longs,

Verte ou bleue suivant la saison,
Mauve quand passent les nuages,
Île de Tholen, île en rond,
Tous les jours à notre horizon.

Île d'hiver, automne, été,
Sur l'eau comme un poisson qui nage,
Levant tel un dos argenté
Les dunes claires de ses plages,

Île, où quand ventre crie famine,
C'est nous qui marchons dans la lande,
Pour voir moulins faire farine
Là-bas sur la mer de Zélande,

Île ici qui par tous les temps
De vent, de gel ou de bruine,
Comme la vie, ailes tournant,
Moud à chacun pain noir ou blanc.

LA CHANSON
DE LA RUE SAINT-PAUL

(extrait)

C'est ta rue Saint-Paul
Celle où tu es né,
Un matin de Mai
À la marée haute,

C'est ta rue Saint-Paul,
Blanche comme un pôle,
Dont le vent est l'hôte
Au long de l'année.

Maritime et tienne
De tout un passé,
Chrétienne et païenne
D'hiver et d'été,

Le fleuve est au bout
Du ciel qu'on y voit,
Faire sur les toits
Noires ses fumées,

De grands vaisseaux roux
De rouille et d'empois,
Y tendent leurs bras
De vergues croisées,

Maritime en tout
L'air que l'on y boit,
Sent avec la mer
Le poisson sauré,

C'est ta rue Saint-Paul
Ta rue bien aimée,
Où le fleuve amer
Monte ses eaux hautes,

C'est ta rue Saint-Paul
Blanche comme un pôle,
Et dont tu fus l'hôte
Pendant des années.

LES DÉLECTATIONS MOROSES

(extraits)

LES NEFS

Le ciel est bleu, le jour est clair,
Des vaisseaux s'en vont sur la mer,

Et Dieu sait quand ils reviendront!

Ils sont partis dans la lumière
Voiles tendues à vent d'arrière,

Aux mâts hissés leurs pavillons;

Et bonnettes mises dehors,
Pour gagner sur le vent qui dort,

Dans l'air où luit, rit le soleil;

Et c'est flots qui chantent amour
Et venus chacun à leur tour,

En leurs longues robes vermeilles.

Or temps alors et qui n'importe
Dans la joie qu'aller leur apporte,

Ainsi qu'oiseaux ailes tendues,

Au monde sur des chemins clairs
Et transparents comme du verre,

Qui leur montrent la mer à nu ;

C'est aux horizons bleus qu'ils cherchent
Dans la brise à haleine sèche,

Le port aux îles attendues.

Mais jours alors et temps qui passent
Chaleur montée qui fait chair lasse,

Et qui dit le havre approché,

C'est, un jour, le quai que l'on touche,
Et joie, comme il est pour la bouche,

Du pain qui fait faim apaisée.

LE BAR

C'est Monsieur Ying qui vend du thé,
Dans sa boutique au bout du quai,

Assis en robe couleur prune,
À son comptoir en bois de lune,

C'est Monsieur Ying qui vend du thé,
Et du gen-seng et du saké,

Avec la tresse au dos qu'il a
Parfumée d'huile au camélia.

Or sous son front, ses yeux obliques
Et rangées comme un clavier blanc,

C'est Monsieur Ying à la pratique,
Qui sourit, les montrant ses dents,

Tandis que ses doigts, ongles longs,
Plongent dans des coffrets de laque,

Où sont peints en or des dragons
Que des serpents enroulés traquent,

Pour en tirer Péko, Souchong,
Hang-Kai ou bien encor Hysong,

Selon que c'est thé vert ou noir
Qu'il agrée au client d'avoir.

Mais dans un long kimono bleu
Est là Madame Yiang, sa femme,

Avec du khôl autour des yeux
Qui disent feu, qui jettent flammes,

Et c'est de soir, ceux des navires,
Qui viennent prendre place aux tables,

Boire Saké s'ils le désirent,
Ou bien, s'il leur est agréable,

Aimer, venue la fin du jour;
Car lors dans la fraîcheur qui naît,

C'est Monsieur Ying, qui vend du thé
Et Madame Yiang, elle, l'amour.

PAUL-JEAN TOULET

(1867-1920)

par Jacques Réda

Toute la grâce de la poésie française est venue vibrer dans son cristal. Vibrato si serré qu'on l'a jugé peu perceptible, et lui préfère en général de grandes orgues, des pianos par exprès ou non désaccordés. Toulet paraît mince ; ses thèmes, rebattus : regrets du temps qui passe, qui a passé, transformant en tendresse dans la mémoire les cruautés de l'amour charnel. Mais parce qu'il a voulu et su rester mince, cambré mais léger, fuir avec la rapidité du trait la moindre menace d'enflure lyrique, l'accent de la mollesse élégiaque en sort réaiguisé. Pas question de se commettre. Plutôt (et même avec plaisir, avec une autre sorte de pose d'aristocrate parfois indolent ou canaille), prendre le risque d'avoir l'air frivole, dédaigneux. Alors séduit par l'épigramme, ce qui part chez lui du boulevard peut aboutir sous la majesté sévère du Portique, de même que la pénombre moite d'une alcôve basculer devant le vertige de la nuit.

Exact contemporain de l'auteur des Cinq grandes odes, *il n'a posé sur le plateau, en regard de* La Muse qui est la Grâce, *que Faustine ou Boudroulboudour. Or ma balance hésite. Entre la luxuriance et le déferlement du verset claudélien, et cette réduction de l'élan à sa trace dans un distique, il n'y a d'ailleurs pas à choisir. Claudel est souffle ; Toulet, un pas de mélancolie dansant. Et un seul pas de côté a créé le prodige discret de la* contrerime. *Dans ces strophes où alternent les vers de huit et six syllabes, personne, je crois, jusqu'à lui, n'avait songé à substituer aux rimes croisées un embrassement. C'est à peine une trouvaille technique : une glissade par où son génie évite les dangers d'une plate perfection. La reprise de la seconde rime au troisième vers impose comme un ralentissement à l'essor amorcé d'une valse, l'ébauche d'un rythme de pavane un peu voluptueux. Presque tout le charme de Toulet tient dans cette rencontre d'un suspens et d'un abandon que l'on pourrait dire inflexible. Ailleurs, il marie d'amour des mesures (de huit et neuf, de onze et de douze) qui devaient à jamais se haïr. Mais souplesse et rigueur de la ligne évoluent en harmonie avec les sons. La langue transpose alors en «poésie», qui a son bien et n'a pas à le vouloir «reprendre à la musique», le langage en tant que phénomène poétique premier.*

Ainsi, à travers certaine sorcellerie métrique et phonétique, se dégage cette langue «autre» que le poème parle quelquefois au plus intime du sens qu'il ne peut quitter sans se perdre, profitant ici de la minceur que le sens affecte et que l'on tend à dépriser. Mais cinq siècles de langue française désiraient ce pur accomplissement.

LES CONTRERIMES

(extraits)

Avril, dont l'odeur nous augure
Le renaissant plaisir,
Tu découvres de mon désir
La secrète figure.

Ah, verse le myrte à Myrtil,
L'iris à Desdémone :
Pour moi d'une rose anémone
S'ouvre le noir pistil.

★

Ces roses pour moi destinées
Par le choix de sa main,
Aux premiers feux du lendemain,
Elles étaient fanées.

Avec les heures, un à un,
Dans la vasque de cuivre,
Leur calice tinte et délivre
Une âme à leur parfum

Liée, entre tant, ô Ménesse,
Qu'à travers vos ébats,
J'écoute résonner tout bas
Le glas de ma jeunesse.

★

Dans le lit vaste et dévasté
J'ouvre les yeux près d'elle;
Je l'effleure : un songe infidèle
L'embrasse à mon côté.

Une lueur tranchante et mince
Échancre mon plafond,
Très loin, sur le pavé profond,
J'entends un seau qui grince...

★

Le Garno.

L'hiver bat la vitre et le toit.
Il fait bon dans la chambre,
À part cette sale odeur d'ambre
Et de plaisir. Mais toi,

Les roses naissent sur ta face
Quand tu ris près du feu...
Ce soir tu me diras adieu,
Ombre, que l'ombre efface.

★

Ô poète, à quoi bon chercher
Des mots pour son délire ?
Il n'y a qu'au bois de ta lyre
Que tu l'as su toucher.

Plus haut que toi, dans sa morphine,
Chante un noir séraphin.
Ma nourrice disait qu'Enfin
Est le mari d'Enfine.

★

Vous qui retournez du Cathai
Par les Messageries,
Quand vous berçaient à leurs féeries
L'opium ou le thé,

Dans un palais d'aventurine
Où se mourait le jour,
Avez-vous vu Boudroulboudour,
Princesse de la Chine,

Plus blanche en son pantalon noir
Que nacre sous l'écaille ?
Au clair de lune, Jean Chicaille,
Vous est-il venu voir,

En pleurant comme l'asphodèle
Aux îles d'Ouac-Wac,
Et jurer de coudre en un sac
Son épouse infidèle,

Mais telle qu'à travers le vent
Des mers sur le rivage
S'envole et brille un paon sauvage
Dans le soleil levant ?

★

C'était sur un chemin crayeux
Trois châtes de Provence

Qui s'en allaient d'un pas qui danse
Le soleil dans les yeux.

Une enseigne, au bord de la route,
— Azur et jaune d'œuf, —
Annonçait : Vin de Châteauneuf,
Tonnelles, Casse-croûte.

Et, tandis que les suit trois fois
Leur ombre violette,
Noir pastou, sous la gloriette,
Toi, tu t'en fous : tu bois...

C'était trois châtes de Provence,
Des oliviers poudreux,
Et le mistral brûlant aux yeux
Dans un azur immense.

★

Quand l'âge, à me fondre en débris,
Vous-même aura glacée
Qui n'avez su de ma pensée
Me sacrer les abris ;

Qui, du saut des boucs profanée,
Pareille sécherez
À l'herbe dont tous les attraits,
C'est une matinée ;

Quand vous direz : « Où est celui
De qui j'étais aimée ? »
Embrasserez-vous la fumée
D'un nom qui passe et luit ?

★

La vie est plus vaine une image
Que l'ombre sur le mur.
Pourtant l'hiéroglyphe obscur
Qu'y trace ton passage

M'enchante, et ton rire pareil
Au vif éclat des armes ;
Et jusqu'à ces menteuses larmes
Qui miraient le soleil.

Mourir non plus n'est ombre vaine.
La nuit, quand tu as peur,
N'écoute pas battre ton cœur :
C'est une étrange peine.

CHANSONS

(extrait)

L'ALCHIMISTE

Satan, notre meg, a dit
Aux rupins embrassés des rombières :
« Icicaille est le vrai paradis
Dont les sources nous désaltèrent.

La vallace couleur du ciel
Y lèche le long des allées
Le pavot chimérique et le bel
Iris, et les fleurs azalées.

La douleur, et sa sœur l'Amour,
La luxure aux chemises noires
Y préparent pour vous, loin du jour,
Leurs poisons les plus doux à boire.

Et tandis qu'aux portes de fer
Se heurte la jeune espérance,
Une harpe dessine dans l'air
Le contour secret du silence. »

Ainsi (à voix basse) parla
Le sorcier subtil du Grand Œuvre,
Et Lilith souriait, dont les bras
Sont plus frais que la peau des couleuvres.

DIZAINS

(extrait)

Ce pavé que l'Europe foule
Est gras encor du suif des morts.
Leurs os, qui n'ont plus de remords,
Y dorment au pas de la foule,
D'un sommeil noir, à pleins paniers.
— Dors-tu, Cathau, loin des charniers
Où tes crapauds, sous l'herbe verte,
Enchantaient le cœur des passants :
Toi qu'un jour l'aube, aux Innocents,
Trouva nue, et la gorge ouverte ?

COPLES

(extraits)

Boy, une pipe encor. Douce m'en soit l'aubaine
Et l'or aérien où s'étouffent les pas
Du sommeil. Mais non, reste, ô boy : n'entends-tu pas
Le dieu muet qui heurte à la porte d'ébène ?

★

Quand les os sont pareils à des roseaux légers ;
L'heure, comme une flûte au bord de la prairie :
Pavots de pourpre, ô vous dont l'ombre s'est fleurie,
Défendez-nous du jour et des pieds étrangers.

★

Admire des glaïeuls l'écarlate pointu,
Et, sous le noir cyprès, cette glycine encore.
Ça, c'est un ibiscus, dont le cœur se décore
D'une touffe d'or vert. C'est vrai : pourquoi ris-tu ?

★

Dessous le flamboyant qui couvre l'herbe nue
D'un dôme violet, où je vous vois encor
Fraîche comme l'eau vive en un brûlant décor,
Jeanne aux yeux ténébreux, qu'êtes-vous devenue ?

★

Si vivre est un devoir, quand je l'aurai bâclé,
Que mon linceul au moins me serve de mystère.
Il faut savoir mourir, Faustine, et puis se taire :
Mourir comme Gilbert en avalant sa clé.

PIERRE LOUŸS

(1870-1925)

par Sophie Loizeau

… lui, il me séduisit alors que j'étais adolescente (ce fut de ma part naïveté pure) sous la forme d'un roman, Aphrodite, *voluptueux c'est-à-dire allié à la morale antique ; nulle mieux qu'elle, Ovide, Catulle… n'a su en effet « proclamer le droit qu'a tout homme de rechercher le bonheur individuel dans les limites où il est borné par le droit semblable d'autrui, et déclarer qu'il n'y a sous le soleil rien de plus sacré que l'amour physique, rien de plus beau que le corps humain*[1] *». Ce faisant, il m'élevait dans ce sain exemple et me gardait des fausses pudeurs dont la littérature se gorge ; me tenant là par sa langue audacieuse, vinrent* La Femme et le Pantin, Psyché, *tout cela dans un beau désordre de lecture.* Trois filles de leur mère *me laissait résolument sans défense ; j'entrais dans sa chambre d'écrivain. Toujours il y eut cette ferveur sur le seuil, cet appétit à l'instant de pénétrer chez lui. Non l'excitation des débuts (s'aventurer), mais quelque chose de plus consistant, de plus mûr. Je m'offrais aux* Chansons de Bilitis *et fus certaine d'avoir rencontré un poète, de ceux qui vous favorisent, j'entends, qui vous gratifient de leur liberté en même temps qu'ils vous subjuguent par la sûreté de leur jeu. Ce répertoire antique qu'il cultiva, dont il usa à l'envi, pour autant lui fit grâce, s'enrichissant de se mêler à cette modernité toute fin de siècle, raffinée et languide.*

Bien sûr il m'eut par les sens… et puis ? C'était son plan (à mon égard, pour mon usage exclusif, me dégourdir l'esprit), l'amorce par quoi me conduire plus avant, mon consentement,

1. Pierre Louÿs, préface d'*Aphrodite*, 1896.

la possibilité d'être à ma nature fidèle, éblouie du seul fait d'écrire à l'aune de mon corps reconnaissant que la beauté du monde pouvait se produire là, et rayonner. L'inverse ne me faisait pas peur où j'étais passive et investie d'un plus vaste instinct.

LA CEINTURE CHAUDE

« Tu crois que tu ne m'aimes plus, Téléas, et depuis un mois tu passes tes nuits à table, comme si les fruits, les vins, les miels pouvaient te faire oublier ma bouche. Tu crois que tu ne m'aimes plus, pauvre fou ! »

Disant cela, j'ai dénoué ma ceinture en moiteur et je l'ai roulée autour de sa tête. Elle était toute chaude encore de la chaleur de mon ventre ; le parfum de ma peau sortait de ses mailles fines.

Il la respira longuement, les yeux fermés, puis je sentis qu'il revenait à moi et je vis même très clairement ses désirs réveillés qu'il ne me cachait point, mais, par ruse, je sus résister.

« Non, mon ami. Ce soir, Lysippos me possède. Adieu ! » Et j'ajoutai en m'enfuyant : « Ô gourmand de fruits et de légumes ! le petit jardin de Bilitis n'a qu'une figue, mais elle est bonne. »

« Épigrammes dans l'île de Chypre », Les Chansons de Bilitis, *Poésie / Gallimard.*

L'ARBRE

Je me suis dévêtue pour monter à un arbre ; mes cuisses nues embrassaient l'écorce lisse et humide ; mes sandales marchaient sur les branches.

Tout en haut, mais encore sous les feuilles et à l'ombre de la chaleur, je me suis mise à cheval sur une fourche écartée en balançant mes pieds dans le vide.

Il avait plu. Des gouttes d'eau tombaient et coulaient sur ma peau. Mes mains étaient tachées de mousse, et mes orteils étaient rouges, à cause des fleurs écrasées.

Je sentais le bel arbre vivre quand le vent passait au travers ; alors je serrais mes jambes davantage et j'appliquais mes lèvres ouvertes sur la nuque chevelue d'un rameau.

« Bucoliques en Pamphylie », ibidem.

LA PETITE MARCHANDE DE ROSES

Hier, m'a dit Naïs, j'étais sur la place, quand une petite fille en loques rouges a passé, portant des roses, devant un groupe de jeunes gens. Et voici ce que j'ai entendu :

« Achetez-moi quelque chose. — Explique-toi, petite,

car nous ne savons ce que tu vends : toi ? tes roses ? ou tout à la fois ? — Si vous m'achetez toutes ces fleurs, vous aurez la mienne pour rien.

— Et combien veux-tu de tes roses ? — Il faut six oboles à ma mère ou bien je serai battue comme une chienne. — Suis-nous. Tu auras une drachme. — Alors je vais chercher ma petite sœur ? »

Et toutes deux ont suivi ces hommes. Elles n'avaient pas de seins, Bilitis. Elles ne savaient même pas sourire. Elles trottaient comme des chevreaux qu'on emmène à la boucherie.

« Épigrammes dans l'île de Chypre », ibidem.

LES SEINS DE MNASIDIKA

Avec soin, elle ouvrit d'une main sa tunique et me tendit ses seins tièdes et doux, ainsi qu'on offre à la déesse une paire de tourterelles vivantes.

« Aime-les bien, me dit-elle ; je les aime tant ! Ce sont des chéris, des petits enfants. Je m'occupe d'eux quand je suis seule. Je joue avec eux ; je leur fais plaisir.

« Je les douche avec du lait. Je les poudre avec des fleurs. Mes cheveux fins qui les essuient sont chers à leurs petits bouts. Je les caresse en frissonnant. Je les couche dans la laine.

« Puisque je n'aurai pas d'enfants, sois leur nourrisson, mon amour, et, puisqu'ils sont si loin de ma bouche, donne-leur des baisers de ma part. »

« *Élégies à Mytilène* », ibidem.

LA PETITE ASTARTÉ DE TERRE CUITE

La petite Astarté gardienne qui protège Mnasidika fut modelée à Camiros par un potier fort habile. Elle est grande comme le pouce, et de terre fine et jaune.

Ses cheveux retombent et s'arrondissent sur ses épaules étroites. Ses yeux sont longuement fendus et sa bouche est toute petite. Car elle est la Très-Belle.

De la main droite, elle désigne sa divinité, qui est criblée de petits trous sur le bas-ventre et le long des aines. Car elle est la Très-Amoureuse.

Du bras gauche elle soutient ses mamelles pesantes et rondes. Entre ses hanches élargies se gonfle un ventre fécondé. Car elle est la Mère-de-toutes-choses.

« *Élégies à Mytilène* », ibidem.

LE TOMBEAU DES NAÏADES

Le long du bois couleur de givre, je marchais ; mes cheveux devant ma bouche se fleurissaient de petits glaçons, et mes sandales étaient lourdes de neige fangeuse et tassée.

Il me dit : « Que cherches-tu ? — Je suis la trace du satyre. Ses petits pas fourchus alternent comme des trous dans un manteau blanc. » Il me dit : « Les satyres sont morts.

« Les satyres et les nymphes aussi. Depuis trente ans il n'a pas fait un hiver aussi terrible. La trace que tu vois est celle d'un bouc. Mais restons ici, où est leur tombeau. »

Et avec le fer de sa houe il cassa la glace de la source où jadis riaient les naïades. Il prenait de grands morceaux froids, et, les soulevant vers le ciel pâle, il regardait au travers.

« Bucoliques en Pamphylie », ibidem.

ALFRED JARRY
(1873-1907)

par Christian Prigent

*Le théâtre de Jarry masque le reste de l'œuvre. Ubu, cependant, ne trône qu'étayé de ce reste : les poèmes (*Les Minutes de sable mémorial*), les récits symbolistes (*Faustroll*), les cartouches autobiographiques de* L'Amour absolu. *Voici alors un mixte improbable de sophistication ésotérique surjouée et de trivialité goguenarde, de burlesque mirliton et d'hermétisme spéculatif. Cette cohabitation énigmatique fixe le* motif *qui fait écrire Jarry — mais en tant qu'infixable : rétif à toute identité (de genre, de registre, de style). Comme si ce motif ne pouvait se saisir que pour autant qu'il défait les formes instituées. Comme si l'œuvre entière, alors, était la trace de cette défaillance. Comme si elle était la figure d'une différence radicalement innommable — sans l'appel de laquelle, pourtant, aucun nom ne s'énoncerait, aucune logique ne se formerait, aucun texte ne s'écrirait. Là réside la modernité de Jarry.*

Jamais il n'est plus poétiquement vivant que dans ses écrits autobiographiques. C'est qu'il fallait la puissance de concentration et d'ellipse séculairement fomentée par l'exercice de la Dichtung, pour former en vérité les représentations concertées d'une vie d'homme. C'est-à-dire pour incarner dans ce mixte de luminosité fulgurante, d'opacité irréductible et d'idiotie narquoise dont se trame l'illumination *poétique les* motifs *d'une vie à la fois posée parmi les choses et symboliquement projetée à distance des choses par la sommation d'avoir à les représenter.*

Peut-être ce défi poétique ne pouvait-il plus être relevé par le poème. Mallarmé en avait essoré les possibles (et déplacé les enjeux : le dispositif plastique du Coup de dé *et la prose intel-*

lectuelle des Divagations*). Jarry fait du poème un pantin caricaturalement raidi (Queneau s'en souviendra). Dans ce plat orné des afféteries kitsch du dernier symbolisme, il pose le gros sabot d'Ubu : merdRe ! Et il porte le fer de la dissension poétique dans des proses aphoristiques héraldiquement phrasées. Voilà :* ça *a eu lieu. À peu près personne, en son temps, ne s'en aperçoit (sauf pour en condamner l'obscurité). Mais cela met fin à un temps où la poésie était dans le poème (fût-il « en prose »). Après, l'énergie rythmique, assonancée et polysémique qui faisait poésie ne sera plus identifiable à ce dispositif formel (ni à cette posture d'énonciation).*

Jarry meurt en 1907. Joyce, alors, a vingt-cinq ans. Il bricole encore les petits poèmes de Chamber Music. *Dans six ans il entreprendra* Ulysse. *Les « grandes irrégularités de langage » (comme disait Georges Bataille), peut-être faudra-t-il désormais aller en constater les effets dans le roman (dans des proses narratives, qu'il sera du coup difficile de continuer à appeler « romans »). Mais la narration, le* roman, *en France du moins, n'était-ce pas d'entrée, au temps des épopées, impeccablement assonancées et décasyllabiques, affaire de* poésie *?*

LE TAIN DES MARES

Sengle avait été conduit tout petit enfant à ce pèlerinage de Sainte-Anne, et en gardait des souvenirs qui étaient plusieurs.

[...]

Il y avait au pied de l'escalier, sur une route droite, des fossés avec des mares et des grenouilles bleues, et Sengle aimait beaucoup les mares, parce qu'on ne sait jamais les bêtes qu'on y trouvera, ni même, avec le tarissement solaire, si l'on retrouvera des mares ou les mêmes mares, et qu'on croit toujours les avoir rêvées.

La première impression d'amour de Sengle fut de vagues fuyantes devant sa course.

Il y avait de l'eau aussi, mais sans herbes ni bêtes, dans les trois bassins de pierre de la fontaine. Des vieilles offraient et vantaient des bolées de l'eau miraculeuse et vous les jetaient aux talons quand on passait outre, et maugréaient. L'une, à qui il refusait l'aumône, lui dit :

« Que le bon Dieu vous bénisse... que le bon Dieu vous bénisse, la paille au cul et le feu dedans. »

On acheta à Sengle, à l'une de ces vieilles, une petite bague d'argent qui s'usa tout doucement, jusqu'à disparaître, sur son doigt.

Il connut la basilique illuminée toute la nuit comme un brasero du parvis, et fut la communion de la bouche rouge du grand portail.

Il s'extasia devant les costumes et la beauté *grecque* des filles, et rit un peu que les fils des fermiers les plus riches fussent signifiés par un pantalon plus sous les bras et la raideur plus courte de leurs blouses.

Il conçut Sainte Anne comme un astre double, soleil et lune, faisant les cordages secs des baves filamenteuses des grains, et nette la mer de ses mobiles verrues visqueuses ; et glaçant d'un tel froid les moulins incendiés, qu'elle congèle même la flamme.

Il ne vit jamais les pierres de Carnac ; mais que les piles du pont d'Auray étaient de granit triangulaire ; et il fit voir à des muettes ses paroles, et elles lui répondirent, quoique sourdes, avec une voix mathématique ; et un sourd-muet qui ne regarda ni ne répondit secoua la pendaison d'une lanterne sur trente squelettes en dessous d'une trappe.

Parmi les bruyères, penil des menhirs,
Selon un pourboire, le sourd-muet qui rôde
Autour du trou du champ des os des martyrs
Tâte avec sa lanterne au bout d'une corde.

Sur les flots de carmin, le vent souffle en cor.
La licorne de mer par la lande oscille.
L'ombre des spectres d'os, que la lune apporte
Chasse de leur acier la martre et l'hermine.

Contre le chêne à forme humaine, elle a ri,
En mangeant le bruit des hannetons, C'havann,
Et s'ébouriffe, oursin, loin sur un rocher.

Le voyageur marchant sur son ombre écrit.
Sans attendre que le ciel marque minuit
Sous le batail de plumes la pierre sonne.

Et on le remmena à pied jusqu'à des gares, par une route matinale de genêts, ocellée des croissants de petits scorpions noirs.

Source : Les Jours et les Nuits, roman d'un déserteur, *chap. IV.*

ODIN

Les coteaux cultivés et la vallée vers la mer étaient, classiquement, semblables à un pantalon de velours de travail, versicolorement rapiécé, lequel, pour montrer ses pièces, aurait fait le chêne fourchu.

Au fond de la fourche, le bois de châtaigniers qui voilent leurs racines de fougères.

Varia ne rencontra, dans son chemin descendant, que des plantes et des bêtes.

Toutes redoutables.

Sur le plateau, avant le versant, les *janiques* dont les fleurs d'or sont montées, pierre pour métal, en épingles d'émeraude.

Les genêts plus bénins, mais artificiellement fortifiés d'abeilles.

Les épines émoussées par le soleil renouvelées par les grandes lances des feux aux cendres d'engrais.

Les cloportes méticuleusement cuirassés.

Les escarbots de deuil crachaient leur sang, comme une cervelle fraîche s'éclabousse.

Aux épines et aux flammes, la colline accentuant aigu sa chute, succédèrent les glaives des glaïeuls, des herbes tranchantes et les lacets de racines compliquées.

Il n'y avait pas de grenouilles visibles, elle n'entendait pas leurs chutes dans des flaques, il n'y avait pas encore d'eau.

Les herbes et la terre simulaient le coassement des bêtes.

[...]

Puis les fougères, bouquets de sabres étalés dans les plans d'un herbier, classés par rang de *taille* ; comme des mains ouvertes, qui peuvent donc se fermer ; comme des chars armés de faux qui ne marcheraient pas, mais tapisseraient l'intérieur d'un couloir en nasse où l'on est forcé de marcher.

Et comme le gant tout en muscles qui est la pieuvre, fourrée de pustules.

Qui ne sont pas des pustules, mais des spores : techniquement, des sores indusiés.

Inoffensives.

Mais visibles.

La peur *dont on ne peut se distraire* est de l'inoffensif tout en décor.

Puis, aux coquetiers de la mousse, sous des chênes, les œufs bizarres des vesses-de-loup.

Varia aventura le pied sur une des petites outres de poison, plus molle qu'une paupière.

Doit-on casser l'œuf de la Mort-Rock par le gros bout ou le petit bout ?

Elle se souvint que le lycopode, dans les théâtres, déflagre pour des apparitions et disparitions par des trappes.

LOUPS.

Ils trottent assurément sur les feuilles sèches.

Il n'y a par terre que de la mousse.

Mais s'il y avait des feuilles sèches on les entendrait trotter sur les feuilles sèches !

Le bois sans soleil laisse aussi mal évader la Peur qu'une maison fermée.

La fougère est la voûte à jour d'une cave, laissant voir tous les monstres des caves.

Les loups n'y feront point de coupures à leurs pattes, hérissonnées de poils bourrus.

Et leur gueule est beaucoup plus dentelée que toutes les fougères, quoiqu'elle manque de pustules aux dents.

Les dents qui mordent ne se mangent pas entre elles.

Varia ne se retourne pas.

Elle sait si bien qu'ils sont là derrière elle.

Sous deux voûtes d'allées de taillis, leurs poils et leurs dents en avant de leur forme d'ombre.

Comme une paire de cils hors de deux grands yeux.

Elle court

Mais elle est arrivée.

Emmanuel est dans une cahute de douanier à la crête de parapet de la falaise.

Source : L'Amour absolu, *chap. VIII.*

Hier n'est pas encore venu, par Jean-Baptiste Para 7

THÉOCRITE, par Claude Michel Cluny 13
VIRGILE, par Claude Esteban 22
OVIDE, par Marie-Claire Bancquart 27
WANG WEI, par Gil Jouanard 38
SEI SHÔNAGON, par Gérard Noiret 50
MILARÉPA, par André Velter 59
POÈMES DES INDIENS GUARANI, par Marie Étienne 66
HÉLINAND DE FROIDMONT, par Jean-Pierre Verheggen 76
DANTE, par Dominique Fourcade 83
ALAIN CHARTIER, par Alain Borer 87
CHARLES D'ORLÉANS, par Jacques Roubaud 95
FRANÇOIS VILLON, par Jean-Pierre Lemaire 105
MELLIN DE SAINT-GELAIS, par Michel Bulteau 111
FRANÇOIS RABELAIS, par James Sacré 119
MAURICE SCÈVE, par Bernard Vargaftig 132
PONTUS DE TYARD, par Bernard Noël 138
JOACHIM DU BELLAY, par Lionel Ray 144

ÉTIENNE JODELLE, par Michel Deguy 151
GUILLAUME DE SALLUSTE DU BARTAS, par Gérard Macé 159
AGRIPPA D'AUBIGNÉ, par Valérie Rouzeau 166
LOUIS GALLAUP DE CHASTEUIL, par Pierre Lartigue 172
JEAN DE SPONDE, par Jean-Marie Barnaud 177
WILLIAM SHAKESPEARE, par Bernard Chambaz 184
JEAN-BAPTISTE CHASSIGNET, par François Boddaert 190
JOHN DONNE, par Jacques Darras 200
BASHÔ, par Albane Gellé 212
ÉVARISTE PARNY, par Bruno Grégoire 218
KOBAYASHI ISSA, par Zéno Bianu 230
FRIEDRICH HÖLDERLIN, par Jean-Paul Michel 237
ALPHONSE DE LAMARTINE, par Jean Métellus 246
GIACOMO LEOPARDI, par Yves Bonnefoy 254
MAURICE DE GUÉRIN, par Pierre Oster 262
WALT WHITMAN, par Charles Juliet 273
EMILY DICKINSON, par Christian Bobin 280
STÉPHANE MALLARMÉ, par Jean-Michel Maulpoix 286
TRISTAN CORBIÈRE, par Patrice Delbourg 294
ARTHUR RIMBAUD, par Michel Butor 305
JULES LAFORGUE, par Franck Venaille 316
RENÉ GHIL, par Mathieu Bénézet 326
MAX ELSKAMP, par Guy Goffette 336
PAUL-JEAN TOULET, par Jacques Réda 347
PIERRE LOUŸS, par Sophie Loizeau 356
ALFRED JARRY, par Christian Prigent 363

POÈTES PRÉSENTÉS DANS CE LIVRE ET PUBLIÉS DANS LA MÊME COLLECTION

Agrippa d'AUBIGNÉ. *Les Tragiques*, édition de Frank Lestringant.

Charles d'ORLÉANS. *En la forêt de longue attente* et autres poèmes, édition de Gérard Gros, postface de Jean Tardieu.

Tristan CORBIÈRE. *Les Amours jaunes* suivi de *Poèmes retrouvés* et d'*Œuvres en prose*, édition de Jean-Louis Lalanne, préface d'Henri Thomas.

DANTE. *Vita Nova*, traduction et préface de Louis-Paul Guigues.

Emily DICKINSON. *Quatrains*, traduction et présentation de Claire Malroux, édition bilingue.

John DONNE. *Poèmes*, traduction de Jean Fuzier et Yves Denis, préface de Jean-Roger Poisson, édition bilingue.

Joachim DU BELLAY. *Les Regrets*, précédé de *Les Antiquités de Rome* et suivi de *La Défense et Illustration de la langue française*, édition de Samuel S. de Sacy, préface de Jacques Borel.

Joachim DU BELLAY. *Divers jeux rustiques*, édition de Ghislain Chaufour.

Max ELSKAMP. *La Chanson de la rue Saint-Paul*, édition de Paul Gorceix.

Maurice de GUÉRIN. *Poèmes : Le Centaure, La Bacchante, Le Cahier vert, Glaucus, Pages sans titre*, édition de Marc Fumaroli.

Friedrich HÖLDERLIN. *Hypérion ou l'ermite de Grèce*, précédé du *Fragment Thalia*, traduction et préface de Philippe Jaccottet.

Friedrich HÖLDERLIN. *Odes, Élégies, Hymnes*, traduction de Michel Deguy, André du Bouchet, François Fédier, Philippe Jaccottet, Gustave Roud et Robert Rovini, préface de Jean-François Courtine.

Alfred JARRY. *Gestes et opinions du docteur Faustroll, pataphysicien* suivi de *L'Amour absolu*, édition de Noël Arnaud et Henri Bordillon.

Alfred JARRY. *Les Minutes de sable mémorial, César-Antéchrist*, édition de Philippe Audoin.

Jules LAFORGUE. *Poésies complètes*, édition de Pascal Pia. Tome 1 : *Les Complaintes, Premiers poèmes*. Tome 2 : *L'Imitation de Notre-Dame la Lune, Le Concile féerique, Des fleurs de bonne volonté, Derniers vers*.

Alphonse de LAMARTINE. *Méditations poétiques, Nouvelles Méditations poétiques* suivi de *Poésies diverses*, édition de Marius-François Guyard.

Giacomo LEOPARDI. *Canti, Œuvres morales* (choix), traduction de F.-A. Aulard, Juliette Bertrand, Philippe Jaccottet et Georges Nicole, préface de Jean-Michel Gardair.

Pierre LOUŸS. *Les Chansons de Bilitis* suivi de *Pervigilium Mortis*, édition de Jean-Paul Goujon.

Stéphane MALLARMÉ. *Poésies*, nouvelle édition de Bertrand Marchal, préface d'Yves Bonnefoy.

Stéphane MALLARMÉ. *Vers de circonstance*, édition de Bertrand Marchal, préface d'Yves Bonnefoy.

Stéphane MALLARMÉ. *Igitur, Divagations, Un coup de dés*, nouvelle édition de Bertrand Marchal.

Arthur RIMBAUD. *Poésies, Une saison en enfer, Illuminations*, édition de Louis Forestier, préface de René Char.

Maurice SCÈVE. *Délie, objet de plus haute vertu*, édition de Françoise Charpentier, avec la reproduction des emblèmes.

William SHAKESPEARE. *Sonnets*, traduction de Pierre Jean Jouve.

Paul-Jean TOULET. *Les Contrerimes*, édition de Michel Décaudin.

François VILLON. *Poésies*, édition de Jean Dufournet, préface de Tristan Tzara.

VIRGILE. *Énéide*, traduction d'André Bellessort, préface de Pierre Grimal.

VIRGILE. *Géorgiques*, traduction de Maurice Chappaz et Éric Genevay, préface de Jacques Perret.

Walt WHITMAN. *Feuilles d'herbe*, présentation et traduction intégrale de Jacques Darras (nouvelle édition).

DERNIÈRES PARUTIONS

265. Paul Valéry	*Ego scriptor.*
266. Goethe	*Élégie de Marienbad.*
267. Lorand Gaspar	*Égée. Judée.*
268. Jacques Réda	*Les Ruines de Paris.*
269. Jude Stéfan	*À la Vieille Parque.*
270. Rainer Maria Rilke	*Lettres à un jeune poète.*
271. Pierre Torreilles	*Denudare.*
272. Friedrich Hölderlin	*Odes. Élégies. Hymnes.*
273. W. B. Yeats	*Quarante-cinq poèmes.*
274. Bernard Noël	*La Chute des temps.*
275. ***	*Anthologie de la poésie russe.*
276. André Chénier	*Poésies.*
277. Philippe Jaccottet	*À la lumière d'hiver.*
278. Daniel Boulanger	*Hôtel de l'image.*
279. Charles Leconte de Lisle	*Poèmes antiques.*
280. Alexandre Pouchkine	*Poésies.*
281. Elizabeth Browning	*Sonnets portugais.*
282. Henri Michaux	*L'Infini turbulent.*
283. Rainer Maria Rilke	*Élégies de Duino. Sonnets à Orphée.*
284. Maurice Blanchard	*Les Barricades mystérieuses.*
285. Omar Khayam	*Rubayat.*
286. Agrippa d'Aubigné	*Les Tragiques.*
287. Jean Cassou	*Trente-trois sonnets composés au secret.*
288. ***	*La planche de vivre.*

289. Pierre Jean Jouve *Dans les années profondes.*
290. John Milton *Le Paradis perdu.*
291. Pablo Neruda *La Centaine d'amour.*
292. Yves Bonnefoy *Ce qui fut sans lumière.*
293. Pier Paolo Pasolini *Poèmes de jeunesse.*
294. Jacques Audiberti *Ange aux entrailles.*
295. Henri Pichette *Apoèmes.*
296. Stéphane Mallarmé *Vers de circonstance.*
297. John Keats *Poèmes et poésies.*
298. Paul Claudel *Cent phrases pour éventails.*
299. Louis Calaferte *Rag-time.*
300. André Breton *Poisson soluble.*
301. David Herbert Lawrence *Poèmes.*
302. *** *Les Poètes du Chat Noir.*
303. Joachim Du Bellay *Divers Jeux rustiques.*
304. Juvénal *Satires.*
305. Odysseus Elytis *Axion Esti.*
306. Nuno Júdice *Un chant dans l'épaisseur du temps.*
307. Pentti Holappa *Les Mots longs.*
308. Max Elskamp *La Chanson de la rue Saint-Paul.*
309. *** *Anthologie de la poésie religieuse française.*
310. René Char *En trente-trois morceaux.*
311. Friedrich Nietzsche *Poèmes. Dithyrambes pour Dionysos.*
312. Daniel Boulanger *Les Dessous du ciel.*
313. Yves Bonnefoy *La Vie errante. Remarques sur le dessin.*
314. Jean de la Croix *Nuit obscure. Cantique spirituel.*
315. Saint-Pol-Roux *La Rose et les Épines du chemin.*
316. *** *Anthologie de la poésie française du XVIIIe siècle.*
317. Philippe Jaccottet *Paysages avec figures absentes.*
318. Heinrich Heine *Nouveaux poèmes.*
319. Henri Michaux *L'Espace du dedans.*
320. Pablo Neruda *Vingt poèmes d'amour. Les Vers du capitaine.*

321. José Ángel Valente — *Trois leçons de ténèbres.*
322. Yves Bonnefoy — *L'Arrière-pays.*
323. André du Bouchet — *l'ajour.*
324. André Hardellet — *La Cité Montgol.*
325. António Ramos Rosa — *Le cycle du cheval*
326. Paul Celan — *Choix de poèmes.*
327. Nâzim Hikmet — *Il neige dans la nuit.*
328. René Char — *Commune présence.*
329. Gaston Miron — *L'homme rapaillé.*
330. André Breton — *Signe ascendant.*
331. Michel Deguy — *Gisants.*
332. Jean Genet — *Le condamné à mort.*
333. O. V. de L. Milosz — *La Berline arrêtée dans la nuit.*
334. *** — *Anthologie du sonnet français de Marot à Malherbe.*
335. Jean Racine — *Cantiques spirituels.*
336. Jean-Pierre Duprey — *Derrière son double.*
337. Paul Claudel — *Bréviaire poétique.*
338. Marina Tsvétaïéva — *Le ciel brûle* suivi de *Tentative de jalousie.*
339. Sylvia Plath — *Arbres d'hiver* précédé de *La Traversée.*
340. Jacques Dupin — *Le corps clairvoyant.*
341. Vladimír Holan — *Une nuit avec Hamlet.*
342. Pierre Reverdy — *Main d'œuvre.*
343. Mahmoud Darwich — *La terre nous est étroite.*
344. *** — *Anthologie de la poésie française du XXe siècle*, I.
345. *** — *Anthologie de la poésie française du XXe siècle*, II.
346. Pierre Oster — *Paysage du Tout.*
347. Édouard Glissant — *Pays rêvé, pays réel.*
348. Emily Dickinson — *Quatrains et autres poèmes brefs.*
349. Henri Michaux — *Qui je fus* précédé de *Les Rêves et la Jambe.*
350. Guy Goffette — *Éloge pour une cuisine de province* suivi de *La vie promise.*
351. Paul Valéry — *Poésie perdue.*

352. *** *Anthologie de la poésie yiddish.*
353. *** *Anthologie de la poésie grecque contemporaine.*
354. Yannis Ritsos *Le mur dans le miroir.*
355. Jean-Pierre Verheggen *Ridiculum vitae* précédé de *Artaud Rimbur.*
356. André Velter *L'Arbre-Seul.*
357. Guillevic *Art poétique* précédé de *Paroi* et suivi de *Le Chant.*
358. Jacques Réda *Hors les murs.*
359. William Wordsworth *Poèmes.*
360. Christian Bobin *L'Enchantement simple.*
361. Henry J.-M. Levet *Cartes Postales.*
362. Denis Roche *Éros énergumène.*
363. Georges Schehadé *Les Poésies*, édition augmentée.
364. Ghérasim Luca *Héros-Limite* suivi de *Le Chant de la carpe* et de *Paralipomènes.*
365. Charles d'Orléans *En la forêt de longue attente.*
366. Jacques Roubaud *Quelque chose noir.*
367. Victor Hugo *La Légende des siècles.*
368. Adonis *Chants de Mihyar le Damascène* suivi de *Singuliers.*
369. *** *Haiku.* Anthologie du poème court japonais.
370. Gérard Macé *Bois dormant.*
371. Victor Hugo *L'Art d'être grand-père.*
372. Walt Whitman *Feuilles d'herbe.*
373. *** *Anthologie de la poésie tchèque contemporaine.*
374. Théophile de Viau *Après m'avoir fait tant mourir.*
375. René Char *Le Marteau sans maître* suivi de *Moulin premier.*
376. Aragon *Le Fou d'Elsa.*
377. Gustave Roud *Air de la solitude.*
378. Catherine Pozzi *Très haut amour.*
379. Pierre Reverdy *Sable mouvant.*
380. Valère Novarina *Le Drame de la vie.*

381. *** *Les Poètes du Grand Jeu.*
382. Alexandre Blok *Le Monde terrible.*
383. Philippe Jaccottet *Cahier de verdure* suivi de *Après beaucoup d'années.*
384. Yves Bonnefoy *Les planches courbes.*
385. Antonin Artaud *Pour en finir avec le jugement de dieu.*
386. Constantin Cavafis *En attendant les barbares.*
387. Stéphane Mallarmé *Igitur. Divagations. Un coup de dés.*
388. *** *Anthologie de la poésie portugaise contemporaine.*
389. Marie Noël *Les Chants de la Merci.*
390. Lorand Gaspar *Patmos* et autres poèmes.
391. Michel Butor *Anthologie nomade.*
392. *** *Anthologie de la poésie lyrique latine de la Renaissance.*
393. *** *Anthologie de la poésie française du XVIe siècle.*
394. Pablo Neruda *La rose détachée.*
395. Eugénio de Andrade *Matière solaire.*
396. Pierre Albert-Birot *Poèmes à l'autre moi.*
397. Tomas Tranströmer *Baltiques.*
398. Lionel Ray *Comme un château défait.*
399. Horace *Odes.*
400. Henri Michaux *Poteaux d'angle.*
401. W.H. Auden *Poésies choisies.*
402. Alain Jouffroy *C'est aujourd'hui toujours.*

Ce volume, Hors série
de la collection Poésie,
a été achevé d'imprimer sur les presses
de l'imprimerie Bussière à Saint-Amand (Cher),
le 22 février 2005.
Dépôt légal : février 2005.
Numéro d'imprimeur : 050833/1.

ISBN 2-07-030772-7./Imprimé en France.

135109